광개토태왕

담덕

7

광개토태왕 담덕 7

초판 1쇄 발행 | 2023년 7월 28일

지은이 엄광용
발행인 한명선

주소 서울시 종로구 평창길 329(우편번호 03003)
문의전화 02-394-1037(편집) 02-394-1047(마케팅)
팩스 02-394-1029
전자우편 saeum2go@hanmail.net
블로그 blog.naver.com/saeumpub
페이스북 facebook.com/saeumbooks
인스타그램 instagram.com/saeumbooks

발행처 (주)새움출판사
출판등록 1998년 8월 28일(제10-1633호)

ⓒ 엄광용, 2023
ISBN 979-11-7080-018-7
ISBN 979-11-90473-88-0 04810(세트)

엄광용 역사소설

담덕

광개토태왕

7

전쟁과 평화

제7권 전쟁과 평화

제1장

백골탑

1

평성의 탁발규는 휘하 장수들과 대신들이 모인 가운데 후연 군의 공격을 어찌하면 막을 수 있을지 한창 갑론을박을 벌이고 있었다. 대체로 두 가지 방법이 팽팽하게 맞섰다. 먼저 모용수의 원군은 멀리 중산에서 달려오느라 지쳐 있을 것이므로, 성문을 열고 나가 단숨에 제압해 초전박살을 내자는 쪽이 있었다. 다른 한편에서는 농성을 하여 장기전으로 돌입하면 15만이나 되는 후연군은 군량미를 수급하기가 어려운 데다 추위를 견디기 힘들어 제풀에 지쳐 아무런 성과 없이 회군할 수밖에 없다고 주장했다.

"두 가지 주장 다 일장일단이 있다고 생각하는 바이오. 군량미는 농성을 하게 될 경우 아군이나 적군이나 모두 절실한 부분이오. 후연군은 필시 현지조달을 우선으로 생각할 것이므로, 적들이 닥치기 전에 성 밖의 농민들로 하여금 식량을 모두 가지고 성안으로 들어오도록 조처하는 것이 급선무요. 전쟁이 벌어지면 적군의 약탈이 심할 것이므로 내일부터라도 당장 군사들을 풀어 농민들을 성안으로 불러들이도록 하시오."

탁발규는 고구려의 청야전술淸野戰術 소문을 들은 적이 있었다. 외적이 쳐들어올 경우 농민들은 들판에 자라고 있는 농작물을 불사른 후 먹을 것까지 모두 챙겨 산성으로 들어가 군사들과 함께 농성에 돌입하는 작전이었다. 바로 그 전술을 이번 기회에 제대로 한 번 써먹어 보자는 것이었다. 그런 다음에 농성을 할 것이냐, 성문을 열고 나가 들판에서 적을 맞아 정면대결로 맞설 것이냐를 두고 논하기로 했다.

"문제는 후연군의 포로들인데, 생구生口가 자그마치 5만입니다. 사실상 지금까지 포로들 목구멍에 들어간 식량이 얼만지 아십니까? 더구나 앞으로 장기 농성을 할 경우 우리가 그들을 계속 먹여 살려야 할지 그것부터 먼저 결정해야 합니다. 이제 저들을 그냥 살려두어서는 아군이 크게 낭패를 볼 수 있습니다."

이렇게 나온 것은 평성의 재무를 담당한 대신이었다.

"하지만, 지금까지 후연의 포로들이 그냥 먹고 놀도록 내버려둔 것은 아니지 않습니까? 그동안 우리는 포로들의 노동력을 최대한 활용해 무너진 성벽을 쌓고 성 밖에 해자를 만들었으며, 다시 적이 쳐들어올 것에 대비해 해자 밖에 함정을 파놓았습니다. 이번 전투에서도 포로들을 최대한 이용해야 합니다."

평성의 축성 책임을 맡고 있는 젊은 장수 탁발건이 한걸음 앞으로 나섰다. 그는 탁발규가 특히 아끼는 근친으로 조카뻘이 되었다.

"그래, 어떻게 포로들을 이용하면 좋겠다는 말인가?"

탁발규가 탁발건에게 물었다.

사실상 그동안 가장 큰 근심덩어리 중 하나가 후연군의 포로들이었다. 이번에 후연의 원정군이 들이닥칠 경우 성안에서 포로들이 폭동을 일으켜 내응하게 되면 막을 도리가 없었다. 평성에는 서북 변경의 성에서 차출한 병력까지 15만의 북위군이 주둔해 있었지만, 자그마치 5만이나 되는 포로들의 일거수일투족을 감시하며 관리하기란 결코 쉬운 일이 아니었다.

탁발건이 잠시 머뭇거리자, 탁발규의 참모로 있는 장곤이 나섰다.

"포로들을 성 밖에 세워 화살받이로 이용하면 적들도 함부로 공격치 못할 것입니다. 촘촘하게 나무 기둥을 세우고 포로들을 밧줄로 묶어두면 또 하나의 장벽 역할을 할 수 있으리라 생각됩니다."

"흐음, 포로를 이용해 인간 장벽을 만들자는 말이로군!"

탁발규가 좋은 생각이라는 듯 고개를 끄덕거렸다. 무력을 크게 떨쳤다고 해서 '분무장군'이라 불리는 장곤은 출중한 재능을 가진데다 특히 모략이 뛰어났다.

"성벽 밖에 해자가 있고, 해자 밖에 함정을 파놓았습니다. 포로들을 해자와 함정 사이에 세워두면 장벽 역할뿐만 아니라 적들을 유인하는 책략도 됩니다."

장곤이 말했다.

"어찌해서 그렇다는 말인가?"

"포로들이 공격해 오는 후연군에게 살려달라고 아우성칠 것 아닙니까? 포로들을 구하기 위해 물불 가리지 않고 달려들다가 적들은 함정에 빠지게 되어 있습니다."

"그 반대일 수도 있지 않겠나? 포로들이 공격해 오는 후연군에게 함정이 있으니 조심하라고 일러주면 어찌할 것인가?"

"그 역시 우리 아군이 손해 볼 일은 아니라고 생각합니다. 적들이 함부로 공격하지 못하기 때문에 전투는 그만큼 지연될 것이고, 하루 이틀 날짜가 지나갈수록 적들은 초조해질 수밖에 없지요. 우리가 미리 농민들로 하여금 식량을 가지고 성안으로 들어오도록 하면, 적들은 군량미를 현지에서 조달할 방도가 없어 굶어죽을 지경이 될 것입니다. 지금 한창 찬 공기를 실은 북풍이 불어오고 있는데, 밤이 되어 날씨까지 추워지면 야영할 수밖에 없는 적들은 얼어 죽는 자들이 속출하게 됩니다. 이때 기회를 보아 성문을 열고 나가 적을 공격한다면 우리 아군에게 매우 유리할 것입니다."

장곤의 말에 다른 장수들도 대체로 긍정적인 반응을 보였다.

그때 원로대신 최굉이 앞으로 나섰다.

"5만이나 되는 포로들을 다 죽일 셈이시오? 하늘이 내려다보고 있는데, 아무리 적이라 해도 그렇게 무차별하게 죽일 수는 없소이다. 전례가 있어요. 다들 아시겠지만, 전국시대에 진나라 장수 백기는 조나라와의 전투에서 크게 이겨 적군 40만을 포로로 잡았소. 헌데 이들 포로들에게 먹일 식량이 문제였습니다. 그렇다고 살려서 조나라로 돌려보내면 그들이 또 무기를 들고 진나라를 칠 것이니 이러지도 저러지도 못할 처지에 놓였는데, 이때 백기는 40만이나 되는 포로를 생매장시켜버렸지요. 그러고 나서 한참 세월이 흘러 노년에 백기가 전쟁터에 나갔을 때 왕의 미움을 사는 일이 발생했습니다. 진나라 왕은 사자에게 칼을 전하게 하여 백기에게 자결을 명하였소. 그때 백기는 전날 조나라 포로 40만을 생매장시킨 죄를 뉘우치고, 자신은 죽어 마땅하다며 왕이 보낸 칼로 자결하였다고 합니다. 40만에 비하면 5만은 비록 적은 수지만, 포로를 함부로 죽인다는 것은 인륜상 있을 수 없는 일이라 생각합니다."

"허면 포로들을 어찌하면 좋겠습니까?"

탁발규는 원로대신 최굉의 말이라면 일단 믿고 보는 편이었다. 이제까지 그가 옳지 않거나 이치에 어긋나는 말을 한 것을 본 적이 없었기 때문이다.

"백기의 예를 보면 인간사에서 인과응보는 막을 길이 없는 듯하옵니다. 전쟁이란 것이 장차 사람이 살자고 하는 것이지, 사람의 씨를 말리자는 것은 아닐 것입니다. 비록 포로지만 목숨만은 보전케 해줄 수 있는 방안을 강구해야 하옵니다."

최굉은 딱히 이렇다 할 대책을 내놓지 못한 채 같은 말만 반복했다.

"허허, 참으로 딱한 노릇이구려. 포로들의 목숨을 구하자면 아군이 굶주리게 될 것이고, 포로들을 죽이자니 인륜에 어긋나는 일이라 하니……."

탁발규도 뾰족한 방법이 없어 한탄만 거듭하였다.

이때 탁발건이 다시 나섰다.

"지금은 전시입니다. 분무장군의 말씀처럼 포로를 최대한 이용하는 방법밖에 달리 뾰족한 수는 없다고 생각합니다. 포로들의 손발을 묶어 성 밖에 세워두면 적들도 함부로 공격하지 못할 것입니다. 만약 적들이 포로들의 살생을 감수하면서까지 공격해 온다면 저들의 잘못이지 우리 아군을 욕할 수는 없습니다. 이는 포로들의 처단을 후연의 모용수에게 맡기자는 것이옵니다."

"흐음……. 우리는 살생을 피해 가고, 모용수에게 인면수심의 죄를 덮어씌우자는 얘기로군!"

근심으로 인해 어두운 그늘이 드리워졌던 탁발규의 얼굴에 갑자기 생기가 돌았다.

"크음, 큼!"

어느 곳에선가 마땅찮다는 듯한 기침 소리가 들려왔다. 모두들 소리 나는 쪽을 바라보니 역시 최굉이었다.

"어찌 그러십니까? 탁발건이 아주 기발한 꾀를 내지 않았습니까?"

탁발규가 최굉을 바라보았다.

"폐하! 결과적으로 그것이 그것 아니옵니까? 누가 죽이든 포로가 죽는 것은 마찬가지니 말입니다."

최굉의 말을 장곤이 곧바로 반박하고 나섰다.

"성 밖에 포로를 세워두면, 우리는 일단 적에게 그들을 내주는 것이나 다름없습니다. 그 다음에는 적들이 선택할 문제겠지요. 목숨을 걸고 달려와 포로들을 구해 가거나, 포로들이 죽어도 좋다고 화살을 마구 쏘면서 공격을 감행하거나 적들이 판단하기에 달려 있는 것 아니겠습니까?"

"이것으로 됐어! 일단 포로들을 성 밖에 인간 장벽으로 세우는 것이 최선의 방법 같소. 과연 모용수가 어찌 나올지, 귀추가 주목되는구먼! 크흐. 하하 핫!"

탁발규는 최종적으로 젊은 장수 탁발건과 분무장군 장곤의 전략을 받아들였다.

이삼 일 후면 후연의 원정군이 평성까지 다다를 것이므로, 북위 군사들은 바쁘게 움직이지 않으면 안 되었다.

우선 성 밖의 농민들로 하여금 식량을 가지고 평성으로 들어오도록 하는 일부터 서둘러야 했다. 어차피 장기전을 선택한 것이므로, 농민들도 한 해 농사는 포기할 수밖에 없는 상황이었다. 그것이 큰일이긴 했으나, 그렇다고 가만히 앉아서 적에게 식량을 내줄 수는 없는 노릇이었다. 결국 농민들도 군사들의 설득에 모두 찬동했다.

농민들의 평성 입성은 북위군에게 두 가지 강점이 될 수 있었다. 우선 군량미가 그만큼 확보되는 측면과 일단 유사시 농민들도 전투에 참여해 성을 방어하는 데 용이하다는 점이었다. 설사 무기를 들지 않는다 하더라도, 그들이 돌을 나르거나 물을 끓여 성벽을 기어오르는 적군에게 퍼부을 수 있을 것이기 때문이었다. 이는 노인이나 아녀자들도 충분히 가능한 일이었다. 이렇게 되면 평성의 방어 전력은 정규군 15만에, 성내의 주민과 입성한 농민들까지 합하여 적어도 30여만은 될 것이었다.

성 밖의 해자와 함정 사이에 나무 말뚝을 박는 일은 장곤과 탁발건이 맡았다. 장곤은 북위 군사들을, 탁발건은 포로들을 동원하여 성 둘레에 촘촘하게 나무 말뚝을 박았다. 포로들은 자신들이 그 말뚝에 묶일 신세가 될 줄도 모르고 그저 시키는 대로 일을 했다. 제대로 먹지 못해 비실비실한 몸으로 그들은 말뚝을 박았다.

"서둘러라! 밥값도 못하는 버러지 같은 놈들아! 망치를 힘껏 내리쳐라!"

젊은 장수 탁발건은 채찍을 휘두르며 포로들을 닦달했다.

전투 준비를 할 때부터 탁발규는 군량미를 아끼기 위해 포로들에게 주던 식사량을 평소의 절반으로 줄였다. 애초에는 포로들을 아사시킬 작정으로 식사 공급을 아예 중단할 생각이었으나, 최굉이 결사반대를 하는 바람에 그나마도 목숨이나마 부지할 수 있게 해준 것이었다.

"폐하! 하늘이 무섭지도 않습니까? 스스로 죄를 지어 하늘을 분노케 하지 마시옵소서. 죄를 쌓으면 그만큼 스스로 생명을 줄이는 일이라는 걸 모르시옵니까?"

최굉의 이러한 말에 탁발규는 은근히 부아가 치밀었다. 하늘을 빗대어 자신에게 협박을 가하는 것이라고 생각했기 때문이다.

"잘 알아들었으니, 이후 태부께서는 더 이상 말을 삼가시오."

탁발규는 일단 참기로 했다. 최굉은 북위를 세운 직후부터 탁발규의 태부 역할을 맡고 있는 원로대신이었다.

마침내 후연의 원정군이 평성 앞 들판에 도달했다. 선봉장 모용농이 이끄는 5만의 군사들이었다. 파발을 통해 모용수의 작전명령을 받은 그는 중군과 후군이 도착하기를 기다리기로 하고, 일단 평성이 잘 바라다보이는 구릉에 군사를 포진시켰다.

"적군이 내일이면 쳐들어올 것이다. 밤을 도와 나무 말뚝에 포로들을 묶어 방패막이로 쓰도록 하라."

탁발규가 탁발건에게 명령했다.

그날 밤 탁발건은 휘하 군사들로 하여금 포로들을 끌어내 성 밖에 세운 나무 말뚝에 묶도록 했다. 처음에 포로들은 소리를 지르며 반항했으나, 나중에는 심신이 지친 데다 자포자기 상태가 되어 고개를 떨어뜨리고 축 늘어졌다.

2

밤새도록 평성 쪽에서 시끄러운 소리가 들려오자, 모용농은 비밀리에 몸이 날랜 군사들을 보내 그 사정을 알아보게 했다.

"적들이 성 밖에 빙 둘러 나무 기둥을 세우고 포로들을 묶어 놓았습니다. 지난겨울 참합피 전투에서 포로로 잡힌 우리 군사들을 방패막이 내지는 화살받이로 쓰려는 모양입니다."

평성 근처까지 살금살금 기어가서 자세히 살펴보고 온 군사들의 보고를 듣고 모용농의 눈에서 시퍼런 불길이 뿜어져나왔다.

"무엇이? 저놈들이 포로로 잡힌 우리 군사들을 산 채로 묶어놓았단 말이더냐?"

"네, 그러하옵니다."

"이런, 찢어죽일 놈들! 헌데 밤새 아우성 소리가 들리더니 어째 지금은 조용한 것이냐?"

모용농은 이를 바드득, 갈아붙였다.

"지금은 새벽이고, 나무 기둥에 묶인 우리 군사들도 제풀에 지쳐버린 모양입니다. 가까이에서 귀를 기울여 보면 끙끙 앓는 소리만 간간히 들려오는데, 개중에는 고개를 떨어뜨리고 잠에 취한 자들도 있는 것 같습니다."

"이 추운 날씨에 잠을 잔다고?"

"네, 졸음은 귀신이 잡아가도 모를 정도로 참기 어렵지 않습니까? 졸다가 얼어 죽을 수도 있을 것 같습니다."

군사들의 보고를 듣고 나서 모용농의 고민은 깊어졌다.

모용수의 파발을 받고 참합피로 진군하던 중 평성으로 방향을 틀었지만, 모용농은 내심 불만이 많았다. 선봉을 이끄는 그가 참합피에서 성주 난한의 군사와 합류해 평성 동북 방향에서 공격하고, 뒤에 따라오는 중군과 후군이 남서 방향에서 들이치면 북위군은 곧 어지러워질 것이라고 판단했던 것이다.

'음, 결국 나를 믿지 못하겠다는 것이로군. 태자는 나와 난한 이 만나는 걸 꺼려하고 있는 것이야.'

모용농도 들려오는 소문으로 참합피 성주 난한이 탁발규의 뇌물을 받았다는 사실을 알고 있었다.

모용수가 중군과 후군이 당도할 때까지 대기하고 있다가 한 꺼번에 평성을 공격하자고 했지만, 성질이 급한 모용농으로선 참고 기다릴 수가 없었다. 어차피 모용수와 모용보가 자신을 의심하고 있다면 선수를 쳐서 평성을 공격해 전과를 올려야겠 다는 욕심이 앞섰다. 그것이 태자 모용보를 이기는 길이라고 생 각했다.

모용농은 날이 새자마자 선봉군을 지휘해 평성을 공격했다.

"적들은 우리의 동료인 포로들을 인간 장벽으로 세워 아군 이 함부로 공격치 못하도록 하고 있다. 일단 공격할 때는 적이 든 포로든 인정사정 두지 말고 활을 쏴라. 적들이 노리는 전략 에 절대 속아서는 안 된다. 그러나 만약 성 가까이까지 갈 경우 에는 포로들을 살려 돌아오는 자들에게 후한 포상을 내릴 것 이다. 목숨이 붙어 있는 포로들을 살려서 데려와야 한다. 포로 들이 성안의 적정을 잘 알고 있기 때문이다."

모용농은 기마대를 앞세워 공격을 개시했다. 그가 살아 있 는 포로들을 데려오라고 명령한 것은, 바로 그들이 평성 안의 내막을 잘 알고 있을 것이기 때문이었다. 적의 강점과 약점을 알아야만 공성전투에서 성공할 확률이 높았다. 가능하면 강한 곳은 맞서지 말고, 약한 곳을 찾아 두드려야만 승리를 담보할 수 있었다.

그러나 첫날 전투에서 북위군이 파놓은 함정에 후연군의 많은 기마대가 빠져 목숨을 잃었다. 나무 기둥에 묶인 포로들이 가까이 오는 기마대를 향해 함정이 있다고 소리쳤다. 그러나 뒤에서 모용농이 칼을 빼어들고 마구 휘두르며 소리 높여 공격을 하라고 몰아쳐대는 바람에 기병들은 함정에 거꾸로 떨어져 쇠 창살과 뾰족하게 깎아 세운 나무에 박혀 개죽음을 면치 못했다.

인간 장벽이 된 포로들도 모용농의 군사들이 쏜 화살에 맞아 태반이 죽고, 그 나머지는 소리를 지르다 지쳐 고개를 떨어뜨렸다. 그들 역시 결국은 죽은 것이었다.

밤이 되자 포로를 담당한 북위의 젊은 장수 탁발건은 새로 성안에서 포로들을 끌어다 나무 기둥에 묶었다. 이때 먼저 묶여 있다 죽은 포로들은 성 앞에 시체로 높다랗게 둑을 쌓았다. 그것만 보고도 적들이 잔뜩 겁을 집어먹고 감히 공격하지 못하도록 만들기 위한 전략이었다.

밤새워 북위군이 포로들을 나무 기둥에 묶는 작업을 계속하자, 천막을 친 모용농의 진중에까지 그 소리들이 들려왔다. 후연의 군사들은 그것이 마치 귀신 울음소리 같아 도무지 잠을 이룰 수 없었다. 모용농도 뜬눈으로 밤을 새우다시피 했다.

'대체 저 지옥의 사자와도 같은 후안무치한 놈들을 어찌해야 한단 말인가?'

모용농은 자신도 모르는 사이 머리를 절레절레 흔들었다.

다음날은 공격을 서두르지 않고, 적을 끌어내기 위해 성벽에서 화살이 날아올 정도까지 거리를 둔 채 군사들로 하여금 마구 욕설을 퍼붓게 했다. 방패로 날아오는 화살을 막으면서 적들이 성문을 열고 나와 도전해 오기만을 기다렸던 것이다. 그러나 북위군은 방어만 할 뿐 성문을 열고 공격해 올 기미를 보이지 않았다.

그날 늦은 밤, 모용농은 용기 있는 기병들이 성벽까지 접근해 구해 온 아군 포로들을 앉혀놓고 성안의 사정을 물었다. 피골이 상접한 그들은 물음에 제대로 대답도 못할 정도로 기력이 떨어져 있었다.

"여봐라! 이자들에게 술을 가져다주거라."

모용농의 명을 받고 졸개들이 원정길에 농가에서 탈취해 온 마유주를 날라왔다. 굶주린 포로들은 술로 배를 채우려는 듯 벌컥벌컥 들이켰다. 턱과 가슴팍으로 술이 줄줄 흘러내렸다. 술기운은 그들의 정신을 잠시나마 돌아오게 했다.

그때서야 포로들은 제정신을 차린 듯 모용농의 물음에 두서없이 지껄여대기 시작했다. 포로들을 통해 그는 평성에 군량미가 모자란다는 것을 알았다. 포로들에게 주는 식량이 평소의 절반밖에 안 되었고, 날이 갈수록 점점 더 그 양을 줄여가고 있어 그냥 앉아서도 죽어나가는 동료들이 많다는 것이었다. 북위의 젊은 장수 탁발건이 포로를 담당하고 있었는데, 그는 밤이면 죽은 시체나 다름없는 포로들을 끌고 성문을 나와 나무 기둥에 화살받이로 묶어놓는다는 정보도 알게 되었다.

"탁발건이 직접 성문을 열고 나와 포로들을 나무 기둥에 묶는 일을 진두지휘한단 말이렷다?"

이렇게 되물으며, 모용농의 눈빛은 사뭇 음험해졌다.

"네, 그렇습니다. 아마 오늘도 이미 시체가 된 포로들을 성벽 앞에 모아두고 새로 끌고 나온 포로들을 나무 기둥에 묶는 작업을 할 것이옵니다."

술기운에 취해 얼굴이 벌겋게 달아오른 포로가 피를 토하듯 털어놓았다.

그날 밤 적정을 살피던 모용농는 몸이 날랜 군사들을 가려 뽑아 별동대를 조직했다. 그러고는 북위군이 포로들을 이끌고 나와 나무 기둥에 묶을 때를 기다려 기습 공격을 감행토록 했다.

"반드시 탁발건을 생포해 와라. 놈의 무술이 뛰어나다고 하니, 만약 생포하기 어려울 경우 기습 공격을 하여 목이라도 잘라 오거라."

모용농의 명령이 떨어지자 후연의 별동대는 평성을 향해 기습 공격을 감행했다. 그들은 낮게 엎드려 딱딱하게 얼기 시작하는 땅을 무릎으로 기었다. 지난번 공격으로 무너진 함정이 어디인지 알고 있었으므로, 별동대는 그 사이를 뚫고 전진해 북위군이 포로를 나무 기둥에 묶어 매는 현장까지 어렵지 않게 접근할 수 있었다.

달도 뜨지 않는 캄캄한 밤이라 횃불을 밝혀 든 북위군들은 포로들을 나무 기둥에 붙잡아 매기 위해 2인 1조가 되어 행동했다. 가까이에서 들으니 포로들의 울부짖는 소리가 어둠을 질러와 납작 땅에 엎드려 있는 후연의 별동대들 귓속으로 파고들었다. 그 소리는 공포감을 느끼게 하면서, 다른 한편으로는 강한 분노가 가슴 저 밑바닥에서부터 끓어오르도록 만들었다.

"반항하는 자들은 죽여도 좋다. 시체처럼 늘어진 자들도 그냥 나무 기둥에 묶어라."

탁발건이 북위군 병사들을 독려했다.

이때 후연의 별동대가 탁발건을 발견하고 한꺼번에 달려들었다. 북위군들은 각 조가 흩어져 한창 나무 기둥에 포로들을 붙잡아 매고 있었기 때문에 당장 달려와 탁발건을 구하기가 용이치 않았다.

결국 탁발건과 근처의 몇몇 북위군이 후연의 별동대와 일대 공방전을 벌이는 형국이 되었다. 후연의 별동대는 어둠 속에서

민첩하게 움직였고, 북위군은 횃불을 든 상태라 적에게 완전히 노출되어 전적으로 불리한 입장이었다.

"모두들 횃불을 꺼버려라."

탁발건이 소리쳤다.

후연의 별동대는 그 소리를 신호로 삼기라도 한 듯 탁발건을 향해 일제히 칼을 뻗어왔다. 그러다가 탁발건의 칼에 몇 명은 엎어지거나 자빠졌다. 그러나 그중 두세 명은 땅바닥에 거의 엎드린 자세로 몸을 낮춰 공격을 가해 탁발건의 복부를 노리고 칼을 뻗었다.

"으윽, 흑!"

탁발건이 복부를 감싸며 앞으로 고꾸라졌다.

후연의 별동대 중 몸이 날랜 자 하나가, 탁발건의 허리를 움켜잡고 끌어당겼다.

"아앗! 장군이 위험하닷!"

북위군 몇몇이 멀리서 횃불을 들고 달려오며 외쳤다. 그러자 후연의 별동대들이 그들을 막아섰다.

탁발건은 땅에 질질 끌려가면서 칼을 휘둘러 허리를 잡고 있는 후연 병사의 팔을 끊었다. 그러나 어느 사이 다른 후연 병사가 그의 목을 쳐서 졸지에 머리와 몸이 둘로 분리되었다.

살아남은 후연의 별동대는 피가 뚝뚝 떨어지는 탁발건의 머리를 들고 긴급하게 철수했다.

다음날, 모용수와 모용보가 거느린 중군이 평성 앞에 당도했다.

"어찌 된 것이냐? 짐이 함부로 공격치 말고 대기하고 있으라 하지 않았는가? 무모한 공격으로 군사들을 많이 잃었다 하니, 그러고도 네가 선봉장으로서 얼굴을 떳떳이 들 수 있겠느냐?"

모용수가 선봉장 모용농에게 눈을 부라리며 일갈했다. 평성으로 달려오는 도중에 중군에서 보낸 척후병으로부터 이미 선봉군의 전투상황을 보고받았던 것이다.

"폐하! 사정이 좀 있었습니다. 북위군이 지난겨울 전투에서 포로가 된 아군 병사들을 성벽 아래 나무 기둥에 묶어 인간 장벽으로 삼았사옵니다. 살려달라고 아우성치는 우리 병사들을 차마 눈 뜨고 볼 수 없어, 그들을 구하기 위해 공격했던 것이옵니다."

모용농은 스스로 지엄한 군령을 어겼지만, 현장 상황이 어쩔 수 없었음을 털어놓았다.

"멍청한 놈! 그것이 적의 유도작전임을 어찌 모르는가?"

모용수는 머리끝까지 화가 치밀어올라 모용농을 향해 마구 삿대질을 해댔다.

"폐하! 지난밤에 별동대를 보내 적의 장수 탁발건의 목을 베어 왔나이다. 탁발건은 북위의 젊은 장수로 특히 탁발규의 총애를 받고 있는 자이온데, 포로들을 인간 장벽으로 세우는 임무를 맡고 있었사옵니다. 한밤중에 적들이 다시 인간 장벽을 만들려고 성안에서 포로들을 끌어내 나무 기둥에 묶을 때, 아군이 기습을 감행해 적장의 목을 베어 온 것이옵니다."

모용농은 수하 장수로 하여금 탁발건의 머리를 가져오게 했다.

나무상자에 들어 있는 탁발건의 머리를 확인한 모용수는 그때서야 노여움을 풀고 한 마디 던졌다.

"농아, 넌 성질이 너무 급해 탈이다. 이후 다시 군령을 어길 때는 절대 용서치 않겠다. 오늘 이 적장의 머리가 네 목숨을 살렸다."

모용수는 후군을 이끄는 모용린의 군대가 도착하기를 기다리며 사나흘 동안 군사들의 사기를 북돋우기로 했다. 그동안 원정군을 충분히 쉬게 한 다음, 평성을 어떻게 공략할 것인가 작전회의를 열 작정이었다.

3

후연과 북위의 전쟁 양상은 점차 장기전으로 흐르고 있었다. 그것은 피아간에 좋은 징조로 볼 수 없었다. 후연은 원정군을 이끌고 왔으므로 당연히 일찍 평성을 탈취하고 회군해야만 했고, 평성을 지키는 북위군 역시 농사철이 다가오기 전에 전투를 끝내야만 농성에 가담한 농민들이 집으로 돌아가 밭을 갈고 씨앗을 뿌릴 수 있었다.

마음이 급한 모용수는 후연군으로 평성을 완전 포위하고 전면적인 공격을 몇 번 가했다. 그러나 북위군은 방어만 할 뿐 성문을 열고 나와 전면전을 펼칠 기미를 보이지 않았다.

후연군은 동서남북의 4개 성문을 중심으로 전력을 배치했다. 모용수와 모용보의 중군은 남문을, 모용농은 동문을, 모용린은 서문을, 그리고 평성의 북동쪽에 위치한 참합피성의 난한은 북문을 중심으로 하여 단단히 포위망을 형성하고 있었다. 그런 연후 후연군은 낮이면 공성전투를 벌이고, 밤이면 경계병을 세워 평성의 첩자들이 오가는 길목을 철저하게 차단했다.

'그래, 좋다. 어디 한 번 누가 더 오래 버티나 보자.'

탁발규는 평소 아끼던 젊은 장수 탁발건의 죽음 이후 자주 이를 악물어 어금니 한쪽 귀퉁이가 부서져나갔을 정도로 악에 받쳐 있었다. 말고기 육포를 씹다가 목 없는 귀신이 된 젊은 장수 탁발건의 죽음을 생각하자 분통이 터져 자신도 모르는 사이에 와작 깨문다는 것이, 그만 충치로 한동안 치통을 앓던 어금니를 바스러뜨리고 말았다.

탁발건이 죽고 나서 탁발규는 포로를 관장하는 일을 분무장군 장곤에게 맡겼다. 그 이후에도 매일 포로들을 인간 장벽으로 세워 후연군의 사기를 떨어뜨리도록 했던 것이다. 군량미를 아끼기 위해 포로들에게는 겨우 목숨을 부지할 수 있을 정도의 급식을 제공했다. 그것도 하루 한 끼 멀건 죽이 배급되었는데, 수용소 안에서는 포로들끼리 더 먹으려고 싸우다 맞아 죽거나 굶어 죽는 일이 다반사로 일어났다.

"저 포로들의 시체는 북문 밖에 장작불을 놓아 태워버려라."

탁발규는 성안에서 시체 썩는 냄새가 나는 것을 질색하여, 북문 밖으로 끌어내어 화장을 시킨 후 유골을 한곳에 모아 탑처럼 쌓아놓도록 했다. 이것 또한 후연군의 기를 꺾어놓기 위한 전략이었다. 그러다 보니 매일 북문 쪽에서는 연기가 시커멓게 치솟았고, 사람의 살 타는 냄새가 진동했다.

처음에 모용수는 무슨 연기가 북문 쪽에서 나는지 궁금해 전령을 참합피 성주 난한에게 보내 알아보도록 했다. 남문 앞에서는 인간 장벽이 되었던 포로들의 시체가 산더미처럼 쌓여 썩은 내가 진동했다. 음식도 목구멍으로 넘기기 어려울 정도로 참을 수 없는 지경이어서 코를 막고 지내야 할 판이었다. 그런데 병 주고 약 주는 격으로, 북문 쪽에서는 바람결을 타고 매일 무슨 고기 굽는 냄새가 날아와 식욕을 자극했다.

그때 참합피로 보낸 전령이 모용수에게 와서 보고를 하였다.

"폐하! 적들이 평성 안에서 굶어 죽은 포로들의 시체를 끌어내 북문 앞에 장작불을 놓아 태우고 있다 하옵니다. 바람결에 날아오는 이 냄새는 바로 시체 태울 때 나는 것이옵니다."

그 말을 듣는 순간, 모용수는 자신도 모르는 사이에 손으로 코를 틀어막았다.

"저, 저런! 망나니 같은 오랑캐 놈들을 보았나? 인육을 도려 내 날로 씹어도 시원찮을 놈들이 아닌가?"

모용수는 전령을 내보낸 후 분을 참지 못해 탁자를 치고 발을 구르며 소리쳤다.

'탁발규, 네 이놈! 잡히기만 해봐라! 눈에는 눈, 이에는 이. 놈이 포로에게 했던 것처럼 내 반드시 그대로 갚아주마.'

모용수는 휘하 장수들 앞에서는 화를 낼 수 없어 혼자서 마음속으로 끙끙 앓았다. 탁발규가 전면전을 벌이기 전에 먼저 후연군의 기를 죽이기 위해 포로들의 시체를 불태워 겁을 주고 있음을 알기에, 더욱 분함을 참을 수가 없었다.

탁발규의 그런 전략은 먹혀들고 있었다. 곧 후연군들 사이에도 바람결에 날아오는 고기 굽는 냄새가 실은 북위군이 죽은 포로들을 태우는 냄새라는 소문이 퍼져나가자, 비위 약한 군사들 중에서는 구역질을 해대는 자들까지 생겼다. 목구멍으로 음식이 넘어가지 않아 아예 끼니를 거르거나, 포로가 되면 저 지경이 될 거라는 생각에 잔뜩 겁을 집어먹어 의기소침해 있는 병사들도 생겼다. 그러나 그런 자들도 하루 이틀 지나자 더욱 허겁지겁 주린 배를 채우기에 급급했다. 식량이 떨어지면 인육이라도 먹어야 할 만큼 살벌한 전장에서 시체 태우는 냄새 때문에 음식을 입에 대지 못한다는 것은 일종의 사치임을 그들도 뒤늦게 깨달았던 것이다. 하지만 그들의 얼굴에서 겁에 질린 표정은 쉽게 지워지지 않았다.

한편, 평성 안에서는 최굉이 승려 하나와 함께 찾아와 탁발규에게 알현을 청했다.

"폐하! 잠시 드릴 말씀이 있사옵니다."

탁발규는 원로대신 최굉을 반갑게 맞았다.

"오, 어서 오시오. 무슨 좋은 소식이라도?"

후연군에게 평성이 완전 포위되어 뚜렷한 전략 없이 방어에만 급급하던 차에 탁발규는 노회한 최굉에게 기대하는 바가 컸다.

"연전에 저 사막을 건너 구자국에 갔다가 구마라습의 제자인 젊은 승려를 만난 적이 있사온데, 이번에 평성을 찾아왔습니다. 폐하께 긴히 드릴 말씀이 있다 하옵니다."

"흐음, 짐도 구마라습의 이름을 들어본 기억이 있소. 전진의 장수 여광이 구자국에서 데려다 국사로 삼았다지요?"

그러면서 탁발규는 얼른 젊은 승려를 들이라 일렀다.

최굉은 곧 젊은 승려를 불러들였다.

"소승 도진이 폐하께 문안드리옵니다."

젊은 승려 도진이 합장을 했다.

"오, 구자국에서 왔다 들었소. 학승 구마라습의 제자라고?"

탁발규는 불교의 전생을 믿는 편이어서 승려들을 우대하였다.

"네, 그러하옵니다. 스승께서는 여광 장군과 함께 전진으로 갔사옵니다. 그런데 그 사이 전진이 망해 여광 장군은 양주에 나라를 세웠고, 스승은 불교를 전파하며 그 나라의 기틀을 세우는 국사로 우대를 받고 있다 들었사옵니다."

도진의 말에, 탁발규도 이미 알고 있는 일이어서 고개를 끄덕이다가 문득 물었다.

"헌데, 짐에게 무슨 할 말이 있다고 전해 들었소만……."

"네, 매일 북문 밖에서 포로들의 시신을 화장하고 있는데……."

도진은 여기서 잠시 말을 멈춘 채 탁발규를 바라보았다.

"그러한데, 그것이 어찌 되었다는 것이오?"

그 순간 탁발규의 얼굴이 잠시 일그러지는 듯했다.

"소승이 사자들의 명복을 비는 기도를 올려도 될지, 폐하께 그 허락을 받고자 하옵니다."

"죽은 포로들의 명복을 빈다?"

"폐하! 적이나 아군이나 죽고 나면 피아의 구분이 없는, 그저 구천을 떠도는 불쌍한 영혼에 불과하옵니다. 비록 저들이 포로라고는 하나 불귀의 객이 된 마당이니, 영혼이라도 천도해 주어야 하지 않겠사옵니까?"

도진의 말이 탁발규는 썩 내키지 않았다.

"지금은 전시이니, 포로들의 영혼까지 신경 쓸 겨를이 없소."

"그렇지 않사옵니다. 폐하! 사람이 행한 일에는 반드시 업보가 따르옵니다."

"업보라니?"

탁발규가 칼날처럼 서슬이 퍼런 눈으로 도진을 쏘아보았다. 그러나 도진은 그 무서운 눈빛에도 아랑곳하지 않고 말했다.

"업보란 과거의 잘못에 대해 하늘이 내리는 현세의 고통을 말합니다. 행한 대로 거둔다는 인과응보와 같은 뜻으로 쓰인다고 보시면 되옵니다."

"허면 짐이 저 포로들을 죽인 것이 잘못이니, 훗날 반드시 그로 인한 화를 입을 것이란 뜻이오?"

"업보란 반드시 훗날이라고 규정할 수 없사옵니다. 전생의 악업이 이생에서, 또는 이생의 잘못이 후생에서 업화로 나타날 수도 있사옵니다. 이 세상의 생명체는 윤회를 하니, 현생의 악업을 잘 닦아야 후생에 영향을 미치지 않는다는 말씀이옵니다."

"흐음……!"

"폐하! 이번에 도진 스님께서 적과 아군을 가리지 않고 영혼을 천도한다는 것이니, 우리 군의 전사자들에게도 큰 위로가 되는 일 아니겠사옵니까?"

최굉이 나섰다.

그때 탁발규는 이번 전투에서 죽은 젊은 장수 탁발건을 생각했다. 머리는 적들이 가져가 달랑 몸뚱어리만 남은 시신을 화장하고 나서, 그는 아직까지도 그 심란한 마음을 진정시키지 못하고 있었다.

'목 없는 시신을 장사 지낸 젊은 장수 탁발건의 영혼도 천도해 준다는 얘기가 아닌가?'

죽은 탁발건을 생각하자, 어느새 탁발규의 서슬 퍼런 눈빛이 봄눈 녹듯 스르르 풀렸다. 그는 북위를 건국할 때부터 불교를 받아들여, 승려의 말이라면 대체로 믿고 따르는 편이었다.

"폐하! 전쟁터에서의 죽음은 피치 못할 인과로서, 피아간에 과오를 따질 수 없는 일이옵니다. 다만 사자死者에 대해서는 적군과 아군을 가릴 것 없이 영혼을 위로해 주는 것이 마땅한 일이라 생각되옵니다."

도진이 다시 나섰다.

"그건, 생각해 보니 그런 것 같군! 허면 포로들일망정 사자의 명복을 빌어주어 손해를 볼 일은 아닌 것 같으니, 시신을 화장할 때마다 스님께서 불공을 드려주시기 바라오."

탁발규의 허락이 떨어지자, 바로 다음날부터 도진은 최굉과 함께 북문 밖 포로의 시신을 화장하는 장소로 나가 죽은 영혼을 위로하는 재를 올렸다. 최굉은 유학자이지만, 불교나 도교도 다 받아들이고 있는 편이어서 정신적인 편벽에서 어느 정도 벗어나 있었다.

날이 갈수록 포로들의 시신은 늘어만 갔다. 그도 그럴 것이 평성 안의 군량미가 점점 떨어지기 시작하자 하루 한 끼의 급식을 이틀에 한 끼로 줄였다. 그러니 아사자들이 더욱 늘어날 수밖에 없었다.

북문 밖 포로들의 화장터 앞에는 쌓아 놓은 유골이 날을 거듭할수록 점점 더 높아져 탑처럼 올라갔다. 비가 내리면서 재가 씻겨나가고, 해가 비치면서 유골이 하얗게 바래어 멀리서 바라보면 누군가가 일부러 백탑을 쌓아올린 것 같았다. 이른바 '백골탑'이었다.

평성 안팎에서 북위군과 후연군이 대치한 상태로 접전을 벌여온 지도 한 달 이상 지났다. 날씨는 이제 봄기운이 완연하여 산야가 녹색으로 짙게 물들었다. 농사철이 다가오자, 평성 안으로 들어온 농민들은 걱정이 태산 같았다. 전쟁이 곧 끝날 것이라 생각하고, 그들은 봄철이 되면 뿌릴 씨앗들을 땅속에 숨겨놓은 채 입성했던 것이다.

농사는 시기를 놓치면 안 되는데, 파종기가 다가오자 농민들은 심리적으로 초조해지기 시작했다. 파종을 제때에 못하면 소출이 많이 줄어들어 긴 겨울을 나기 어려웠다. 농민들에게는 전쟁보다 무서운 것이 굶주림이었다. 그래서 농민들은 집으로 돌아가 밭갈이와 파종을 하기 위해 하나둘 몰래 성을 빠져나 갔다. 평성의 북위군은 그런 농민들의 탈출을 막을 길이 없었 다. 그들은 주변 지리에 익숙했으므로, 후연군의 포위망을 뚫 고 나가는 안전한 길도 잘 알고 있었다.

이 길은 또한 도처에 심어놓은 북위의 세작들이 평성 안으 로 스며드는 통로가 되기도 했다. 여러 세작들이 가져온 정보에 의하면 후연군은 군량미가 바닥나자 용성을 지키는 모용수의 동생 모용좌에게 지원요청을 했다는 것이다. 용성은 노장 모용 좌가 모용보의 서장자인 젊은 장수 모용성과 함께 동북 변방의 고구려와 대치하고 있었다. 만약 모용좌가 용성에 비축해 둔 군량미를 모용수의 원정군에게 보급하게 된다면, 전쟁은 여름 까지 가는 지루하고 긴 싸움이 될 가능성이 높았다.

'흠, 만약 용성에서 군량미가 보급된다면 우리 군이 매우 불 리하게 되겠군.'

탁발규는 고심하지 않을 수 없었다.

전쟁이 나기 전에 성안으로 끌어들였던 농민들은 어느 사이 거의 다 빠져나갔고, 이제는 평성 안에도 군량미가 부족해 한 달이 지나면 북위의 군사들마저도 꼼짝없이 굶어야 할 판국이 었다. 연전에 후연군과의 전투에서 사로잡은 5만의 포로만 아 니었어도, 평성에 비축해 둔 군량미가 그렇게 빨리 바닥나지는 않았을 것이다.

포로야말로 이중의 골칫거리임을 탁발규는 뒤늦게 깨달았다. 혹여 포로를 살려 돌려보낼 경우 다시 그들이 무장을 해 쳐들어올까 두려워 붙잡아두었더니 군량미를 축내는 원흉이 되고 말았다. 후연군이 평성을 완전히 포위하고 있었으므로, 북위로선 지금 당장 다른 성에 군량미 지원을 요청하기도 어려웠다.

탁발규의 고민은 거기에 있었다. 군사회의를 소집해 휘하 장수들과 앞으로의 대책을 논의하려고 해도, 군량미가 부족하다는 사실이 군사들에게까지 알려지면 사기에 큰 영향을 미칠 수 있었다. 더군다나 후연군에게 황하 동남쪽의 용성에서 군량미가 보급될 것이라는 소문이 돌아 평성의 군사들이 슬금슬금 성을 빠져나가 달아난다면, 당장 그 사태를 막을 뾰족한 방도가 없었다.

고민 끝에 탁발규는 몰래 원로대신 최굉의 아들 최호를 불렀다. 최굉은 늙었으므로 아들 최호가 승려 도진과 함께 매일 북문 밖 포로들의 시체를 태우는 곳으로 나가 재를 올리고 불공드리는 일을 돕고 있었다.

"요즘 승려 도진과 죽은 영혼을 천도하느라 수고가 많은 줄로 안다. 그런데 그대에게 다른 중책을 맡기려고 하는데, 어찌 생각하는가?"

"폐하! 중책이라 하시면?"

"이 성에선 그대만이 할 수 있는 일이다. 참합피성에 밀사로 가주어야겠다."

탁발규는 내관도 물리친 채 최호와 독대하고 있었다.

"우리 성에 볼모로 있던 참합피 성주 난한의 형 난제를 만나라는 말씀이십니까?"

"그렇다."

"성을 버리시려는 것이옵니까?"

최호가 번쩍 눈을 뜨고 나지막한 소리로 말하며 탁발규를 바라보았다.

"……그걸 어찌 알았느냐?"

탁발규 역시 잠시 뜸을 들이다가 낮은 목소리로 되물었다.

"이제 이 성에선 농민들이 다 빠져나가고, 군사들도 점차 사기가 떨어져가고 있사옵니다. 농성에도 한계가 있는데, 군량미까지 부족하니 군사들은 불안을 느낄 수밖에 없습니다. 우리가 후연의 포로들을 방패막이로 세우고, 굶어죽은 자들을 화장시킨 것처럼, 아군도 포로가 되면 적들이 그렇게 보복하리라 지레짐작하여 잔뜩 겁부터 집어먹고 있을 것이옵니다."

최호는 며칠 전부터 고민해 오던 바를 털어놓았다.

"그래서 성을 버리려는 것은 아니다. 우리가 성을 비워 적들을 오히려 이 평성 안에 가두기 위한 것이다. 지금 모용수의 지원요청을 받은 용성의 모용좌가 군량미를 보내려고 준비 중이라 한다. 만약 모용수의 원정군에 군량미가 보급되면, 우리는 이 평성에서 독 안에 든 쥐 꼴이 되고 말 것이다. 군량미가 떨어지는 판인데 전쟁이 장기전으로 가게 되면 버텨낼 재간이 없는 노릇 아니겠는가?"

"폐하께선 평성을 내주고 우리 군사들을 이끌고 황하로 가서 용성의 보급부대를 습격하겠다는 전략을 가지고 계시군요?"

최호가 눈을 반짝이며 탁발규를 올려다보았다.

"그대가 이미 그 전략을 알고 있었단 말인가? 짐의 마음을 들킨 것 같아 심히 부끄럽군!"

"아니옵니다. 소신도 벌써 여러 날 전부터 고민을 거듭해 오던 것이 바로 그 문제였사옵니다. 하여 곧 폐하께 알현을 청해 그 전략을 말씀드리려던 참이었사옵니다."

"허허! 이심전심이라더니, 짐과 그대는 말을 안 해도 통하는 것이 있었구나. 그렇다면 짐이 그대를 참합피성에 밀사로 파견하는 목적도 알고 있겠지?"

"네, 우리 군사들이 빠져나갈 북문의 퇴로를 확보하려는 것 아니겠사옵니까?"

"역시 잘 알고 있군! 그대가 가서 난제를 만나 회유를 해보도록 하라. 성주 난한을 포함해 난제의 형제들이 모두 금은보화를 좋아하니, 우리 군이 북문을 빠져나갈 때 싸우는 척하면서 퇴로를 열어주면 보급부대인 후군 말미에 금궤를 실은 수레 두 대를 떨어뜨리겠다고 하라. 그 조건이 잘 안 통할 때는 난제가 우리 평성에서 심어놓은 이중첩자라는 소문을 후연군 전체에 퍼뜨리겠다는 겁박을 해서라도, 우리 군이 북문을 통해 무사히 평성을 빠져나갈 퇴로를 마련해 달라고 부탁하라."

탁발규는 그날 밤을 기해 최호를 참합피 성주 난한의 진영으로 몰래 잠입시켰다.

4

자정을 넘긴 시각, 평성 북문이 열리고 성안의 북위군이 가득 쏟아져 나왔다. 맨 앞에는 기마대가, 그리고 그 뒤로 보병과 보급부대가 줄을 이었다. 탁발규는 선발대로 기마대를 앞세우고 그 뒤에서 중군을 지휘했다.

구름이 흘러가는 하늘에선 반달이 가려졌다 나타났다 하면서 지상에 간헐적으로 은백색의 빛을 뿌리고 있었다. 감질나게도 반달이 잠깐 나오면서 땅바닥에 군사들의 검은 그림자가 비쳤다가, 구름이 드리우면 금세 검은 땅으로 변해 짙은 이둠이 되곤 했다. 구름이 빠르게 흘러서, 반달은 마치 북쪽을 향해 달리는 기마대처럼 질주하고 있는 듯했다.

말 위에 올라앉은 탁발규는 구름에 가렸다 반짝 나온 반달이 사위를 비출 때, 문득 북문 왼쪽편의 하얀 탑에 눈길을 멈추었다. 포로의 시체들을 화장해 쌓아놓은 백골탑이 달빛을 받아 더욱 하얗게 빛나고 있었다. 건듯 바람이 불었고, 그 순간 출렁이는 달빛을 받은 해골들이 되살아나 혀를 날름대는 것만 같았다.

가슴이 뜨끔해진 탁발규는, 애써 백골탑을 외면한 채 말을 몰았다. 바로 그때 기마대가 달려가는 선두 쪽에서 군사들의 함성이 하늘 높이 치솟았다. 북문 쪽에서 평성을 포위하고 있는 참합피 성주 난한의 군대가 응전을 해온 것이 분명했다. 소리만 듣고도 제법 난투극이 벌어지고 있는 듯했다. 창칼의 부딪치는 소리가 밤하늘을 찔렀다.

그러나 탁발규는 더욱 앞으로 말을 몰며 군사들로 하여금 전속력으로 질주하라고 호통을 쳐댔다. 최호를 밀사로 보내 미리 약조한 대로 난한의 군대는 싸우는 척하면서 북위군에게 길을 터주기로 되어 있었다. 그들이 힘껏 함성을 지르는 것은 동문과 서문, 그리고 남문을 둘러싼 후연의 원정군에게 잘 들리도록 하기 위한 위장술이었다. 물론 소리만 질러서 될 일은 아니었다. 간혹 근접전을 벌여 창칼을 부딪는 소리로 응전해 양군 모두 어느 정도 사상자가 발생해야 위장술이 먹혀들 수 있을 것이었다.

북문을 빠져나온 북위군은 15만 대군이었고, 난한의 후연군은 불과 2만 5천이었다. 중과부적이니 군세로 볼 때도 후연군의 포위망은 무너질 수밖에 없게 되어 있었다. 기마대를 앞세운 북위군은 전속력으로 달려 퇴로를 확보했고, 그 뒤를 이어 보병과 보급부대가 통과했다. 탁발규는 약속대로 보급부대가 후미에서 말에 달고 온 수레 두 대를 버려두게 했다. 그 두 대의 수레에는 금은보화가 가득 실려 있었고, 참합피 성주 난한은 어부지리로 전리품을 챙길 수 있었다.

완전히 적의 포위망을 벗어난 북위군은 한동안 북쪽으로 달리다가, 갑자기 방향을 바꾸어 황하의 물줄기를 따라 이동했다. 이때는 소리를 죽이기 위해 말들에게 재갈을, 군사들에게 하무를 물려 후연군이 그들의 이동 경로를 눈치채지 못하도록 최대한 신경을 썼다.

한편, 남문 쪽에서 평성을 포위하고 있던 후연의 모용수는 한밤중에 북문 쪽에서 함성이 일어나자 급히 전령을 보내 그 내막을 알아보게 했다. 전령이 북문 쪽으로 달려갔을 때는 이미 북위군이 성을 거의 다 빠져나간 뒤였다.

"무엇이라? 적들이 평성을 비우고 달아났단 말이렸다? 북문을 포위하고 있던 난한의 군대는 어찌 되었느냐?"

전령의 보고를 받은 모용수는 의자에서 벌떡 일어섰다.

"적은 15만, 북문을 포위하고 있던 아군은 2만 5천이라 대적하기 어려웠답니다. 급히 적들의 퇴로를 막으려고 분전했지만,

중과부적이라 사상자만 내고 물러날 수밖에 없었다고 합니다."

전령의 말에 모용수는 회심의 미소를 흘렸다.

"흐음! 탁발규, 네놈이 포로들을 굶겨 죽일 때 알아보았느니라. 군량미가 떨어지니, 어쩔 수 없이 성을 비우고 도망친 게야."

모용수는 말끝에 왓하하핫, 하고 입이 찢어질 정도로 웃어댔다.

"폐하! 이젠 걸어서 편하게 평성으로 입성할 수 있게 되었습니다."

태자 모용보도 소리 내어 웃지는 않았으나 저절로 입이 귀에 걸렸다.

"날이 밝는 대로 평성으로 입성하자꾸나. 동문과 서문, 그리고 북문의 각 부대에 전령을 보내 새벽을 기해 입성토록 하라고 일러라."

모용수는 태자에게 이르고 곧 침소에 들었다.

새벽이 되자 후연군의 모든 부대가 평성으로 들어갔다. 평성은 북위의 제2 도성으로 조성된 궁궐이었다. 제대로 규모가 갖추어진 행궁을 비롯하여, 군대 막사나 곡간이 모두 텅텅 비어 있었다. 북위군이 불을 지르지 않고 떠난 것이 이상할 정도로, 전각들은 모두 부서진 곳 하나 없이 멀쩡했다.

모용수는 한 달여 이상 야전의 천막에서 이가 부딪칠 정도로 추위에 떨며 잠을 청하다가 탁발규가 침식을 하던 행궁에서 모처럼 편안한 잠자리를 갖게 된 것을 참으로 다행스럽게 생각했다. 그러나 다른 한편으로 적들이 갑자기 성을 비우고 빠져나간 것이 혹여 속임수일지도 모른다는 의심이 부쩍 들었다.

"이상한 일이로군! 적들이 우리에게 편안한 잠자리를 제공해 주다니?"

모용수가 혼잣소리로 중얼거리고 있을 때, 아침에 북문 쪽으로 순시를 나갔던 태자 모용보가 헐레벌떡 뛰어들어 왔다.

"폐하! 저기……!"

모용보는 숨이 차서 말을 잇지 못했다.

"무슨 일이냐?"

"적들이 포로로 잡혔던 우리 군사들의 시체를 불태운 후 북문 앞에 유골로 탑을 높이 쌓아놓았사옵니다."

"무엇이라……?"

모용수는 벌어진 입을 다물지 못했다.

"유골로 쌓은 탑이 하늘을 찌를 듯하옵니다."

모용수가 잘 듣지 못해 되묻는 줄 알고, 모용보는 과장을 좀 더 섞어 부연설명을 했다.

"흐음! 하늘이 무서운 줄 모르는 놈들이로다. 포로를 굶겨 죽인 것도 모자라 화장을 해서 백골탑을 쌓았다고? 이런, 사지를 찢어 죽여도 성에 차지 않을 놈들이 아닌가?"

모용수는 벌컥 성질을 내며 자신의 가슴을 쥐어뜯었다. 그러나 그것은 성질이 나서가 아니라, 바로 그 순간 가슴이 찢어질 듯 아파왔기 때문이다.

"폐하! 괜찮으십니까?"

모용보는 더럭 겁이 났다. 모용수가 거친 숨을 몰아쉬며 얼굴이 벌겋게 달아오른 것이, 혹시 자신의 말에 충격을 받아 그렇게 됐는지도 모른다고 생각했다.

"괜찮다. 태자는 어서 그곳으로 안내를 하라. 이 눈으로 직접 똑똑히 보아둔 후, 반드시 탁발규를 사로잡아 원혼들의 한을 갚아주겠다."

모용수는 이를 부드득 갈아붙이며 모용보를 재촉했다.

곧 모용수와 모용보는 북문 쪽으로 말머리를 나란히 하고 달렸다. 바로 그 뒤를 몇몇 호위무사들이 따랐다.

날씨는 쾌청했고, 투명하도록 푸른 하늘에선 햇살이 강렬하게 쏟아져내렸다. 북문을 벗어나자 정말 하늘을 찌를 듯한 백골탑이 벌판 가운데 우뚝 서 있었다. 유골로 쌓은 탑에서는 입을 헤벌린 해골의 이빨들이 햇살을 받아 유난히 반짝거렸는데, 그것은 마치 죽은 영혼들이 깔깔거리며 소리 내어 웃고 있는 것 같았다.

"으으, 음!"

모용수는 백골탑을 보는 순간, 마치 영혼들의 웃음소리가 실제로 들려오는 듯 자신의 귀를 틀어막았다. 아니, 그것은 지옥에서 들려오는 원귀들의 울음소리인지도 몰랐다. 그의 환상 속에서는 불속의 원귀들이 아우성치며 살려달라고 외치는 지옥도가 그려질 정도였다. 그 소리가 가슴까지 울렁이게 만드는 것같아 자신도 모르는 사이에 한 손은 귀로, 한 손은 가슴으로 가져갔다. 그러다가 말이 놀라 껑충 뛰는 바람에 하마터면 낙상할 뻔했는데, 때마침 바로 옆에서 불안한 표정으로 지켜보던 모용보가 재빨리 부축을 해 겨우 자세를 바로잡을 수 있었다.

급히 모용보는 가까이 있는 호위무사로 하여금 경마를 잡게 해서 그 즉시 모용수를 성안으로 인도케 했다.

"탁발규, 이노옴!"

모용수는 분을 참지 못해 거친 숨을 몰아쉬었다.

"폐하, 참으소서. 오늘 당장 군사를 풀어 탁발규의 행적을 추적토록 하겠나이다. 반드시 사로잡아 폐하 앞에 무릎을 꿇릴 것이오니, 제발 고정하소서."

모용보가 안타까운 표정으로 말했다.

다시 평성의 행궁으로 돌아온 모용수는 그 길로 자리에 눕고 말았다. 온몸에 열이 나서 펄펄 끓었다. 이마에 찬 물수건을 얹었지만, 금세 천이 뜨뜻해질 정도였다.

그날 저녁때쯤 모용보가 탁발규의 행적을 추적하라고 보낸 군사들 중 하나가 급히 달려와 보고했다.

"태자 전하! 큰일 났사옵니다."

"뭐냐?"

모용보가 소리쳐 물었고, 자리에 누워 있던 모용수가 물수건을 떨어뜨리며 고개를 번쩍 들었다.

"탁발규가 이끄는 북위군이 군량미를 싣고 오는 우리 용성의 보급부대를 급습했다 하옵니다. 배로 황하를 막 건너던 중이었는데, 강가의 갈대숲에 숨어 있던 북위군 복병을 만나 군량미를 거의 탈취당하고 말았사옵니다. 먼저 강을 건너던 일부 병력도 북위군이 강 양안을 막고 있는 바람에 오도 가도 못하다 군량미를 실은 배와 함께 가라앉아버렸사옵니다."

이러한 보고를 듣고, 모용수는 들었던 고개를 다시 베개로 떨어뜨렸다.

"으으음, 이제 탁발규의 군대가 다시 몰려와 이곳 평성을 포위할 것이다. 한시가 급하다. 지금 즉시 철군하라!"

모용수는 누운 자리에서 이렇게 소리치며 사지를 벌벌 떨었다.

탁발규가 평성을 비운 것이 후연군을 성안으로 끌어들여 굶겨 죽이기 위한 전략이었음을 모용수는 그때서야 눈치챘다. 성안에는 곡식이 한 톨도 남아 있지 않았고, 용성에서 오던 군량미까지 빼앗겼으니 만약 북위군이 평성을 포위하면 꼼짝없이 독 안에 든 쥐 꼴이 되고 말 것이었다.

모용보는 급히 전군에 퇴각 명령을 내리고, 모용수를 태운 수레를 호위하며 중군을 이끌고 평성 서문을 나섰다. 이때 선봉군을 이끄는 모용농과 후군을 이끄는 모용린으로 하여금 평성 안에 불을 지르게 하는 한편, 추격하는 북위군과 접전을 하며 최대한 퇴로를 확보하도록 했다.

　한편 북위군은 황하를 건너던 후연군의 용성 보급부대를 급습해 군량미를 탈취한 후, 곧바로 다시 평성으로 들이쳐 모용수의 군대를 공격했다. 그러나 성안에서 불길이 솟아오르자 탁발규는 일순 당황하지 않을 수 없었다.

　"군대를 둘로 나누어, 한편은 성안의 불을 끄고 다른 한편은 도주하는 적들을 추격토록 하라!"

　급히 탁발규는 휘하 장수들에게 명령을 내렸다.

　이때부터 북위군과 후연군 사이에서는 쫓고 쫓기는 가운데 평성 앞 들판 곳곳에서 피아를 구분하기 어려운 혼전이 벌어졌다. 결국 모용농과 모용린의 군대는 후연군을 추격하는 탁발규의 북위군과 혈투를 벌이며 후퇴를 거듭했다. 쫓는 자는 승기를 잡았다는 자신감이 넘쳐 투지에 불타기 마련이고, 쫓기는 자는 심리적으로 위축되어 잔뜩 겁부터 집어먹기 때문에 그만큼 불리할 수밖에 없었다. 더욱이 최대한 모용수의 중군이 안전지대까지 빠져나갈 수 있도록 퇴로를 열어주어야 했기 때문에, 모용농과 모용린의 군대는 파죽지세로 달려드는 북위군에게 격파당해 반 이상이 죽거나 도망치거나 사로잡혔다.

후연군이 중산으로 돌아왔을 때, 모용수는 이미 수레 안에서 심장이 멈춘 상태였다. 거친 들판을 달리는 수레는 덜컹대며 요동을 쳤고, 그는 홀로 누워 두 손으로 가슴을 감싼 채 그대로 눈을 감아버린 것이었다. 결국 그는, 396년 봄에 일흔 살로 파란만장한 생을 마감했다.

제2장

상산의 뱀

1

계절은 벌써 5월 중순, 사방에 짙게 깔린 녹음과 방초가 싱그러운 향기를 뿜어내고 있었다. 특히 대궁이 한창 굵어진 보리는 달착지근하면서 풋풋한 향기를 바람 가득 실어다 너른 들판에 흩뿌리고 있었다. 푸른 이파리는 하늘을 찌르고, 그 사이 곧 패기 직전의 오동통한 보리이삭이 아직은 수줍어 몸을 숨긴 채 머리를 하늘대고 있었다. 마치 알밴 버들치가 물풀 사이로 주둥이를 벌리며 솟구치듯, 바람이 불 때마다 보리이삭들은 지상에서 하늘로 고기 지느러미 같은 푸른 이파리들을 흔들어댔다.

"올해는 대풍이 들겠구먼!"

태왕 담덕은 좌우로 보리밭이 펼쳐진 길로 천천히 말을 몰며 혼잣소리처럼 중얼댔다. 바로 뒤에 호위무사 마동과 수빈이 역시 말을 탄 채 뒤따르고 있었다. 그리고 조금 사이를 두고 전방과 후방 양쪽에서 호위하는 근위무사들의 모습이 보였다.

"폐하께서 대풍이 들 줄 어찌 아세요?"

수빈이 바람에 출렁이는 짙푸른 보리물결을 바라보다 문득 물었다.

"전쟁이 끝났으니 백성들이 편안하고, 이러한 평화로운 시절엔 자연도 알아서 응답을 하지 않겠는가? 저 통통하게 살이 오른 보리이삭만 봐도 곧 패기 시작할 나락의 풍요가 예상되는 법이지."

담덕은 제법 보리 재배로 지혜를 터득한 농부처럼 말했다. 어린 시절 하가촌 무술도장에서 자주 마동과 함께 말을 타고 보리밭 사이로 난 길을 달릴 때부터 눈여겨본 풍경이므로, 코끝에 스치는 보리가 팰 무렵의 싱그러운 바람이 결코 낯설지 않았다. 그 당시 을두미 사부가 푸른 보리밭을 바라보며 흥감해 하던 말을 흉내내본 것이었다.

담덕은 당분간 전쟁 같은 파란은 일어나지 않을 것이라고 장담하고 있었다. 백제의 한성을 공략해 대왕 아신을 무릎 꿇리고 돌아온 후, 태왕은 모처럼만의 여유를 즐기고 있었다. 그는 날씨가 좋아지자 답답한 궁궐을 나와 국내성 밖에 있는 왕당군의 군사 훈련장을 돌아보고 귀성하는 길이었다.

압록강 둔덕 북편의 드넓은 벌판은 보리밭이 끝없이 펼쳐져 있었다. 간혹 야산의 모퉁이를 돌 때는 녹음 속에서 꾀꼬리 소리도 들려왔다. 암수 한 쌍이 노니는 모습은 보는 사람의 흥겨움을 한껏 더해주었다.

"후연의 모용수가 북위의 평성을 공격했다고 하는데, 어느 쪽이 이겼다는 소식이 없습니다."

마동의 말이었다. 그는 아직 방심할 때가 아님을 은연중에 태왕에게 전해 주고 싶었던 것이다. 북위가 있는 서북방과 후연이 자리한 중원 일부 지역을 두루 돌아보고 오겠다던 추동자로부터 아직 서너 달째 꿩 구워 먹은 소식이었다.

"마동아! 너는 어느 편이 이길 것 같으냐?"

담덕이 어깨너머로 물었다.

"우리가 백제를 무찌르고 온 직후 모용수가 원정군을 이끌고 중산을 떠났다고 하는데, 아직까지 이렇다 할 소식이 없는 걸 보면 장기전으로 가는 것이 분명합니다."

"흐음! 모용수는 이빨 빠진 호랑이고, 탁발규는 배를 굶주린 늑대다. 이미 그것으로 싸움은 결판난 것 아니겠느냐? 지난겨울에 모용보가 북위를 쳤다가 탁발규에게 무참하게 당했는데, 그 분을 못 이겨 이번에는 그 아비 모용수가 원정을 단행했다. 이를테면 보복전을 치르겠다는 것인데, 노인네가 너무 성급해서 탈이야. 아무래도 이번에는 모용수가 무리수를 둔 것 같다."

담덕은 그저 담담한 투로 말하며 곁에 따라붙어 말 머리를 같이한 마동을 바라보았다.

"그럼, 폐하께서는 북위의 탁발규가 이긴다는 말씀이세요?"

수빈이 끼어들었다.

어느 사이 수빈까지 곁으로 다가와 세 사람은 말 머리를 같이하고 천천히 말을 몰았다. 오랜만에 한가로운 시간을 즐기고 있는 셈이었다.

"이긴다고 하지는 않았다. 이빨 빠진 호랑이보다 굶주린 늑대가 더 무섭다는 것이지. 호랑이는 제 힘을 믿고 홀로 잘난 체하며 상대를 우습게 보는 경향이 있지만, 굶주린 늑대는 떼로 몰려들어 먹잇감을 노린다. 누가 이길 것 같으냐?"

"이빨 빠진 호랑이라도 아직 발톱은 날카로울 것 아니겠사옵니까?"

이번에는 마동이 진지하게 물었다.

"발톱이라면, 모용수의 자식들을 말하는 것이냐?"

"태자 모용보는 우유부단한 성격이라 들었지만, 모용농과 모용린은 제법 성깔 사나운 새끼 호랑이라 들었사옵니다."

"마동아, 네 말이 맞기는 하다. 모용농과 모용린이 있었구나. 그러나 아버지 호랑이 밑으로 기어들어 가면 새끼 호랑이는 기를 못 펴는 법이다. 이번에 모용수는 큰 실수를 한 것이야. 새끼 호랑이 셋만 보냈어도 굶주린 늑대 떼와 제법 용호상박의 대등

한 싸움이 될 뻔했는데……."

담덕은 멀리서도 후연과 북위의 싸움이 눈에 확연하게 잡혀 오는 듯, 서북쪽 하늘을 바라보았다. 싸움은 심리가 중요한데, 모용수와 탁발규의 성깔로 보아 북위가 우세함을 점치고 있었 던 것이다. 모용수는 노련하지만 성격이 급했고, 탁발규는 거 친 듯하지만 알고 보면 잔꾀에 능해 묘수를 잘 부린다는 것을 담덕은 이미 간파하고 있었다.

전쟁은 그 군주와 군대를 이끄는 장수의 성격에 좌지우지되 는 경우가 많았다. 담덕은 세작들을 통하여 주변국의 군주들 과 장수들의 성격이 어떠한지 잘 파악해 두고 있었다. 그가 모 용수와 탁발규의 성격을 비교하여 전쟁의 승패를 점치는 것도, 그런 사전 지식을 통한 자신의 판단력을 믿고 있었기에 가능한 일이었다.

백제의 한성 공략 후 담덕은 모처럼만에 찾아온 여유를 즐 기고 있었지만, 그것은 겉모습이고 실상은 복잡하게 얽혀 있는 마음구석까지 잠재울 수는 없었다. 이웃나라의 전쟁이 고구려 에 평화를 가져다준 것 같았지만, 그것은 일시적인 것에 불과 했다. 북위와 후연의 싸움에서 누가 이기든, 그 승자는 어차피 고구려에 적국이 될 수밖에 없을 것이었다. 약육강식과도 같은 혼란한 시대에 국경을 마주한 두 나라는 언제나 전쟁을 예비하 고 있다고 보아야만 했다. 따라서 강한 나라만이 평화를 유지할 수 있었다.

이러한 역학 구도는 자기 구역을 지키고 관리하는 짐승들과 크게 다르지 않았다. 힘이 좋아 잡아먹는 짐승과 생태적으로 약해 먹히는 짐승이 확연하게 구분되어 먹이사슬이 존재하는 것이 자연현상이기는 했다. 그러나 극도로 종족보존의 위협을 느낄 때는 약한 짐승도 자기 구역을 지키기 위해 죽기를 무릅쓰고 강한 짐승에게 달려드는 법이었다.

따라서 인간세계에서는 짐승과 달리 강한 나라가 약한 나라를 덕의 정치로 보듬고 달래줄 필요가 있었다. 너무 강한 것은 부러지기 쉬운 법이었다. 때에 따라 강하고 부드러움을 적절하게 운용할 줄 아는 군주가 패자로 군림할 수 있다는 것을 태왕 담덕은 모르지 않았다.

때마침 세 필의 말은 대장간 마을을 지나가고 있었다. 담덕이 문득 말을 멈추고 마동과 수빈을 바라보았다.

"잠시 야철장 단장 김슬갑을 만나보고 가자꾸나."

담덕은 말에서 훌쩍 뛰어내렸다.

"김 단장에게 특별히 지시할 말씀이라도……?"

마동이 뒤따라 말에서 내리며 물었다.

담덕의 앞뒤에서 호위하던 근위무사들도 잠시 멈추어 서서 경계의 시선으로 사방을 살폈다.

"야철장 창고에 무기가 얼마나 쌓여 있는지 보고 싶구나."

"김 단장에게 안내를 부탁하겠습니다. 여기서 잠시 기다리시지요."

마동이 말을 마치고 야철장 안으로 들어서려고 했다. 전부터 태왕이 출동할 경우 미리 알려달라는 야철장 단야장 김슬갑의 부탁이 있었기 때문이다. 원래 김슬갑은 '단야장'인데, 다들 줄여서 단장이라고 불렀다.

"아니다. 같이 들어가자."

담덕은 평소 돌아가는 야철장의 풍경을 보고 싶었다. 그래서 애써 궁궐을 떠날 때 야철장에 들를 것이라는 이야기를 하지 않았다. 미리 예정이 되어 있으면 사전에 태왕이 방문할 것이라는 기별이 가서 정리정돈을 해놓고 기다릴 것이기 때문이었다. 그래서 일부러 왕당군 훈련장을 둘러보고 오는 길에 문득 생각이 난 듯 들이닥쳤던 것이다.

산들바람이 솔솔 부는 봄철이지만 야철장 안은 후텁지근했다. 야철장은 공중에서 내려다본다면 열 십+ 자 형태를 띠고 있어 사방으로 길게 뻗은 작업장이 마치 회랑처럼 보였다. 그리고 그 가운데 지점에 불을 때서 쇠를 녹이는 고로高爐가 위치해 있었다. 고로가 있는 곳은 복층 구조를 이루고 있어 특이한 느낌을 주었다. 고로에서는 시뻘건 쇳물이 부글거렸고, 그 열기가 높은 천정을 향해 올라가는데 2층을 거쳐 3층의 통풍구로 빠져나갔다. 이처럼 기와지붕은 눈비가 와도 실내로 스며들지 않도록 중층으로 이어져 있어, 그 사이 측면의 열린 공간을 통해 공기 순환이 잘되었다.

태왕 담덕 일행이 나타나자 멀리서 단조鍛造 기술자들이 무쇠덩어리를 모루에 올려놓고 망치질하는 것을 둘러보던 김슬갑이 깜짝 놀라 헐레벌떡 뛰어왔다. 그는 강철로 무기를 만드는 단야 기술의 명장이지만, 야철장 전체를 진두지휘하고 있었으므로 단조 기술에도 조예가 깊었다.

"태왕 폐하! 어찌 사전 연락도 없이 이렇게 저희 야철장을 방문해 주셨습니까?"

김슬갑은 태왕에게 예를 올리면서 슬쩍 마동을 쳐다보았다. 미리 알려주지 않은 데 대한 서운함이 그 눈길에 묻어 있었다.

"왕당군 훈련장에서 돌아오는 길에 잠시 들렀소."

담덕의 말이 끝나기 무섭게 마동이 김슬갑을 직시하였다.

"예정에 없던 일이니 김 단장은 그리 괘념치 마시오."

"그래도 너무 갑작스러워서 태왕 폐하를 모실 준비가 안 돼 있는 터라……"

김슬갑은 몸 둘 바를 모르는 듯 시선을 어느 한 곳에 두지 못하고 이리저리 옮겼다.

"사전에 미리 연락을 취해 두면 평소처럼 일하는 모습을 볼 수 없지 않겠소? 누가 온다고 해서 미리 준비하고 꾸미는 것은 가식에 지나지 않는 법. 평소처럼 일하는 모습을 보고 싶어 온 것이니, 괘념치 말고 야장들에게 하던 일을 계속하라 이르시오."

그러면서 담덕은 김슬갑으로 하여금 야철장 내부를 두루 둘러볼 수 있도록 안내하라고 명했다.

김슬갑은 야철장 내부의 덩이쇠를 녹이는 고로에서부터 담덕 일행을 안내하면서, 야장들에게 일손을 멈추지 말고 계속 일하라고 손짓으로 지시를 했다. 고로에서 일하는 야장들은 너무 열기가 높아 아예 웃통을 벗은 채 땀을 뻘뻘 흘리며 불을 때고 있었다. 고로의 온도를 높이기 위해 숯덩어리를 쏟아부으면서 불꽃을 돋우기에 여념이 없었다. 주로 화력이 좋은 참나무 숯을 썼는데, 갈대로 엮은 섬에 담긴 숯을 통째로 아궁이 속에 집어넣어도 금세 벌겋게 달아올라 이글거리는 불덩어리로 변했다.

"덩이쇠를 녹이기 위해서 칠성산에서 구운 화력이 좋은 참나무 백탄을 사용합니다."

막 숯을 고로의 아궁이에 넣는 광경을 보며 김슬갑이 설명하였다.

"칠성산이 그리 멀지 않은 곳에 있으니 숯을 공급하는 데 큰 어려움은 없겠구먼."

담덕은 불덩어리에 시선을 박아둔 채 말했다.

야철장은 가운데 고로를 중심으로 해서 무기의 종류에 따라 회랑 같은 사방의 작업장이 연결되어 있었다. 고로에서 녹인 쇳물이 사방으로 열린 작업장에 공급되어, 그곳에서 야장들이 망치질과 담금질로 저마다 맡은 무기들을 만드는 데 여념이 없었다.

고로를 중심으로 연결된 총 4개의 작업장은 원거리 전투에서 활용하는 활과 쇠뇌 등을 비롯해 그 부속품을 만드는 곳, 근접전에 유효한 창칼과 부월(도끼) 등 각 종류의 무기를 만드는 곳, 방어전투에 필요한 방패와 갑옷 및 투구 등을 만드는 곳, 대표적인 이동수단으로 쓰이는 말에 필요한 각종 장구들과 수레를 만드는 곳 등으로 분류되어 있었다.

담덕은 김슬갑의 안내로 야철장 작업장 곳곳을 다 둘러보고 나서, 이번에는 다 만든 무기들이 보관된 창고로 향했다. 무기 창고는 야철장 바로 옆에 붙어 있어, 연결통로를 지나면 곧바로 그 내부를 둘러볼 수 있었다.

무기 창고에는 18반 무예의 병장기가 종류별로 진열되어 있었는데, 문득 담덕은 태자 시절 무명선사에게 무술을 배울 당시의 산막 도장을 떠올렸다. 그때도 18반 무예의 각종 무기들이 창고에 골고루 비치되어 있었다.

담덕은 무기 창고를 지을 때 규모를 최대한 크게 만들라고 지시한 바 있었다. 그렇지만 기존에 만들어놓은 무기들은 그 큰 공간을 절반 정도밖에 채우지 못한 상태였다. 방금 야장들이 피땀을 흘려가며 무기를 만들고 있는 현장을 목격하였지만, 창고에 쌓인 무기들을 보는 순간 실망감이 적지 않았다.

무기 창고를 끝으로 야철장을 두루 둘러본 후 담덕 일행은 김슬갑의 안내를 받아 외부 인사들을 영접하는 객실로 들어갔다. 그곳은 외부인 영접실이라기보다 야철장 단장이 제반 업무를 보며 무기를 연구하는 특별한 장소라고 할 수 있었다.

자리에 앉자마자 담덕이 무겁게 입을 열었다.

"이곳은 의외로 평화로운 느낌이 드는군!"

"네에? 평화롭다는 말씀은……?"

김슬갑은 태왕이 무슨 뜻으로 '평화'를 운운하는지 몰라 다음 말을 잇지 못했다. 그만큼 담덕의 말투에서 질책성이 강하게 느껴졌던 것이다.

"김 단장은 우리 고구려의 평화를 어떻게 생각하시오? 지금 우리 고구려는 백제의 도성인 한성을 공략하고 나서 남변을 크게 걱정하지 않아도 될 만큼 안정을 찾은 것이 사실이오만."

"네? 평화라고 하시오면……. 남변이 정리되기는 했지만, 아직 저 서북 변방의 선비족들이 염려되니……."

김슬갑은 그래도 담덕이 무슨 의도를 가지고 있는지 몰라 말을 얼버무릴 수밖에 없었다.

"다행히도 북위가 후연을 공략해 우리 고구려가 당분간 서북 변경을 크게 신경 쓰지 않아도 된다고 생각하오. 당분간이지만 모처럼만에 평화로운 시기를 맞은 것은 사실 아니겠소?"

담덕은 뚫어지게 김슬갑을 바라보았다. 그 두 눈에서 이는 불길은 쇠를 녹이는 고로보다 더 뜨겁게 느껴졌다.

"그렇긴 합니다만……."

"그래서 이러한 시기에 우리 고구려는 무엇을 어떻게 해야 한다고 생각하는가 묻고 있는 것이오."

"네에, 폐하! 열심히 무기를 만들어야 한다고 생각하옵니다."

김슬갑은 오금이 저려오는 것을 느낄 정도로 마음이 다급하다못해 목소리까지 굳어졌다. 갑자기 혀끝이 바짝 말라왔던 것이다.

"외세의 침공을 염려하지 않아도 되니 평화로운 것은 사실이지만, 이런 때일수록 내부적으로는 전쟁 못지않은 치열한 혈투를 치러야 하지 않겠습니까? 오늘 야철장을 둘러보니 모두들 열심히 피땀 흘려 일하고 있는 듯 느껴지긴 했지만, 실상은 그렇지 않은 것 같소. 무기 창고가 반나마 비어 있으니, 이는 일을 하지 않고 있다는 증거 아니겠소? 외부로부터 온 평화는 바로 내부의 전쟁이 시작되었다는 신호탄이오. 유비무환이란 말도 있지만, 나라가 평화로울 때 무기를 많이 만들어두지 않으면 그 안락함은 곧 깨지고 말 것이오. 야철장이야말로 평화 속의 전쟁터가 되어야 하는데, 오늘 본 현장은 그저 평온할 뿐이오."

담덕의 목소리는 낮았으나 강하고 날카로운 비장함이 서려 있었다.

"폐하! 신의 잘못이옵니다. 사실은 전부터 염수 소금대상들이 보내주던 철괴가 제대로 공수되지 못하고 있사옵니다. 그래서 알아본 결과 철의 중간교역 역할을 하던 북위에서 염수로 오던 공급망에 차질이 생겼다 하옵니다."

김슬갑은 잘못을 비는 듯 낮게 허리를 굽히며 두 손을 비벼 댔다.

"어찌 북위가 우리 고구려로 들어올 철괴의 반입을 막는단 말이오?"

"신이 생각하기에 북위가 후연과 본격적으로 전쟁을 하게 되면서 무기를 만들 철괴가 많이 필요해졌기 때문인 듯하옵니다."

"흐음, 일리 있는 말이오. 그렇다면 마냥 염수대상들을 기다릴 것이 아니라 다른 방도를 찾아야겠군!"

담덕은 염수의 소금상단을 통해 금산의 철괴가 잘 공급되고 있는 줄 알았다. 그것을 보고하지 않은 것은 야철장 단장 김슬갑의 잘못이지만, 이제 와서 굳이 그것을 따질 필요는 없다고 생각했다.

"사실은, 그래서 작년부터 국내의 철산지를 물색하고 있는 중이옵니다. 이곳에 와 있는 야장들 중에서 철산지로 소문난 지역 출신들을 고향으로 보내 철광 개발 가능성을 타진해 보도록 하였사옵니다."

"그래서요?"

"그들이 탐지해 본 결과, 철광을 개발하기 좋은 곳으로 태백산 동북쪽의 무산茂山과 구월산 남서쪽의 율구栗口(은율)가 있다 하옵니다. 야철장을 시작할 때부터 무산에서 생산되는 철괴를 실어오기는 했으나, 양이 적어 거의 염수대상들이 보내주는 철괴에 목을 매고 있는 실정이었습니다. 노천철광으로 알려진 무산의 경우 빗물에 철가루가 쏠려 두만강으로 흘러가는데, 물이 급한 경사면과 굴곡을 따라 흘러내리는 관계로 모래 둔덕이 진 곳에서 사철沙鐵을 구할 수 있다고 하더군요. 주로 노천에서 나는 철은 자철석磁鐵石인데, 지남철로 모래를 이리저리 휘저으면 쇳가루가 붙습니다. 그것을 모아 열을 가해 붙이면 철정鐵鋌, 즉 무기를 만드는 재료인 덩이쇠를 생산할 수 있사옵니다. 율구는 패수(대동강)의 지류에 속하는 율천이란 지역에 있는데, 그 북쪽 산자락에서 철광석이 많이 난다 하옵니다. 주로 검붉은 빛깔의 적철석赤鐵石이 산출되는데, 덩이쇠를 만드는 재료로는 으뜸으로 치고 있사옵니다."

이와 같은 김슬갑의 말을 듣고 나서야 담덕은 다소 안심이 되는 눈빛으로 가만히 고개를 끄덕였다.

"무산은 두만강 인근이고, 율구는 패수 하구와 가까우니 모두 강을 끼고 있는 지역 아닙니까? 무산의 자철석은 덩이쇠로 만들어 태백산으로 운반해 압록강을 통해 국내성까지 반입이 가능하고, 율구의 적철석은 패수를 거쳐 해로를 통해 압록강으로 거슬러 올라오면 될 것 같군. 두 철광산지의 현지에 제대로 된 제철 시설을 마련하여 덩이쇠부터 만들도록 하시오. 김단장은 제철에 필요한 인력을 더욱 보강토록 힘쓰고, 덩이쇠 운반은 따로 하명재 상단의 선박을 이용할 수 있도록 조처하겠소."

담덕은 말을 마치고 곧바로 일어섰다. 그는 마음이 바빴다. 야철장에 와서 느낀 바가 많았던 것이다. 김슬갑에게 무기 만드는 일에 적극적이지 못한 안일을 꾸짖었지만, 그 순간 비로소 평화로운 시기에야말로 전쟁보다 더 치열하게 마음속의 투지를 불태워야 한다는 생각을 하였다.

야철장에서 나온 담덕은 백마에 올라 국내성을 향해 달렸다. 마동과 수빈, 그리고 그 앞뒤에서 호위하는 근위무사들도 서둘러 말에 박차를 가하였다. 말 울음소리가 진초록 들판 위의 허공으로 메아리쳤다.

2

태왕 담덕이 국내성 궁궐로 들어오자 때마침 추동자가 입궁해 알현을 청해 놓고 있었다. 그는 서북방을 두루 돌아 장안으로 갔다가, 거기서 다시 중원 땅을 거쳐 입국한 것이었다.

"추 단장이 돌아왔다고?"

내관의 보고를 받고 나서, 담덕이 반가운 마음에 다급하게 되물었다.

"네, 폐하! 잠시 대기하라 일러놓았사옵니다."

담덕은 곧 추동자를 불러오게 했다.

"신 추동자, 실로 오랜만에 폐하를 뵙습니다."

흑부상 단장 추동자가 예를 올리고 나자, 담덕이 급히 물었다.

"오, 마침 추 단장의 소식이 궁금하던 차였소. 이번에는 어디를 어떻게 돌아오셨소?"

지난겨울 북위에 사신으로 갔던 추동자는 국내성으로 돌아왔다가 다시 서북쪽으로 길을 떠났다. 그는 발길이 닿는 곳이면 사방천지 안 가는 곳이 없었으므로 늘 새로운 정보를 물고 왔다.

"고비사막을 구경하고 돌아왔사옵니다. 북위에서 더 서쪽으로 가면 까마득히 펼쳐진 사막이 있고, 다시 멀리 산을 넘고 강을 건너면 돈황이란 곳에 닿습니다. 거기엔 천축국에서 온 승려들로부터 불법을 익히려고 중원 각 나라의 젊은 출가자들이 몰려들고 있사옵니다. 모래벌판 아래 깎아지른 진흙 절벽이 있는데, 곳곳에 토굴을 파고 들어앉은 승려들이 기도를 하고, 고승의 법문을 듣고, 천축에서 가져온 불경을 번역하고 있었사옵니다. 토굴은 그 크기가 제각기 다른데, 굴마다 진흙으로 빚은 부처가 모셔져 있습니다. 큰 토굴은 높이가 사람의 키로 열 배는 될 듯한데, 거기 모셔진 부처는 엄청 커서 고개를 완전히 젖히고 쳐다보아야 두상이 겨우 눈에 들어올 정도입니다."

추동자의 말은 실타래처럼 술술 풀려나오고 있었다.

"호오? 짐도 순도 대사와 아도 대사를 통해 그런 곳이 있다는 얘길 듣긴 했소. 그렇게나 큰 부처가 조성되어 있다니? 진흙으로 만들었다면 쉬 무너지지 않을까 염려스럽소만."

"오래도록 모래사막 밑에서 굳어진 진흙이라 돌처럼 딱딱해 토굴을 파기도 쉽지 않을 정도입니다. 그러니 진흙으로 조성한 부처도 돌로 깎은 부처와 다를 바 없이 아주 단단하옵니다."

"그래 거기서 무슨 새로운 소식이라도 들은 것이오?"

"소식을 가져왔다기보다 사람을 하나 데리고 왔사옵니다. 돈황에서 다시 장안을 거쳐 요동에 이르렀는데, 거기서 동진의 승려를 만났사옵니다. 이야기를 나누다 보니, 그 승려는 장안 출신으로 출가한 후 돈황에서 천축승을 스승으로 모시고 불경 공부를 했다고 하옵니다. 그리다가 동진에 가서 한동안 불교를 전파했는데, 십여 년 전부터 요동에 와서 불법을 펴고 있다고 하였사옵니다. 소신과는 길을 가다 우연히 만나게 되었는데, 범상치 않은 인물이란 생각이 들었사옵니다. 돈황 얘기를 하다

보니 서로 통하는 바가 많았고, 소신이 볼 때도 불법에 정통한 인물이란 생각이 들었습니다. 그래서 신바람이 나서 우리 고구려 자랑을 하다가 이 방정맞은 입을 가만 놔두지 못하고, 태왕 폐하께서 요동의 산 중턱에서 아육왕의 비석에서 떨어진 석편을 발견했다는 이야기를 했사옵니다. 그랬더니 부쩍 관심을 보이기에, 귀국길에 그 스님과 동행하게 되었사옵니다. 법명을 담시曇始라고 하는데, 발바닥이 얼굴보다 희다고 해서 백족화상白足和尙이란 별명이 붙었다고 하옵니다. 폐하께서 궁금해 하시는 저 중원의 소식은 그 승려가 더 많이 알고 있을 듯싶사옵니다."

"백족화상이라? 참 묘한 별명이구려."

"실로 묘한 것은 진흙을 밟아도 얼룩이 묻지 않고, 걸음이 워낙 빨라 이쪽 언덕에서 번쩍하는 듯했는데, 어느 사이 저쪽 산 중턱에 가 있곤 하옵니다."

"허어? 그러면 다리가 긴 추 대장, 그대보다 더 빨리 걷는단 말이오?"

"네, 그러하옵니다. 소신은 백족화상에 비하면 남생이보다 못한 느림보에 속하옵니다. 옛날엔 사람들이 소신의 빠른 걸음을 보고 축지법을 쓰느냐고 놀라 묻곤 했는데, 백족화상이야말로 신통력을 가진 인물로 정말 축지법을 쓰는 것 같았사옵니다. 헌데 축지법을 쓰는 것이냐고 물어보면, 본인은 그냥 걸을 뿐 특별한 묘기를 가진 것은 아니라고 하옵니다."

"허면, 지금 그 백족화상은 어디에 있소?"

담덕이 매우 궁금한 눈빛으로 추동자를 쳐다보았다.

"이미 대기시켜 놓았사옵니다. 폐하 뵙기를 간절히 원해서 같이 입궐했사옵니다."

"백족화상을 들게 하라."

담덕이 내관에게 명하자, 문밖에 대기하고 있던 담시가 들어와 허리를 굽히며 합장을 했다.

"일찍이 태왕 폐하의 높으신 성덕을 들은 바 있사옵니다. 소승 담시, 이렇게 직접 뵈오니 실로 감개가 무량하옵니다."

담시는 고구려 말에 능숙했다.

"허어? 동진의 승려라 들었는데, 어찌 그리 우리말을 잘하시오?"

"요동이 한때는 고구려 땅이어서, 그곳에 사는 백성들을 교화하려면 고구려 말을 잘 알아야 하옵니다. 요동에서 십여 년의 세월을 두루 돌며 불교를 전파하는 동안 고구려 말을 익혔사옵니다."

담시는 그러면서 요동에서 자신이 간직하고 있던 경經과 율律수십 부를 이번에 다 가지고 왔다고 말했다.

"우리 고구려에서도 오래 머무를 계획이시오?"

"폐하께서 허락하신다면 고구려에서도 두루 백성들에게 불교를 전파하고 싶사옵니다."

"허락이라고 할 것까지도 없소. 우리 고구려는 불국정토를 꿈꾸는 나라이고, 평양에는 아홉 개의 사찰까지 지었소. 담시 대사께서 오래도록 우리 고구려에 머물러주시기 바라오."

"폐하! 소신에게 한 가지 간절한 소원이 있사옵니다."

"무엇이오?"

"폐하께서 전날 요동에서 얻으셨다는 아육왕 비석의 석편을 친견하는 기회를 주실 수 있으신지요?"

"오, 그것이 대사의 소원이시오? 방금 추 단장으로부터 그 이야기를 들은 바 있소. 그 석편을 보고자 하는 이유는 무엇이오?"

"불교는 천축국에서 일어난 종교이고, 아육왕은 일찍이 불교에 귀의하여 불국정토의 나라를 만들어 전륜성왕이라 일컫게 되었사옵니다. 아육왕은 천축국을 통일하면서 도처에 비석을 세웠는데, 그것은 이제 불교의 보물로 대단히 가치 있는 유적이 되었사옵니다. 어찌하여 아육왕의 비석에서 떨어져 나온 석편이 요동에서 발견됐는지, 소승은 매우 궁금하지 않을 수 없사옵니다. 그 보물을 친견하는 것만으로도 불제자로서는 큰 광영이라 생각하옵니다."

담시의 얼굴에선 간절함이 묻어나올 정도였다.

"여봐라! 석편이 담긴 상자를 가져오너라."

태왕 담덕의 지시에 내관이 곧 오동나무로 짠 상자를 가져왔다.

내관이 나무상자를 열자, 안에서 황금빛 비단에 싸인 석편이 나왔다. 범어로 쓰인 글자를 확인한 담시는 경건한 마음으로 두 손을 모았다.

"나무관세음보살!"

담시는 잠시 눈을 감은 채 기도를 드렸다.

"대사, 석편을 본 느낌이 어떠시오?"

담덕이 물었다.

"석편에 쓰인 것이 범어인 걸 보면 천축국에서 온 것이 분명하옵니다. 태왕 폐하께서 이 보물을 얻으신 것은 고구려를 불국정토로 만들어달라는 부처님의 예시라고 할 수 있사옵니다."

"일찍이 천축승 아도 대사를 통해서도 이 글씨가 범어라는 건 알고 있었소. 담시 대사께선 이 석편을 어찌하면 좋을 듯싶소?"

담덕은 자신의 생각을 애써 숨긴 채 담시가 어찌 생각하는지 듣고 싶었다.

"고구려가 불국정토의 국가라는 걸 만방에 알리는 상징적 의미로 크게 불탑이나 사찰을 지어 모시는 것이 좋을 듯하옵니다."

"만방에 알린다면 어디에 어떻게 탑이나 절을 세우는 것이 좋다는 것이오?"

"이 석편이 나온 곳은 요동입니다. 당연히 그 자리에 가져다 탑이나 절을 세워야 할 것이옵니다."

담시의 말에, 담덕은 혹시 그가 후연에서 보낸 첩자는 아닐까 하는 의심이 들었다.

"요동은 현재 후연이 점령하고 있소. 당장은 불사를 일으키기가 쉽지 않을 것이오."

"후연은 오래가지 못합니다. 불과 얼마 전 후연과 북위의 싸움에서 모용수는 대패하여 목숨까지 잃었사옵니다. 탁발규는 포로들의 시신을 불태워 백골로 탑을 쌓고 서역에서 온 젊은 승려로 하여금 목탁을 두드리고 돌며 극락왕생을 비는 불공을 드리게 했다 하옵니다. 그런데 평성을 들이친 모용수가 그 백골탑을 보고 대경실색해, 결국 후퇴하던 도중 수레 안에서 숨을 거두었다 하옵니다."

담시의 입에서 실로 놀라운 말이 흘러나왔다.

"그것이, 진정 사실이오? 모용수가 죽었다는 것이……."

담덕은 담시의 입을 주시하다가 문득 추동자를 바라보았다.

"예, 폐하! 진작 말씀드리려 했지만, 소신보다 담시 대사가 직접 들려드리는 것이 좋을 듯하여 기다리고 있었사옵니다."

추동자의 말에 담덕은 오래도록 깊이 고개를 끄덕거렸다.

"흐음……. 허면 태자 모용보가 다음 위를 이었겠구먼……."

담덕은 혼잣소리처럼 중얼거렸다.

"모용보는 우유부단한 성격이라 오래가지 못할 것이옵니다. 모용농과 모용린 같은 억센 형제들이 있어, 후연은 한동안 소용돌이에 휩싸일 것이라 짐작되옵니다."

담시가 말했다.

"오, 대사도 그렇게 생각하시오?"

"태왕 폐하께서 요동 언덕에서 아육왕 비석의 석편을 얻으신 것은, 곧 그 땅을 차지하게 된다는 뜻이옵니다. 아직은 때가 아니오나, 반드시 그날이 올 것이오니 기다리도록 하시옵소서."

"대사께선 어찌 우리 고구려에 대해 좋은 말만 하시는 것이오?"

"부처님의 뜻을 전하는 것이지, 태왕 폐하께 아부를 하고자 말씀드리는 것은 아니옵니다."

담시의 말에 담덕은 매우 기분이 좋아졌다.

백제 한성을 공략하고 돌아온 담덕은 정보에 목말라 있었다. 한동안 흑부상들과 파발마를 통한 정보 교환이 제대로 이루어지지 않아 답답해 하던 중, 추동자가 담시와 함께 와서 모용수의 사망 소식을 전해 준 것이었다.

3

꼿꼿했던 수숫대의 이삭이 무거운 머리를 숙이고 강한 햇살에 푸른 이파리들이 점차 시르죽어갈 무렵, 장안의 옥상단 대인 조환은 기예단장 양수와 마주 앉았다. 이제 조환은 비단대상 진유량 상단에서 나와 화전 옥을 거래하는 옥상단을 새롭게 꾸려놓고 있었다. 화전의 옥상단을 대표하는 카라자나가 장안 대상과의 옥 거래를 전적으로 조환에게 떠맡긴 것이었다. 벌써 양수는 고구려 기예단을 이끌고 서역을 서너 차례 다녀왔다. 조환이 옥상단 대인이 되면서부터는 양수가 기예단장을 겸해 대행수 역할까지 맡고 있었다.

"이번에 고구려에 좀 다녀오시게. 때마침 그대가 이번에 화전의 기예단까지 이끌고 오지 않았는가? 장안에서 그들이 벌인 공연도 반응이 아주 좋았네. 장사는 먼저 문화의 길을 닦아놓은 뒤 거래를 트는걸세. 고구려와의 옥 거래를 정식으로 트기 전에 화전의 기예단 공연을 선보이는 것이 어떨까 생각해 보았네."

조환은 양수가 고구려 기예단을 이끌고 서역에 가서 공연을 함으로써 먼저 문화의 길을 닦아놓은 것이 장삿길에 큰 도움이 된다는 것을, 실제 경험을 통해 실감한 마당이었다. 특히 속독束毒(소그드)에 가서 보여준 탈춤 공연은 대단한 열광을 받았다. 내용은 다르지만, 속독에도 머리에 난새鸞의 탈을 뒤집어쓰고 추는 춤사위가 있었다. 난새는 꿩처럼 오색 무늬가 있는 상상의 동물로, 서역 사람들은 이 새가 나타나면 세상이 평화로

워진다고 여기고 있었다.

"대인 어른! 옳으신 말씀입니다. 화전의 기예단은 특히 옥을 캐는 일에서부터 옥을 가공하고 거래하는 일까지 춤사위로 잘 엮어내고 있습니다. 여성 기예인들의 옥으로 장식한 화려한 무대의상은 경이롭기까지 하지 않습니까? 우리 고구려에서도 대환영을 받을 것이라 예상됩니다."

양수는 오랫동안 고구려를 떠나 있었기 때문에, 마음 한구석에 향수가 물처럼 젖어든 지 오래였다.

"하지만 지금 한창 후연과 북위가 전투 중이니 고구려까지 가는 길에 위험이 따를 수 있네."

"전쟁이 무서워 장사를 못한다면 장사꾼 그만둬야죠. 전쟁이 나면 칼과 투구와 갑옷을 만들어가지고 달려가 파는 것이 장사꾼의 기질 아니겠습니까? 고구려까지 안전하게 다녀올 테니 대인 어른께선 아무런 걱정 마십시오."

이렇게 양수가 선수를 치고 나온 것은, 조환이 상단을 꾸려 고구려로 가는 계획을 잠시 뒤로 미룰까 그것이 걱정되어서였다. 그만큼 양수는 향수병에 시달리고 있었다. 평상시에는 그런 생각을 별로 안 했는데, 조환이 고구려 얘기를 꺼내자 속 깊은 곳에 숨어 있던 고국산천에 대한 그리움이 부쩍 감정의 표면으로 떠올랐던 것이다.

"허허, 헛! 양 행수가 이젠 장사꾼의 기량을 다 터득했구먼!

물속에 옥이 있으면 빠져 죽을 각오로 뛰어들고, 불속에 금이 있으면 타 죽을 각오로 달려들어 이득을 챙겨야 제대로 된 장사꾼이지. 그런 용기를 가지면 어딘들 못 가겠나? 다녀오도록 하게. 혹시 소용이 될지 모르니 이 단도를 가져가게. 전에 담덕 태왕께서 내게 하사한 보물인데, 고구려 땅으로 들어서면 이것이 국경을 지키는 까다로운 초병을 만나도 무사통과할 수 있게 해줄걸세."

조환은 품속에서 단도를 꺼내 양수에게 건넸다. 뿐만 아니라 그는 따로 챙겨둔 금은보화 상자를 내놓았다.

"이건 뭡니까?"

"담덕 태왕께 전하도록 하게. 옥 대상을 하면서 그동안 내가 모아놓은 것인데, 부국강병을 목표로 절치부심하시는 폐하께 반드시 소용될 곳이 있을 것이야."

조환은 전에 동부에서 해평이 반란을 일으킬 때 몰래 군자금을 지원했는데도, 태왕 담덕이 아무런 문책을 하지 않고 용서해 준 것에 대해 늘 감사하는 마음을 갖고 있었다. 그가 금은보화를 보내는 것은 그런 마음의 표시라고 해도 좋았다.

양수는 곧 고구려와 서역의 화전 기예단, 그리고 옥상단 행수와 수하 장정 들을 이끌고 장안을 떠났다. 후연과 북위가 한창 전쟁을 치르고 있다는 소문이 돌았지만, 그 혼란지경에 길만 잘 선택하면 군사들을 피해 고구려까지 안전하게 갈 수 있을 것이라고 생각했다.

그러나 양수가 이끄는 상단은 후연의 도성인 중산 근처에서 길목을 지키던 군사들에게 걸리고 말았다. 이때 양수는 대인 조환이 일러준 대로 후연의 노장 고화의 이름을 댔다.

"우리는 고화 장군에게 가는 길이오. 안내를 부탁하오."

양수는 당황하지 않았다.

"뭐라? 고화 장군? 고 장군은 얼마 전에 지병으로 세상을 떠났는데, 그걸 모르고 만나러 간단 말이오?"

후연의 초병을 대표하는 장수가 고개를 갸우뚱거리며 의심의 눈초리로 양수를 바라보았다.

"우리는 장안에서 오는 상단이오. 고화 장군이 중병을 앓고 있다 해서 서역에서 얻은 명약을 가져오는 중인데 돌아가시다니……. 허헛, 참! 이런 낭패가 있나?"

"그게 사실이오?"

"우린 화전과 거래를 하는 장안의 옥상단이오. 나는 고구려 유민인데, 고화 장군과는 인척이 되오."

양수는 위급할 때 쓰기 위해 주머니에 챙겨두었던 작은 옥 하나를 슬쩍 후연 장수에게 쥐여주었다.

"그렇다면 모용운 황자님께 데리고 가야겠군! 고화 장군은 운 황자님의 조부이시니, 서로 통하는 얘기가 있을 것이오."

"운 황자님이라니요?"

양수는 갑자기 황자 앞으로 상단을 데리고 가겠다는 말에 눈앞이 캄캄해졌다.

"오, 아직 모르고 있겠군! 모용운 황자님은 바로 고화 장군의 손자가 되오. 원래 고운인데, 황제 폐하의 양아들이 되어 모용운이라 불린다오."

"아, 전에 고발 장군에게서 운이라는 아들이 있다는 얘길 들은 적이 있소이다."

양수의 입에서 고발의 이름까지 나오자, 초병 대장은 곧바로 신뢰의 눈빛을 보냈다. 조환이 알려준 대로 고화와 그의 아들 고발의 이름을 기억하고 있었던 것이 양수에겐 큰 도움이 되었다.

"우리는 모용운 황자님을 호위하는 풍발 장군 소속의 군사들이오. 자, 내가 안내를 맡겠소. 가십시다."

후연 장수가 앞장을 섰고, 그는 졸개들로 하여금 양수의 상단을 앞뒤에서 호위케 하였다.

양수의 상단은 곧 모용운에게 안내되었다.

모용운은 조부 고화의 군대를 그대로 인수받아 지휘하고 있었다. 군사들 중 상당 부분은 고구려 유민 출신들이었다.

"고구려 유민 출신이라 들었소. 조부님과는 어떻게 아는 사이시오?"

양수가 호위대장 풍발의 안내를 받아 갔을 때 모용운이 물었다.

"네, 황자님! 우선 이것부터 받으시옵소서."

선물상자를 미리 챙겨간 양수는, 그것을 두 손으로 받들어 모용운에게 전했다.

"이것이 무엇이오?"

"네, 사실은 고화 장군께 드리려고 준비해 온 선물이옵니다. 화전의 옥이지요."

"옥이라?"

"화전의 옥은 중원 땅에서 모르는 사람이 없을 정도로 유명한 보물이옵니다. 중원 여러 나라의 군주들이 화전의 옥으로 옥새를 만들어 간직하는 걸 큰 소망으로 여기고 있지요."

"그런데 이걸 왜 나에게?"

"고화 장군께 선물로 드리면, 다시 장군께서 폐하께 올리지 않겠사옵니까? 그러나 이젠 고화 장군께서 고인이 되셨으니 손자이신 황자님이 폐하께 이 선물을 올리시면 되옵니다."

양수는 머리가 빨리 돌아갔다.

"음, 그런 뜻이었구려."

모용운은 여러 번 고개를 끄덕거렸다.

모용운, 아니 고운은 모용보가 태자 시절 그의 어린 자식들에게 무술을 가르치는 사부로 있었다. 조부 고화의 적극적인 권유가 있었고, 부친 고발이 모용보의 호위무사였으므로 젊은 나이에 고운도 그와 같은 직책을 맡을 수 있었다.

모용수가 북위와의 평성 전투에서 패해 중산으로 돌아오다 죽고 나서, 태자 모용보는 그 뒤를 이어 제위에 올랐다.

그때 노장 고화는 중병을 앓고 있었는데, 황제가 된 모용보를 알현하고 다음과 같이 당부를 했다.

"폐하! 소장은 이제 얼마 못 가 죽을 몸이옵니다. 죽기 전에 폐하께 간곡히 부탁드릴 것이 있어, 이렇게 병든 노구를 이끌고 와서 감히 알현을 청했사옵니다."

"장군! 말씀해 보시오."

"소장에게는 아비 없는 손자가 있사옵니다. 폐하께서도 잘 아시고 계시듯이 아들 고발은 참합피 전투에서 행방불명이 된 후 통 소식을 모르니, 죽은 것이나 진배없사옵니다. 하여……."

"고발 장군은 참합피 전투 때 짐을 위해 사지로 뛰어들었지요. 어찌 그 일을 잊을 수 있겠습니까?"

"소장이 죽으면 손자 운이 혼자 남습니다. 하여, 우리 운을 폐하께서 특별히 곁에 두고 어떤 소임이든 맡겨주셨으면 하옵니다만……."

"운은 짐이 아들처럼 여기는 바요. 곧바로 운을 양자로 들여 아들로 삼도록 하겠소. 그러면 짐의 자식들이 형에게 무술을 배우게 되니, 더욱 열심히 기량을 닦지 않겠소?"

"네? 운을 폐하의 양아들로?"

고화는 너무 깜짝 놀라 어깨까지 덜덜 떨었다. 그는 자신의 부대를 손자 고운에게 맡기려고 부탁하려던 것인데, 뜻밖에도 모용보는 양아들로 삼겠다는 것이었다.

"기왕 장군께서 운을 짐에게 맡기겠다면, 그것이 좋지 않겠소? 운은 지금부터 고운이 아니라 모용운으로 불릴 것이오."

모용보는 이렇게 해서 고운을 양아들로 삼았다.

그런 일이 있고 나서 며칠 후, 고화는 자신의 군영 병상에서 편안한 모습으로 눈을 감았다.

조부 고화를 생각하며 잠시 침묵에 잠겨 있던 모용운은 비단보자기에 싸인 상자를 열어보았다. 주먹보다 큰 옥이 빛을 발했다.

"마음에 드시는지요?"

양수가 모용운을 넌지시 바라보았다.

"음, 이처럼 큰 옥은 생전 처음 봅니다. 과연 대단한 선물이오. 고맙소이다. 헌데, 행수께선 이곳 중산까지 어떤 연유로 상단을 이끌고 온 것이오?"

"실은……."

양수는 좌우를 살폈다. 그때까지도 호위대장 풍발이 옆에 서 있었던 것이다.

"풍발 장군은 나가보시오."

모용운은 그러면서, 눈짓으로 다른 졸개들도 다 내보냈다.

"황자님! 실은 고구려로 가는 길이옵니다. 화전의 옥과 고구려의 인삼을 서로 교역하기 위해서입니다. 우리 상단이 안전하게 갈 수 있도록 길을 열어주시면, 다시 장안으로 돌아가는 길에 큰 선물을 드리겠습니다."

"그러시군요. 나도 고구려 유민 출신이오. 비록 폐하의 성은을 입어 양아들로 성도 모용 씨가 되었지만, 내 몸속엔 고구려의 피가 흐르고 있소. 혹시 고구려에 가면 담덕 태왕도 만나실 수 있겠소?"

모용운의 입에서 뜻밖에도 태왕 담덕의 이름이 나오자 양수는 바짝 긴장하지 않을 수 없었다.

"오래전에 한 번 뵌 적이 있사옵니다만……."

"오, 그래요? 이번에도 가면 알현을 청하실 것이오?"

"네. 우리 상단의 대인께서 특별히 선물을 준비해 주셔서……. 직접 알현을 하게 될지, 아니면 내관에게 전하게 될지 그것은 현지에 가봐야 알 것 같습니다."

양수는 솔직하게 털어놓았다.

"나의 부친은 지금의 폐하가 태자 시절일 때 호위무사로 있던 고발 장군이오. 부친께서는 여러 번 담덕 태왕 얘기를 나에게 들려주셨소. 담덕 태왕이 왕자 시절일 때 부친과 두 번 맞닥뜨린 일이 있었는데, 두 번 모두 생명을 보전할 수 있게 해주셨다 들었소. 부친께선 담덕 태왕을 생명의 은인으로 여기고 있었소이다. 지금 부친께서 살아 계신다면 아마도 그대에게 부탁을 했을 것이오. 담덕 태왕께 고맙다는 말을 전해 달라고. 이제이 아들이 그 말을 전하겠소. 부친을 두 번씩이나 살려주신 은혜, 내 결코 잊지 않으리다."

모용운의 눈가에 물기가 어리는 걸 양수는 보았다.

"황자님! 반드시 고구려 담덕 태왕을 알현하고, 황자님과 부친의 말씀을 전해 올리겠습니다."

양수는 모용운의 눈물에서 같은 고구려인으로서의 애증 같은 감정이 안개처럼 피어오르는 걸 느낄 수 있었다. 어쩌다 고운이 고구려 유민으로 적국인 후연의 황자가 되어 성까지 '모용 씨'로 바꾸었는지, 그로서는 그 운명의 반전을 이해하기 어려웠다. 그러나 분명 모용운의 몸에서 고구려인의 피가 흐르고 있음을 양수는 전율하듯 확연하게 깨달았다. 잠시의 눈빛 교환만으로도 서로 통하는 바를 알 수 있는 것이 동포의 남다른 감정이었다.

"이건 황자들만 가지고 있는 신표요. 고이 간직하고 있다가 우리 군사들에게 또다시 붙잡히게 되면 보여주시오. 그러면 무사통과로 고구려까지 안전하게 갈 수 있을 것이오."

모용운은 허리춤에서 패찰 하나를 꺼내 양수에게 주었다. 운용문雲龍紋이 새겨져 있는 크고 둥그런 구리동전 같은 것이었다. 동으로 만들었으나, 동경이나 동전은 아니고 특별한 신분임을 알 수 있게 해주는 통행표식 같은 것이라고 할 수 있었다.

무사하게 후연의 중산 도성을 벗어난 양수의 상단은 산동으로 향했다. 산동성 해룡부에 들러 배를 얻어 타고 발해를 건너 고구려 국내성으로 들어가려는 것이었다. 그러나 산동에 다 가기도 전에 이번에는 상산常山에서 북위군에게 붙잡혔다.

평성 전투에서 후연군을 크게 물리친 탁발규는 40만 대군을 이끌고 남하하여 병주幷州와 상산을 점령하고 있었다. 북위 건국 초기의 도성인 성락은 평성에서 서북쪽에 위치해 있었는데, 도성의 주력군은 물론 북방 변경의 성을 지키던 병력들까지 대거 동원시켜 후연의 도성 중산을 공략하기로 했던 것이다. 이때 그는 남진 정책을 본격화하기 위해 도성을 성락에서 평성으로 옮기기로 했다. 따라서 후연군에 의해 절반 이상 불타버린 평성을 재건하는 데 필요한 10만의 군사를 따로 편성해 현지에 배치하였다. 그리고 그는 40만의 대군을 이끌고 남쪽으로 진군해, 일단 군사를 둘로 나누어 병주와 상산에 주둔시켰다.

양수는 북위와 고구려의 외교관계에 주목했다. 북위군도 고구려 태왕 담덕의 명을 받고 인삼 거래를 위해 가는 길이라고 하면 놓아줄 것이라 생각했다.

"고구려의 담덕 태왕 명으로 화전의 옥을 가지고 가는 길입니다. 옥과 고구려의 인삼을 교역하기 위해 장안에서 왔습니다."

양수의 말을 들은 북위 장수는, 이를 곧 탁발규에게 보고했다. 고구려 담덕 태왕이란 말이 상단 행수의 입에서 나오자, 그 장수도 함부로 할 수 없었던 것이다. 전부터 북위와 고구려가 선린외교를 펼치고 있었고, 그런 관계로 탁발규가 담덕을 남다르게 생각한다는 사실을 잘 알고 있었기 때문이다.

다음날 양수는 북위 장수의 안내를 받아 탁발규의 앞에 나가게 되었다.

"그대가 고구려왕 담덕을 아는가?"

"네, 폐하! 전부터 우리 옥상단은 고구려와 인삼 교역을 하고 있사옵니다. 고구려 태왕께서 특별히 화전의 옥을 구해 오라 하여, 그것을 가지고 가는 길이옵니다."

"흐음, 그대는 상단을 이끌고 중산을 거쳐 왔다. 후연군이 보낸 세작일지도 모른다. 무엇으로 그대가 고구려로 가는 상단임을 증명해 보이겠는가?"

탁발규는 가늘게 눈을 뜬 채 양수를 노려보았다.

그때 양수는 조환이 준 태왕 담덕의 신표인 단도를 떠올렸다.

"폐하! 이것은 고구려 담덕 태왕의 신표입니다."

양수가 단도를 꺼내 보이자, 탁발규는 그것을 받아들고 요리조리 살펴보았다.

"흐음, 전에 고구려 사신이 지니고 있던 단도와 똑같은 삼태극 무늬로군!"

탁발규는 단도를 양수에게 돌려주며 두어 번 고개를 끄덕거렸다.

"고구려에서 돌아오는 길에 폐하께 인삼을 선물로 가져오겠나이다."

양수는 일단 탁발규에게 선심을 써두어야 장안으로 돌아갈 때도 안심할 수 있을 것이라 생각했다.

"인삼이라? 오, 그 인삼이 참으로 영약이더군. 예전에 고구려 사신이 가져온 인삼을 먹어보니, 기운이 펄펄 나는 것 같더군 그래."

탁발규는 호탕하게 웃었다.

"폐하께서도 인삼의 효능을 아시는군요? 고구려에서 회정할 때 폐하께 최고의 인삼을 가져다 드리겠사옵니다."

"허허, 헛! 그래? 그것 좋지."

"그리고 이건 우리 상단에서 폐하께 드리는 선물이옵니다. 옥입니다."

양수는 얼마 전 모용운에게 주었던 것과 같은 크기의 옥을 탁발규에게 내놓았다.

"흐음! 참으로 귀한 것이로구먼. 고구려는 형제국이니, 그대와 상단을 무사히 보내주도록 하지. 그대가 고구려에서 다시 장안으로 돌아갈 즈음엔 아마도 우리 군사들이 중산을 점령한 뒤가 될 것이야. 그리로 오면 다시 만나게 될걸세."

탁발규는 휘하 장수로 하여금 양수와 상단 일행을 후하게 대접해 보내라고 명령했다.

"그럼, 고구려에 다녀와서 중산으로 달려가 폐하를 뵙게 되길 빌겠습니다."

양수가 예를 올리고 나오는데, 어깨너머에 대고 탁발규가 한마디 이상한 말을 던졌다.

"담덕 아우에게 요즘도 장기를 두는지 물어보게."

갑자기 탁발규가 장기 얘기를 꺼내자 양수는 고개를 갸우뚱거리지 않을 수 없었다.

4

두 둥, 당당, 두 당당!

북 치는 소리에 제법 가락이 붙고, 가설무대 위에선 부드러운 비단옷에 감싸인 무희들의 춤사위가 한창 신명을 내고 있었다. 가녀린 어깨선의 출렁임은 물결의 잔잔한 흐름처럼 자유로웠고, 손에 든 작은 북을 두드리며 여러 명의 무희들이 같은 동작으로 몸을 놀렸다. 허리 잘록한 몸매가 휘돌아가며 아름다운 굴곡을 만들자, 치맛자락이 넓게 퍼지며 무희가 움직이는 동작의 반대쪽으로 부드럽게 휘날렸다.

장터에 나온 고구려 장꾼들은 이국적인 미녀들에게 넋을 잃었다. 눈이 깊고 푸르며 코가 높은 뚜렷한 형태의 얼굴과 흰 피부를 가진 여인들은 장안의 옥상단 행수인 양수가 이끌고 온 화전의 기예단 무용수들이었다. 대사는 없었고, 각종 악기의 선율에 맞춰 춤동작으로 이야기가 전개되는 무용극이었다. 뽕나무를 심어 누에를 기르고 가는 실을 뽑아 비단을 짜는 과정들이 지루하지 않게 현란한 춤동작으로 이어지고 있었다. 이렇게 짜인 비단은 긴 천이 강처럼 두 갈래로 이어져 산신들에게 바쳐졌다. 머리에 해를 이고 있는 남녀 산신들은 각기 구슬 같은 옥을 두 갈래로 난 비단 위에 던졌다. 길게 이어진 두 갈래의 비단은 구슬이 굴러가는 물결 같은 길을 이루었다. 그 아래에서 구슬을 받아든 무희가 무릎을 꿇고 두 팔을 높이 올려 황금빛 관을 쓴 왕과 왕후에게 바치면서 무용극은 대단원의 막을 내렸다.

이 무용극은 중원에서 화전으로 비단 짜는 기술이 전해진 이야기, 그리고 오래전부터 전래되어 내려오는 옥과 관련한 신화를 절묘하게 엮어서 만든 것이었다. 처음에 양수는 화전에서 만난 옥상단 대상 카라자나의 설명을 듣고 무용극의 내용을 제대로 알 수 있었다.

중원에서 화전으로 비단 짜는 기술이 전래된 것은 카라자나의 선조인 외증조할머니에 의해서였다고 한다. 그리고 화전의 옥은 곤륜산崑崙山에서 흘러내리는 백옥하와 흑옥하 두 강줄기를 따라 옥돌이 굴러내려와 만들어진다고 했다. 무용수들이 비단을 짜서 바치는 대상인 산신들은 바로 곤륜산의 복희伏羲와 여와女媧로, 두 신이 화전의 백성들에게 귀한 옥을 내려준다는 신화를 무용극으로 꾸몄다는 것이다.

화전 기예단의 무용극 다음에 이어진 공연은 고구려 칠선녀의 춤사위였다. 긴 소매에 총총하게 검은 점의 무늬가 박힌 옷을 입은 무희들이 해와 달과 별, 청룡·백호·비천·신선 등이 그려진 무대 배경 앞에서 춤을 추었다. 모두 여자 무용수들이었으나 복장은 남녀의 구분이 있었다. 밑단이 넓은 치마를 입은 것은 여자복장이고, 통바지를 발목에서 질끈 묶은 형태의 의상을 걸친 것은 남자복장이었다. 이렇게 남녀 의복을 각기 차려입은 무희들은 거문고와 북과 장구의 장단에 따라 현란한 춤동작을 선보였다. 긴 소매는 자주 하늘을 가리키곤 했는데, 특히 깃털로 장식한 조우관을 쓴 남자복장의 무희들이 휘돌아가며 신명을 내는 춤사위는 하늘로 날아오르는 새의 날갯짓과도 흡사했다. 그 동작은 마치 하늘을 향한 구원의 손짓인 양, 무희들의 표정에 간절함 내지는 애틋함 같은 정감이 담겨 있었다.

그때 하늘로부터 내려온 흰옷 입은 신인이 오룡거를 타고 무대 위에 나타났다. 그 뒤를 이어 고니를 탄 남녀 무리들이 뒤따랐다. 무용수들이 가장자리로 비켜서고, 오룡거를 탄 신인과 고니를 탄 무리들이 무대 가운데 뒷자리를 차지했다. 곧이어 그들의 앞에서 고구려 무사들이 무술시범을 보여주었는데, 이들 무용수들은 제각기 칼과 창과 활을 가지고 춤동작을 구사했다. 그러한 무술시범 사이사이에 칠선녀들의 춤사위가 다시 이어졌고, 마지막에는 각종 탈을 쓴 남녀 무용수들이 나와 탈춤을 추었다.

이와 같은 춤은 기예단장 양수가 고구려의 건국신화와 전통춤, 그리고 무술과 탈춤을 하나로 엮어 만든 무용극이라고 할 수 있었다. 그는 이와 같은 무용극을 구성해 칠선녀와 탈춤 광대들을 데리고 서역의 여러 나라를 돌면서 고구려의 춤을 공연했던 것이다. 마지막 탈춤을 출 때는 양수도 직접 탈을 쓰고 무대에 섰다.

공연이 다 끝난 후 무대 뒤로 추동자가 양수를 찾아왔다.

"탈춤 실력이 여전하시군!"

추동자가 웃으며 다가왔다.

"추 단장, 오랜만일세! 연전 이맘 때 속독에서 본 기억이 있으니, 벌써 한 해가 지나갔군."

양수도 반갑게 추동자의 손을 잡았다.

이제 두 사람은 전날의 엿장수와 탈춤 광대가 아니었다. 몇년 사이 그들은 서역을 내왕하는 대상단의 단장으로 변해 있었다. 추동자는 고구려 국내성에서 서북방 초원의 길을 따라

서역으로. 양수는 중원의 장안에서 사막의 길을 통과해 서역으로 대상단을 이끌고 내왕하다 만나 서로 정보를 주고받는 임무를 띠고 있었다. 이는 태왕 담덕이 서역 문물을 받아들이고, 중원과 서북방 세력들의 움직임을 국내성에 앉아서 손금 들여다보듯 알기 위해 만든 점조직 형태의 정보망 체계라고 할 수 있었다. 따라서 두 사람은 멀리서도 고구려 전역을 떠도는 흑부상과 역참을 통해 수시로 담덕에게 정보를 제공할 수 있었다.

"양 단장! 태왕 폐하께서 기다리고 계시네."

추동자는 담덕의 명을 받고 양수를 궁궐로 안내하기 위해 온 것이었다.

"태왕 폐하를 먼저 만나뵈었어야 하는데, 선물부터 전달하는 것이 순서일 거 같아서 기다리고 있었지."

"태왕께서 과분한 선물이라 하시더군! 뭘 얼마나 가져왔기에 그러시나?"

추동자가 흘깃 곁눈질을 하며 물었다.

"내 선물이 아닐세. 조환 대인 어른의 선물이야."

"허허 헛! 그 양반이라면, 배포를 알 만하이."

추동자는 그러더니 서둘러 발길을 옮겼다. 보폭이 넓어 어느 사이 저만큼 멀어졌다.

"여보게, 추 단장! 내 어찌 자네 걸음을 따라가라고 그리 서

두르나?"

양수가 발을 재게 놀려 추동자의 뒤를 급히 따라붙으며 소리쳤다.

"양 단장! 그걸 다리라고 붙이고 다니나? 내가 물구나무를 서서 걷는 것보다 느리겠군!"

추동자는 잠시 멈추어 서서 양수가 가까이 오기를 기다리며 껄껄대고 웃었다.

두 사람은 그렇게 말을 주거니 받거니 하면서 국내성 궁궐로 들어섰다.

마침내 추동자와 양수는 태왕 담덕을 알현했다.

"폐하! 그간 강녕하셨사옵니까? 장안 옥상단 조환 대인 밑에서 일하는 양수이옵니다."

"엊그제 보낸 조 대인의 선물은 잘 받았소. 과분한 선물이더군."

담덕은 양수를 기억하고 있었다. 조환이 추동자와 함께 양수를 소개한 것이 엊그제 일 같았던 것이다.

"폐하! 양 단장이 이번에 장안에서 오다가 탁발규를 만났다 하옵니다."

추동자가 궁궐로 오면서 양수에게 들은 정보를 꺼내놓았다.

"오, 그래요? 탁발규 얘기가 궁금하구먼. 어디 한번 들어보도록 합시다."

추동자를 바라보던 담덕이 문득 양수에게로 눈길을 돌렸다.

"탁발규는 지난봄 평성 전투에서 후연을 크게 이긴 후 40만 대군을 이끌고 남쪽으로 처내려와 상산에 머물고 있사옵니다. 곧 후연의 도성인 중산을 공략하러 가겠다며, 자신감에 충만해 있더군요. 우리 상단이 다시 장안으로 돌아갈 때 중산에서 보자고 할 정도였사옵니다."

"흐음! 탁발규가 참합피와 평성 두 전투에서 대승을 거두더니 오만이 극에 달하였군! 아무리 모용수가 죽었다 해도, 후연을 그렇게 만만하게 볼 상대라고 생각해선 안 될 터인데……."

"폐하! 지난봄 모용수가 평성을 공략해 성안의 건물들을 모두 불태우는 바람에 그렇지 않아도 성질 고약한 탁발규가 독이 오를 대로 오른 모양입니다. 평성을 되찾은 후 탁발규는 군사를 새로 징집해 40만 대군을 이끌고 후연 원정에 나서면서, 따로 남겨둔 10만의 군사들에게 평성을 재건하라 명했다고 하옵니다. 그냥 재건하는 정도가 아니라 궁궐을 크게 지어, 서북방 성락에 있던 도성을 아예 평성으로 옮기겠다는 것입니다."

추동자가 서북방에서 흑부상들로부터 전해 들은 새로운 정보를 내놓았다.

"북위가 도성을 평성으로 옮긴다? 흐음, 드디어 탁발규의 야심이 드러나기 시작했군! 저 중원의 화북 땅을 통째로 집어삼키겠다는 배짱이 아니겠소?"

담덕은 북위가 평성으로 도성을 옮기는 이유를 알 것 같았다. 그것으로 탁발규는 장차 화북을 통일해 패자로 군림하겠다는 욕망을 노골적으로 드러내 보였다고 할 수 있었다.

"폐하! 탁발규의 욕망은 알 것 같사온데, 이해가 안 되는 부분이 있사옵니다."

양수가 고개를 갸우뚱거리며 말했다.

"이해가 안 된다니, 무엇이 말이오?"

"폐하! 소문으로 듣기에 이미 탁발규는 상산에 군대를 주둔시킨 채 머무르고 있는 지 한 달이 넘었다 하옵니다. 말로는 곧바로 중산을 향해 진군시킬 것처럼 하면서, 소문만 무성하게 낼 뿐 상산의 군사들을 움직이지 않고 있사옵니다. 한 달이면 이미 군사들도 휴식을 취할 만큼 충분한 기간이 지났다고 생각되는데 말입니다."

담덕은 양수의 말을 듣고 나서 빙긋 웃기만 했다.

"폐하! 탁발규가 아무래도 중산까지 멀리 원정하는 것에 은근히 겁을 집어먹고 있는 모양입니다."

추동자가 끼어들었다.

"원정길을 겁낼 탁발규가 아니오. 다른 이유가 있겠지요. 배후에 용성과 요동성을 두고 있지 않습니까? 만약 중산으로 가는 길에 용성과 요동성에 있는 후연의 군사들이 쏟아져 나와 후미를 치면 어떻게 되겠소? 바로 상산에 북위군이 주둔해 있는 것도 상징적인 의미가 있겠지. 손자병법에 '상산의 뱀' 이야기가 나옵니다. 상산의 뱀은 머리를 공격하면 꼬리로 대들고, 꼬리를 공격하면 머리로 대든다고 했소. 그리고 몸통을 공격하면 머리와 꼬리가 동시에 대들어 누구도 감히 덤비길 꺼려한답니다. 탁발규는 바로 후연의 몸통인 중산을 공격할 때 상산의 뱀처럼 후연군이 앞뒤에서 협공을 해올까 그것이 두려운 것이오."

담덕은 하필이면 탁발규가 상산에 군대를 주둔시키고 있다는 것이 우연의 일치처럼 느껴졌다. 아마도 탁발규 역시 손자병법에 나오는 '상산의 뱀' 이야기를 상기하고, 짐짓 머뭇거리고 있는 것인지도 몰랐다.

"폐하! 그런데 탁발규가 시생에게 이상한 말을 했습니다."

양수는 문득 그의 어깨너머에 대고 마지막으로 던진 탁발규의 말이 생각났다.

"이상한 말이라니요?"

"폐하께 요즘도 장기를 두는지 여쭈어보라는 것이었습니다."

양수의 말에 태왕 담덕은 큰소리로 웃었다.

"으하하, 핫! 탁발규도 역시 상산의 뱀이 무섭긴 한 모양이로군! 양수겸장이 아직도 유효한 전략이란 말이겠지?"

담덕은 양수와 추동자가 도무지 이해하지 못할 말을 넉두리처럼 늘어놓았다. '양수겸장'의 숨은 의미를 모르는 두 사람으로선 그저 어리둥절한 표정으로 태왕을 망연히 바라볼 뿐이었다.

그러나 담덕으로선 양수와 추동자의 궁금증을 풀어줄 입장이 못 되었다. 그것은 탁발규와 자신만이 알고 있는 비밀스런 전략이기 때문이었다.

"폐하! 참 깜빡 잊을 뻔했는데, 이번에 오는 길에 중산에서 모용운이란 자를 만났사옵니다. 이번에 모용보의 양자가 되었다고 하는데, 고구려 유민 출신으로 원래 이름은 고운입니다. 그 고운의 아비 되는 자가 폐하를 생명의 은인으로 생각했다고 하더군요. 아비 이름은 고발인데, 작년 참합피 전투에서 실종됐다고 하옵니다."

양수가 문득 고운의 이야기를 꺼냈다.

"고발이라? 고화 장군의 아들 말이로군!"

"폐하께서도 고발이란 자를 기억하고 계십니까?"

"왕자 시절에 두 번 만난 적이 있는 것은 사실이지만, 생명의 은인이라고까지 할 수는 없지요. 헌데, 그 고발이 실종됐단 말이오?"

담덕은 처음 듣는 이야기였다.

"네, 고발은 모용보의 호위무사였다고 하옵니다. 참합피 전투에서 위기에 처했을 때 모용보의 갑옷을 바꿔 입고 투구까지 쓴 채 적을 유인해 어디론가 사라진 후 행방불명이 됐다 하옵니다. 아마도 전사했겠지요. 그 덕분에 모용보는 적의 포위망을 벗어나 겨우 목숨을 건졌고, 이번에 고발의 아들 고운을 양자로 삼았다 하옵니다."

양수는 모용운에게 들은 이야기를 담덕에게 그대로 털어놓았다.

"흐음! 그런 일이 있었군! 모용운, 아니 고운이라? 그가 모용보의 양아들이 되었단 말이지요?"

담덕은 문득 어떤 깊은 생각에 잠겨, 한참 동안 말없이 고개만 끄덕이고 있었다.

"고운의 조부인 고화 장군이 죽을병에 걸려 오늘내일할 때 모용보를 찾아가 천애고아가 된 손자를 맡아달라고 했다더군요. 그러고 나서 며칠 후 고화 장군은 죽었답니다."

"흠, 그야말로 고운이 천애고아가 되었군! 그래, 만나보니 고운이란 자는 어떤 성품을 가졌던가요?"

담덕이 양수를 향해 물었다.

"폐하께 자신의 부친을 두 번씩이나 살려주신 것에 대해 고맙다는 말을 전해 달라고 하더군요. 심성이 모나지 않고 무던해 보였습니다."

"운이라? 고운이 모용 씨의 성을 받아 모용운이 되었다? 고구려 성씨를 버리고 선비족 성씨를 받다니! 참, 그 인생도 기묘한 운명을 타고났군!"

담덕은 고운의 운명을 못내 안타깝게 생각하지 않을 수 없었다.

추동자와 양수가 편전에서 물러가고 나서, 담덕은 마동을 불러들였다.

"폐하, 무슨 하명하실 일이라도?"

마동이 곧 편전으로 들어와 담덕에게 허리를 굽혔다.

"역참을 이용해 서북 변방의 각 성에 사발통문을 돌리도록 하라. 각 성에서 1천여 병력씩 차출하여 요동성으로 모이게 해서, 공성전투를 벌이지는 말고 언덕 위에 올라가 함성만 지르도록 하라. 아마도 1만 병력은 돼야겠지. 전에 요동성 언덕에서 아육왕 비문의 석편을 얻을 때 서북 변방 성주들이 군사를 이끌고 와서 농성을 벌인 일이 있으니, 이번에도 겁만 주도록 하면 될 것이야."

담덕의 말을 마동도 곧바로 알아들었다.

"네, 폐하! 곧 흑부상들을 출동시켜 서북 변방 성주들에게 사발통문을 돌리겠나이다."

마동은 이번에도 태왕이 북위의 탁발규와 양수검장의 연합 작전을 펴기로 한 모양이라고 생각했다. 즉 요동성의 후연군을 묶어두어 중산을 공략하러 가는 북위 군사들의 배후를 안전케 하려는 전략에 다름 아니었던 것이다.

제3장

백제의 밀사

1

찌는 듯한 무더위가 연일 기승을 부렸다. 예년 같으면 한창 장마철일 터인데도 마른번개만 간혹 칠 뿐, 벌써 한 달 이상 가뭄이 계속되고 있었다. 초목만 갈증을 느끼는 것이 아니었다. 용상 깊숙이 몸을 파묻은 채 고심에 싸여 있는 백제 대왕 아신의 가슴속은 마치 고삼 뿌리를 씹은 듯 쓰렸고, 가끔 쿡쿡 쑤시는 통증까지 동반했다. 지난봄, 고구려 태왕 담덕에게 씻지 못할 치욕을 당한 것이 분해 거의 몇 달 동안 식음을 거르면서 이만 부드득부드득 갈아붙이고 있었다. 그렇게 가슴을 태우며 석 달하고도 열흘이 지나갔다.

매일 해는 동쪽에서 떠서 서쪽으로 졌다. 날짜 가는 것은 그와 같이 변함없는데, 인간사는 그렇게 자연의 순환처럼 되지 않았다. 아신은 부지불식간에 화가 불끈불끈 치밀어올랐으나, 누구를 탓할 수도 없는 노릇이었다.

백성들은 가뭄으로 비가 안 와도 나라를 다스리는 군주의 탓으로 돌리는 게 전통적인 정서였다. 새벽녘에 갑자기 고구려 군사가 한성에 나타나 싸움 한 번 제대로 해보지도 못하고 항복했으니, 누구의 잘잘못을 따지기 전에 우선 아신은 자신의 책임을 통감하지 않을 수 없었다. 그래서 그는 누구를 불러 하소연도 하지 못하고 혼자 전전긍긍하며 무더운 여름날 홀로 용상을 지키고 있었다.

'이렇게 인재가 없어서야. 도대체 누굴 믿고 정사를 논해야 한단 말인가?'

아신은 자신의 답답한 가슴을 쥐어뜯었다.

그때 좌장 진무가 대왕의 알현을 청했다.

"오! 외숙께서 이 더운 날 어쩐 일이시오?"

답답하던 차에 진무를 보자 아신은 반갑기 그지없었다.

"작년 겨울 폐하께서 왜국에 사신을 보내자고 하시지 않았사옵니까?"

"그, 그런 일이 있었지요. 왜국으로 망명한 목만치 장군만 곁에 있었어도 어린 담덕, 그놈에게 그런 굴욕을 당하지는 않았을 것이오."

"폐하! 지나간 일은 빨리 잊어버리는 것이 좋사옵니다."

"외숙께선 저 중원의 오월동주吳越同舟 고사를 모르고 하시는 말씀이오?"

아신은 불뚝하는 오기가 발동해 용상에서 벌떡 일어서다 말고 주저앉았다.

"원수를 결코 잊지 않으려고 오나라 부차가 장작 위에서 잠을 자고, 월나라 구천이 곰쓸개를 핥으며 어떻게 응징할까 골몰했다는 얘기 말씀이옵니까?"

진무는 표 나지 않게 마음속으로 씁쓸하게 웃었다. 아신은 대왕이지만 사사롭게는 손위 누이의 아들이므로 진무에게는 조카였다. 그래서 겉으로는 대왕을 받드는 척하면서 은근히 격을 낮춰보는 버릇이 있었다.

"우리 백제와 고구려가 오월동주와 무엇이 다르겠소?"

"폐하! 그럴수록 참아야 하옵니다. 왜 부차가 장작 위에서 잠을 자고, 구천이 곰쓸개를 씹었나이까? 원수를 갚으려면 인내하는 가운데 적을 이길 수 있는 실력을 길러야 하옵니다. 감히 고구려가 넘보지 못할 정도로 우리 백제가 강해져야 하지 않겠사옵니까? 그것이 우선이옵니다."

"그래서 전부터 목만치 장군을 데려와야 한다고 말하지 않았소? 헌데 외숙께서 갑자기 왜국 사신 얘기를 꺼내니, 무슨 좋은 방안이라도 있는 것이오?"

아신이 마음을 가라앉히고 턱을 당기며 물었다.

"폐하께서 목만치 장군이 필요하다고 하시면 반드시 데려와야겠지요. 지금 왜국에선 대왕 응신應神(오진)이 나라 기틀을 튼튼히 하고 군웅할거를 하는 주변 세력들을 규합하고 있다 하옵니다. 응신은 일찍이 우리 백제의 비류대왕 후손들이 왜국에 정착해 대를 이어온 모계 핏줄이라 하옵니다. 응신에게 백제의 피가 흐르고 있다는 것이지요."

"비류대왕이라면 우리 백제의 시조이신 온조대왕의 형님이 아니시오? 건국 초기에 미추홀에 있던 그 세력이 배를 타고 왜국으로 갔다고 하니, 그 피가 계속 이어지고는 있겠지요. 또한 응신은 우리 백제 출신 여장부인 신공神功(진구) 왕후의 아들이라 들었소. 그런데 응신이 모후에 이어 왜국을 통치한단 말이오?"

대왕 아신도 왜국에 대해서는 꽤나 관심이 깊었다. 바다 건너 왜국에는 백제에서 건너간 유민들만 있는 것이 아니라고 했다. 지리적으로 왜국과 가까웠던 신라와 가야 세력이 내우외환을 겪으며 바다를 건넜다. 북방의 고구려에서도 망명객들이 동해를 통해 왜국으로 가서 곳곳에 터를 잡고 세력을 강화해 나가고 있었다. 그래서 성마다 각기 세력권이 다른 정치집단이 군웅할거를 하여 서로 티격태격 싸우니 잠잠할 날이 없다는 것이 왜국의 내부 사정이었다.

"네, 폐하! 왜왕 응신은 아직 통치의 전면에 나선 지 몇 년 안 되지만, 나이가 70대 중반으로 중후한 인품에 덕까지 고루 갖추고 있다 하옵니다. 그래서 주변의 성주들이 너도나도 높이 받들어 모시려 한다고 소문이 나 있사옵니다."

"왜국에는 우리 백제 세력뿐만 아니라 신라와 가야, 그리고 고구려에서 망명한 자들도 많이 있다 들었소. 응신이 그 세력들까지 다 규합을 했단 말이오?"

아신은 응신의 나이가 칠순을 넘겼다는 소리에 깜짝 놀랐다. 신공왕후로부터 위를 물려받은 지 6년밖에 안 되었다고 들어서, 많아보았자 40대 전후한 나이일 거라고 생각했던 것이다.

"이미 모친인 신공왕후가 나라 기틀을 다져놓은 데다 아들 응신도 백성들의 두터운 신임을 얻고 있다 하옵니다."

"응신이 왜국 백성들의 추앙을 받고 있다?"

"네, 그러하옵니다. 왜국의 각 성주들이 저마다 군주를 자처하니, 아마도 도처에서 일어나는 군웅들을 다스리려면 대왕으로서의 확고한 지위가 필요했을 것이라 생각됩니다."

"흐음, 일리 있는 얘기요. 그렇다면 왜국의 군사력도 전보다 매우 강해졌을 것이라 짐작되는군!"

"아마도 그럴 것이옵니다. 우리 백제에서 긴너간 목만치 장군도 어쩌면 응신이 거두고 있는지 모를 일이옵니다. 백제에서도 알아주는 검술의 실력자였으니, 왜국이 군사력을 기르는 데 그만한 무술사범이 또 어디 있겠사옵니까?"

진무의 이 같은 말에 대왕 아신은 상체를 앞으로 내밀었다.

"진 장군! 우리 백제를 위해서 목만치 장군을 반드시 데려와야 하오. 그를 데려올 백제 사신으로 누가 바다를 건너가면 좋겠소?"

"오늘 그래서 소장이 폐하를 알현한 것이옵니다."

진무가 자세를 바로잡았다. 대왕 아신이 '외숙' 대신 '장군'이란 칭호를 붙이는 것은 사사로움을 떠나 공무를 이야기하고자 할 때였다.

"오, 장군! 왜국에 사신으로 보낼 마땅한 인물이 있다는 말이오?"

"전에 말씀드린 바 있는 사두라는 장수가 있지 않사옵니까?"

"사두? 그는 지난 고구려와의 전투 이후 종적을 감추었소. 제대로 싸워보지도 못하고 우리 한성을 내준 데 대한 죄책감으로 한수에 몸을 던져 자살했다는 얘기도 있던데……."

아신은 그렇게 알고 있었다. 고구려군이 쳐들어왔을 때 한성을 방어하려고 안간힘을 쓰던 사두의 모습이 그의 눈앞에 아련히 떠올랐다. 남문을 지키다가 동문이 위험하다는 소리를 듣고 급히 말에 채찍을 가하며 달려가던 뒷모습은 그의 뇌리에서 오래도록 떠나지 않았다.

"소신도 그렇게 알고 있었는데, 최근에야 사두의 소식을 들었사옵니다. 한성이 속수무책으로 고구려군에 점령당한 책임을 피할 수 없어 죽어도 고향에 돌아가서 뼈를 묻겠다는 생각을 갖고 몰래 궁궐을 빠져나가 월출산으로 갔던 모양입니다. 그곳에서 전에 동문수학하던 왕인이란 유생을 만났는데, 그의 설득으로 자결을 하지 못했다고 하옵니다."

"그래서요?"

"지금은 토굴 속에서 예전처럼 학문을 익히며 무술을 연마하고 있다 들었사옵니다. 사두를 용서해 주신다면, 소신이 사람을 보내 불러올리도록 하겠사옵니다."

"용서가 다 무엇이오? 지난 고구려와의 전투는 신출귀몰하다는 저 중원의 촉나라 군사 제갈공명도 막지 못했을 것이오. 짐이 곁에서 본 바로 사두 장군은 혼신의 힘을 기울여 한성을 지키고자 했소. 더구나 단신으로 동문을 나가 고구려왕 담덕과 담판을 지어 성안의 군사나 백성, 가축들까지 생명이 있는 것은 다치지 않게 해달라는 약속을 받아냈다 들었소. 그 말을 처음 들었을 때는 이적행위를 한 것으로 의심을 했었는데, 나중에 생각해 보니 참으로 지혜로운 결단이었다는 생각이 들었소. 우리 군사들이 끝까지 항전하며 싸웠다면, 고구려 대군의 창칼에 살아남을 자가 몇이나 되었겠소? 그러니, 어서 사두 장군을 불러오도록 하시오."

대왕 아신의 목소리에 갑자기 생기가 돌았다. 이번 왜국에 보내는 사신이 외교 수완만 잘 발휘해 준다면 목만치를 데려오는 것은 물론이거니와, 장차 고구려를 도모하기 위해 왜국 군대에까지 협력을 요청할 수 있을 것이라 생각했다. 한성의 뭇 생명들까지 살려내고 백제의 사직을 지키게 해준 사두의 지혜라면, 그런 임무를 수행할 만한 필요충분조건을 갖춘 인물이라 판단되었던 것이다.

그로부터 열흘이 지난 어느 날, 사두가 궁궐로 들어와 아신 앞에 엎드렸다.

"폐하! 소장 사두, 죽을죄를 지었나이다. 엄한 형벌로 다스려주시옵소서!"

사두는 급히 말을 타고 달려와서 그런지, 온몸에 뽀얗게 먼지가 앉았고 얼굴은 땀으로 얼룩져 도무지 사람의 꼴이 아니었다.

"사두 장군이 맞소?"

"그러하옵니다, 폐하! 지난 고구려와의 전투에서 패전하여 도망친 자이옵니다. 군법으로 다스려주시옵소서!"

사두의 눈에서 흐르는 눈물이 바닥으로 뚝뚝 떨어졌다. 그의 어깨가 사뭇 흔들리고 있었다.

"장군! 어서 고개를 드시오."

아신도 불과 몇 달 전 고구려와의 전투를 생각하자 가슴 저 밑바닥에 가라앉았던 분노가 치솟아오르면서, 다른 한편으로는 애잔하면서도 허허로운 정신의 박탈감 같은 것이 느껴지기도 했다. 사두의 거지꼴을 한 누더기 옷이나, 거의 산발에 가까운 흐트러진 머리칼이 그런 감정에 휩싸이도록 만들었다.

사두가 용기를 내어 고개를 번쩍 들고 대왕 아신을 바라보았다.

"폐하! 지난 전투에서 소장은 이적행위를 했나이다."

"무엇이라……?"

"네, 폐하! 그때 이미 우리 한성의 경우 군사들이 끝까지 목숨을 걸고 싸운다 한들 방어할 수 있는 상황이 아니었사옵니다."

"그것은 짐도 알고 있었느니!"

"하오나 마땅히 장수라면 성벽에 뼈를 묻을 각오로 전투에 임했어야 하는데, 소장은 그러하지 못했나이다."

"사두 장군은 병법서에 통달해서 잘 알겠지만, 전쟁은 병가지상사라 하지 않소? 지난 일은 생각하기도 싫으니 그 이야기는 그만둡시다."

아신은 고개를 좌우로 흔들었다.

"그렇지 않사옵니다. 당시 소장은 단신으로 동문을 열고 나가 고구려왕 담덕을 사로잡아 양국이 협상을 함으로써 전쟁을 종식시키려고 했습니다. 그러나 오히려 적장에게 사로잡히는 몸이 되었고, 고구려왕 담덕에게 우리 백제군을 온전히 살려달라고 구걸했사옵니다. 전장에서 적을 이롭게 했으니, 죽어 마땅한 죄이옵니다."

사두는 그러면서 다시 바닥에 머리를 찧었다. 아신은 그런 사두를 한참 동안 내려다보며 깊은 생각에 잠겨 있는 듯하다가 갑자기 몸을 벌떡 일으켰다.

"그대의 말처럼 죽어 마땅한 죄가 맞도다. 여봐라, 당장 이자를 끌어내어 목을 쳐라!"

갑자기 아신은 화를 버럭 내며 편전을 지키고 있는 내신에게 소리쳤다.

편전에 함께 있어 전후사정을 다 알고 있던 내신은 갑자기 눈을 휘둥그레 뜨지 않을 수 없었다.

"네에! 폐, 폐하! 방금 뭐라고……."

나이가 든 내신은 다음 말을 잇지 못했다. 그만큼 대왕 아신의 명령이 갑작스러웠던 것이다.

"어서 이자를 끌어내지 않고 뭘 하느냐? 그대도 듣지 않았는가? 죽여달라고 사정하는 꼴을 두 눈으로 보지 않았는가 말이다. 옥에 가둘 필요도 없이, 시간 끌지 말고 당장 목을 쳐서 이자의 한을 풀어주거라."

아신의 추상같은 명령에 내신은 급히 수하들을 불러 사두를 끌어냈다.

사두가 끌려 나간 다음, 아신은 다시 내신을 불렀다.

"네! 폐, 폐하! 저, 정말 목을 치시라는 분부시옵니까?"

대왕 아신의 웃고 있는 얼굴을 보고, 내신은 더욱 당황하여 어찌 할 바를 몰랐다.

　"어찌 목을 치겠느냐! 봉두난발한 그 꼴이 보기 싫으니, 흐트러진 머리만 싹둑 자른 후 목욕을 시키고 대신의 옷으로 갈아입혀 다시 데리고 오도록 하라! 사두 장군은 짐이 앞으로 중히 쓰려는 인물이니, 함부로 다루지 말고 정중하게 모시도록 하라!"

　아신의 명을 받은 내신은 부리나케 달려 나갔다. 수하들이 서둘러 사두에게 참수형을 집행한다면 그야말로 자신의 목이 달아날 판이었다.

　한동안의 시간이 흐른 후, 다시 사두가 대왕 아신 앞에 대령하여 머리를 깊이 숙였다. 그는 조회 때 입는 대신의 옷차림이었고, 봉두난발이 잘린 머리에는 두건을 쓰고 있었다.

　"폐하!"

　사두는 다시 엎드려 눈물을 쏟았다.

　"그래, 죄를 받아보니 어떻소? 사두 장군!"

　"폐하, 성은이 망극하오이다."

　"이미 그것으로 장군의 죄는 말끔히 씻어졌소. 더 이상 마음에 두고 있으면 몸에 해로우니, 우리 백제의 앞날을 어떻게 하면 광명천지로 만들 것인가만 생각해 주시오."

　아신이 웃으며 사두를 바라보았다.

"네, 소장의 목숨은 이미 폐하의 것이옵니다. 하오니, 이 몸은 앞으로 뼈가 부서져 가루가 되도록 나라를 위해 목숨을 바치겠나이다."

"장군! 분명히 이 자리에서 짐과 약속하였소. 그대를 부른 것은 서둘러 왜국으로 가서 목만치 장군을 데려오라는 명을 내리기 위해서인데, 내친 김에 왜국에 군사도 요청해 우리 백제와 함께 고구려를 쳐서 원수 갚을 길도 주선해 보도록 하시오. 왜국은 지금 응신이 나라의 힘을 하나로 모으고 있다고 하오. 응신은 모계로 우리 백제의 피를 이어받았으니, 교섭만 잘 하면 우리를 위하여 군사를 보내줄 수 있을 것이오. 모든 것은 그대의 능력에 달려 있소."

아신의 말에 사두는 결의에 찬 얼굴로 대왕을 직시했다.

"폐하! 심려치 마시옵소서. 반드시 폐하의 성심에 기쁨이 가득하도록 이 한 목숨 바쳐 충성을 다하겠나이다."

사두는 대왕에게 정중하게 예를 올리고 편전을 나섰다. 막 멀어져가는 그의 뒷모습을 아신은 믿음직스러운 표정으로 지켜보았다.

2

백제 대왕 아신의 밀명을 받고 나서 월출산 석굴로 돌아온 사두는 동문수학한 왕인에게 말했다.

"죽으러 갔다 살아 돌아왔네. 스승님이 계셨다면 부끄러워서 이곳에 나타나지도 못했을 것이네."

월출산 중턱에는 달을 바라보기에 적당한 월대암이 우뚝 서 있었다. 그리고 바로 그 밑에는 자연 석굴이 있었는데, 왕인은 그곳에서 학문을 닦았다. 원래 석굴 앞 너른 마당에는 굴피지붕을 얹은 오두막이 있었고, 왕인과 사두는 그곳에서 한 도인을 스승으로 모시고 유교 경전을 배웠다.

왕인과 사두가 스승으로 모신 도인은 청년시절 중원으로 건너가 사서오경은 물론 노장 철학까지 두루 겸비하고 돌아와 월출산 중턱에 오두막을 짓고 '처사'를 자처하며 도를 닦고 있었다. 그는 나무꾼, 즉 '초부樵夫'라 일컬어 '초부거사'로 불렸다. 원래 그의 혈족은 대대로 학문을 익혀온 선비 집안이었다. 그러나 무슨 이유 때문인지 모르지만, 그의 부친은 초야에 묻혀 살면서 나무꾼 행세를 하며 겨우겨우 살아갔다. 그 역시 어린 시절부터 산에서 나무를 해다 장에 나가 팔아 가족의 생계를 도왔다. 그런 틈틈이 집에서 부친이 보던 서책들을 탐독한 후 중원으로 건너가 더욱 깊이 학문을 익혀 무불통지의 경지에 이르렀다. 다시 고국으로 돌아와서도 그는 고향 인근의 월출산에 들어가 학문과 도를 닦는 데 몰두하였다.

원래 왕인과 사두는 월출산 아래 한마을에서 자라났는데,

초부거사의 소문을 듣고 오두막으로 지은 토굴을 찾아가 학문을 익혔다. 왕인은 주로 사서오경을 위주로 한 학문을, 사두는 여러 분야에 관심이 많아 유학은 물론 병법서까지 두루 읽고 무술 연마도 게을리 하지 않았다. 스승인 초부거사는 신체 수련을 위해 혼자서 무술을 익히고 있었는데, 사두가 옆에서 따라하다 보니 자연스레 수련을 하게 되었던 것이다. 주로 검술과 활쏘기, 그리고 호신용으로 수박手搏을 익혔다. 그러나 왕인은 무술을 배우지 않고 유학에만 몰두했다. 스승과 사두가 무술 연마를 할 때는 나무 그늘에 앉아 재미있다는 듯 구경만 할 뿐이었다.

그러던 중 초부거사는 더 이상 가르칠 것이 없다며 제자들을 놔두고 어느 날 홀쩍 토굴을 떠나버렸다. 스승이 기약도 없이 떠나고 나서 왕인과 사두는 한동안 토굴에 들어앉아 학문 도야에 힘쓰고 있었다. 두 사람은 언젠가는 스승이 다시 돌아오리라 생각하며 기다리고 있었던 것이다. 그러나 초부거사는 3년이 지나도록 토굴을 찾지 않았다.

어느 날, 사두는 왕인에게 하산을 하자고 제의했다. 학문과 무술을 익힌 것은 나라를 위해 크게 써먹을 데가 있어서인데, 백제가 고구려에 관미성을 빼앗기게 되자 마침내 하산하기로 결심을 굳힌 것이었다. 그러나 왕인은 생각이 달랐다. 그는 학문으로 사람을 구하고자 하는 것이지, 사람을 죽이기 위해 무술을 익히고 병서를 공부하는 사두와는 다른 인성의 소유자였다. 그가 생각하는 사람은 나라나 종족의 경계가 없고, 이 세상에 살아가고 있는 모든 인생들에 해당하는 것이었다. 그는 '소우주小宇宙'의 이상향을 마음속에 담아두고 있었다.

"죽으러 간 건 그대의 선택이었고, 살아 돌아온 건 소우주의 법칙 아니겠나?"

왕인은 석굴 안에 앉아 껄껄 웃었다.

"그대의 말이 맞네."

사두는 왕인 앞에서 몹시 부끄러웠다.

왕인은 세상을 달관한 스승인 초부거사를 닮아가고 있는 반면, 사두는 자꾸만 세상 속으로 들어가 개인적 욕망에 사로잡히는 인간이 되어가고 있다고 스스로 생각했던 것이다. 얼마 전 진무의 졸개가 와서 대왕이 사두를 부른다는 전갈을 받았을 때, 왕인은 그가 하산하려는 것을 말렸었다. 그러나 그때 사두는 죽으러 가겠다고 자처하며 한성으로 달려갔던 것이다.

"살아 돌아왔으니 반갑네. 난 사실 그대가 한성에 가서 일이 잘못되면 자결할까 겁이 났었네. 지금 얼굴에 생기가 도는 것을 보니, 일이 아주 잘된 모양이군. 죽으러 갔다가 이렇게 멀쩡하게 살아서 돌아왔으니, 이 어찌 반가운 일이 아니겠는가?"

왕인이 사두의 두 손을 꼭 잡고 흔들었다. 석굴의 희미한 빛 속에서 왕인의 환한 웃음이 박꽃처럼 피어났다.

"일이 잘됐다기보다 아주 무거운 짐을 걸머지고 왔다네."

사두가 월출산으로 왕인을 찾아온 것은 그에게 도움을 청하기 위해서였다.

"어쩐지 석굴로 들어서는데, 그대의 어깨가 축 처져 있더군. 그래 그 어깨에 어떤 무거운 짐을 지고 왔는가?"

"그대는 지혜로운 사람이니 무거운 짐을 풀어 내 몸을 가볍게 해줄 수 있을 테지?"

사두는 왕인에게 다짐부터 받아두고 싶었다.

"무슨 일인데 그러는가?"

"실은 말이네……."

사두는 잠시 말을 멈추고 왕인을 바라보았다. 석굴의 어두운 그늘에서 보아도 왕인의 얼굴에선 은은한 빛이 발산되고 있었다.

"말해 보게."

"사실은 말일세. 대왕 폐하께서 내게 왜국에 사신으로 다녀오라는 밀명을 내리셨네."

석굴 속에 두 사람밖에 없는데도, 사두는 누가 들을까 두려운 듯 작은 소리로 말했다.

"사신으로 가는데 밀명은 또 뭔가?"

"고구려에 알려지면 곤란한 일이라서 비밀리에 다녀오라는 것이야. 목라근자 장군의 아들 목만치라고 있지 않은가? 진사왕 즉위년에 진가모의 세력에게 쫓겨 왜국으로 망명한 검술의 대가 말일세.”

“그런 사람이 있었다는 얘긴 들었네만…….”

“대왕 폐하께서 그 목만치를 데려오라는 거야. 그러나 이건 기본 임무이고…….”

“그리고 또 뭐가 있단 말인가?”

“지금 왜국은 대왕 응신이 강력한 국가체제를 만들고 있다네. 전국에서 활개치고 있는 무사집단을 끌어 모아, 그 우두머리들에게 장군의 벼슬을 내려 군사체계를 세워나가고 있는 모양일세. 우리 백제에서도 많은 사람들이 건너갔지만, 지금 왜국에는 신라와 가야는 물론 고구려의 유민들도 제각기 무리지어 세력과시를 하고 있다네. 왜국에서 가장 큰 세력이 우리 백제의 피를 이어받은 신공왕후의 아들 응신인데, 나이 일흔하나에 모친으로부터 정권을 물려받아 강력한 군주의 모범을 보이고 있다네. 이제 즉위 5년이 되는 응신은 우리 백제 유민들은 물론이거니와 신라·가야·고구려 유민들까지 규합하려고 힘쓰고 있는데, 이를 통하여 장차 나라다운 면모를 갖추어나가려고 하고 있다는 것이야.”

사두는 백제 대왕 아신에게서 듣고 온 이야기를 다시 정리해 왕인에게 들려주었다.

“그것 참 잘된 일이로군! 이제까지 왜국은 무사집단들이 서로 세력과시를 하면서 다투는 바람에 백성들이 여간 괴롭지 않다고 들었거든. 국가체제가 제대로 갖추어지면 무사집단들도 조용해질 것이고, 백성들도 평화로운 세상을 만날 것 아니겠는가?"

왕인이 고개를 끄덕거리며 온화한 미소를 지어보였다.

"그대가 지향하는 '소우주'를 생각하는 모양이지만, 그렇지만은 않을 것이네. 응신이 나라의 기틀을 다져 강력한 군사력을 키우는 데는 남다른 목적이 있다는 것이야. 왜국은 섬나라가 아닌가? 그리고 그 백성들 중에는 현지인이 아닌 이곳 대륙에서 건너간 유민들이 많다는 말일세. 그들이 섬으로 망명한 데는 다 이유가 있지. 나라에서 반역을 일으키거나 큰 죄를 지어 죽음을 면치 못하게 되었을 때 살기 위해 섬나라로 도망친 것 아니겠는가? 이곳 대륙에서 건너간 유민들의 마음속에는 한이 남아 있다네. 반드시 다시 대륙으로 건너와 영화를 누려보겠다는 욕심이 잠재적으로 그들의 마음속에 들어 있다는 것이야."

"충분히 그런 마음을 가질 수 있긴 하겠군그래……."

왕인은 눈을 내리감은 채 계속 머리를 끄덕거리고 있었다.

"지금 응신이 전국에 흩어져 있는 무사 집단을 자신의 휘하에 거느리려고 하는 것은, 바로 다시 대륙으로 진출하겠다는 꿈을 가지고 있기 때문이란 말일세."

사두는 눈을 감고 있는 왕인이 자신의 말을 듣고 있지 않은 것 같아 좀 더 목소리를 높였다.

"그래서……? 그들이 대륙을 침략하려는 것을 막을 방도를 마련해야 한다는 얘긴가?"

"아니, 그와 반대일세."

"반대라면? 우리 백제가 그들의 대륙 침략을 도와주기라도 해야 한단 말인가?"

"도와주는 것이 아니라, 이용하자는 얘기지. 대왕 폐하께선 바로 내게 그 임무를 맡기셨네. 목만치를 데려오라는 것은 사신으로 가는 겉으로 드러난 목적이고, 밀사로서의 임무는 응신을 만나 신라와 고구려를 칠 수 있는 방안을 세워달라는 것일세. 응신의 왜국 군대가 무사집단으로 이루어진 군사들을 규합해 바다를 건너오면, 우리 백제가 연합하여 신라와 고구려를 공격해 그들의 한을 풀어주겠다는 얘기지."

사두의 말에 왕인이 감고 있던 눈을 번쩍 떴다.

"그것이 그대의 두 어깨를 짓누르는 짐이로군!"

"바로 그렇다네."

"모두가 부질없는 일! 세상을 참으로 어렵게 만드는구먼!"

왕인은 고개를 좌우로 흔들었다.

"여보게. 그대가 내 두 어깨에 얹힌 짐을 좀 가볍게 해줄 수 있는 혜안을 주게나. 나로서는 그 수수께끼 같은 대왕 폐하의 밀명을 제대로 받자올 지혜가 없다네."

사두는 이제 사정하는 투로 변했다.

사실 진무가 보낸 졸개의 말을 듣고 대왕 아신을 만나기 위해 한성으로 달려갈 때만 해도 사두의 몸은 가벼웠었다. 죽음을 각오하고 가는 길이기에 그에게는 여한이 없었던 것이다. 그런데 대왕의 밀명을 받고 나서 그는 죽음보다 더 무거운 짐을 두 어깨에 걸머지게 된 느낌이었다.

"나는 왜국을 섬이라는 이유만으로 아끼고 싶네. 바다 가운데 떠 있는 섬이야말로 석가모니가 태어나면서 외쳤다는 '천상천하유아독존天上天下唯我獨尊' 그 자체가 아니겠는가? 바다 가운데 홀로 있으니 다른 나라의 외침을 받을 이유도 없고, 지상에서 그 나라만큼 안정과 행복을 담보하는 곳이 또 어디 있겠나? 그런데 대륙에서 건너간 각 나라의 유민들이 또 뭉쳐서 대륙 진출을 꿈꾼단 말인가?"

"그대는 너무 이상주의자야. 그 섬도 사람이 사는 세상이네. 어쩌면 사람은 욕망의 덩어리지. 욕망이란 괴물은 먹으면 먹을수록 배고픔을 더욱 느끼게 만드는 그 무엇이 아니겠는가? 가진 자가 더 많이 가지려고 욕심을 부리는 것도 다 그런 욕망이란 괴물이 마음속에 들어앉아 충동질하기 때문일세."

사두가 그동안 세상에 나가서 눈으로 보고 겪은 것들이 그랬다. 세상은 욕망의 도가니 속이었던 것이다. 그는 왕인이 너무 산속에 묻혀 살아서 세상 돌아가는 일을 모른다고 생각하였다.

"사람이 왜 학문을 익히고 도를 닦겠는가? 바로 욕심을 줄이는 지혜를 얻기 위해서네. 그대의 말처럼 사람들의 마음속에 들어앉아 충동질을 일삼는 욕망이란 괴물을 죽이기 위해 궁구하는 것이 학문이며 도가 아니겠는가?"

왕인은 안타까운 심정으로 사두를 바라보았다.

두 사람의 입장은 정반대이면서도, 다른 한편으로 상대를 생각하는 마음은 같다고 할 수 있었다. 세상이라는 벽이 있다면, 그 이쪽과 저쪽에 두 사람은 존재했다. 사두는 세상 속으로 걸어 들어가고 있고, 왕인은 자꾸만 세상 밖으로 벗어나려 하고 있었다. 크게 생각하면 그 두 가지가 다 소우주에 속하는데도. 그래서 같은 범주임에도 불구하고 두 사람이 가는 방향은 정반대였다.

"허면, 그대는 내 어깨 위에 얹혀 있는 무거운 짐을 벗겨줄 혜안이 없단 말인가?"

"혜안이랄 것까지는 없고……. 그대는 바다를 건너가서 있는 그대로의 모습을 보고 오기만 하면 돼. 응신이 무슨 생각을 하고 있는지 유심히 관찰했다가 귀국해 대왕 폐하에게 그대로 보고하면 그만이지. 괜히 혹 떼러 갔다가 혹 하나 더 붙이고 오는 실수는 하지 않는 게 좋아. 물론 겉으로 드러난 목적이 목만치란 사람을 데려오는 것이니까, 그 임무는 차질 없이 수행하도록 해야겠지."

"대왕의 밀명은 어찌하고?"

"대왕의 밀명은 그대만이 알고 있는 것 아니겠나? 그러니 그대 마음속에 간직하고 갔다가 그대로 가슴에 안고 돌아오면 그만이지. 만약 그대가 밀명을 지키기 위해 응신에게 군사를 보내달라고 청한다면, 백제는 더욱 곤경에 처하게 될걸세. 대왕이야 고구려왕 담덕에게 노객이 되겠다고 무릎을 꿇은 것이 분해 왜국의 군사를 끌어들여서라도 보복하고 싶은 마음이 굴뚝같겠지만, 화는 곧 또 다른 화를 부르는 것일세. 그대가 정말로 나라를 위한다면 절대로 응신의 욕망을 부추기지 말아야만 하네."

두 사람이 이렇게 설전을 거듭하는 사이 날은 저물었고, 석굴은 캄캄하여 상대의 얼굴조차 가늠하기 어려웠다. 그러나 얼굴을 붉힐 수 있는 대화가 계속되었음에도 불구하고, 두 사람 사이에 큰소리가 나지 않은 것은 서로의 눈길을 마주칠 염려가 없었기 때문인지도 몰랐다. 아니, 그보다도 두 사람 모두 동문수학을 하면서 마음으로 하나가 된 덕분이라고 해야 옳았다. 서로를 이해하는 폭이 그만큼 넓었던 것이다.

"어찌 됐든 고맙네. 지금 내 입장이 그대 말마따나 혹 하나 떼려고 왔다가 혹 하나 더 붙인 셈이 돼버렸군."

사두는 석굴에서 일어나 밖으로 나왔다. 왕인도 그의 뒤를 따라 나와 석굴 입구에 나란히 섰다. 석굴 앞에는 예전에 초부 거사가 지은 오두막이 있었으나, 비가 새고 서까래가 가라앉아 왕인이 아예 불태워버리는 바람에 이제는 빈터로 남아 있었다.

때마침 그때 월출산 동쪽 능선에서 막 보름달이 떠오르고 있었다. 왕인과 사두는 보름달을 마주하고 섰다. 달빛에 노출된 두 사람의 그림자가 동굴 입구로 머리를 둔 채 빈터에 길게 누워 한동안 꼼짝도 하지 않았다. 두 사람은 침묵 속에서 보름달을 바라보며 깊은 사념에 잠겨 있었다. 달은 예전이나 지금이나 늘 변함이 없었지만, 그것을 바라보는 두 사람의 마음은 비록 한 스승 밑에서 동문수학을 한 사이지만 빛과 그림자처럼 생각의 깊이와 농도가 달랐다.

3

결국 사두는 어깨의 짐을 덜어보려고 왕인을 찾아왔다가 허허로운 가슴만 부여안고 월출산 석굴에서 하룻밤을 잤다. 왕인은 마음 편하게 코까지 골았지만, 사두는 새벽녘이 가까울 때까지 여러 가지 생각으로 몸만 뒤척이다가 겨우 잠이 들었다.

날이 훤하게 밝아오자 사두는 일찍 잠에서 깨어났다. 왕인과 함께 간단하게 조반을 마친 그는 곧바로 하산하여 상대포구上台浦口로 나갔다. 월나군月奈郡(영암)의 대표적인 항구인 이 포구는 왜국과 중원으로 가는 배들이 드나드는 백제의 대표적인 무역항이었다.

그래서 상대포구에는 항시 크고 작은 무역선과 고깃배들이 정박해 있었고, 포구 앞의 저잣거리에는 각종 점포들이 들어서 때를 가리지 않고 상인과 장꾼들로 북적거렸다. 그 뒤쪽으로는 뱃사람들이 묵는 객주와 술집들이 즐비해 밤낮으로 인파가 몰려들었다. 저잣거리는 낮에 물품을 거래할 때 장사꾼들로 붐볐고, 객주거리는 밤에 휘황한 불을 밝혀놓아 흥청대는 취객들로 시끌벅적했다.

원래 상대포구는 예전부터 파시로 유명했다. 고깃배들이 수십 척씩 들락거리며 잡은 물고기들을 흥정하던 곳이라, 생선비늘의 번쩍임처럼 사람들의 눈빛 또한 생기가 번뜩였다. 어부들은 물고기를 팔아 챙긴 돈으로 주머니 사정이 두둑하였고, 그것을 노리고 파시의 여자들이 술집으로 장정들을 유혹하느라 농염한 추파를 던지곤 했다. 바닷바람과 물고기들 때문에 늘 비릿한 공기가 포구를 감싸고 있는 가운데, 물건을 매매하거나 호객행위를 하는 여자와 몸값을 흥정할 때도 돈이 오가는 현장이므로 사람들 사이선 팽팽한 긴장감과 함께 언제나 활력이 넘쳐흘렀다.

고구려가 관미성을 차지한 이후 백제의 인삼 무역항이었던 승천포구와 예성항을 빼앗긴 뒤, 갑자기 월나군 상대포구가 새로운 무역항으로 떠올랐다. 물고기만 파는 것이 아니라 백제에서 나는 인삼도 이 항구를 통해 주로 동진 무역선과 거래를 하게 되었던 것이다.

　　승천포구와 예성항에서는 갑비고차와 부소갑의 인삼이 거래되었는데, 백제가 고구려에 그 땅을 빼앗기고 나서는 월나군 상대포구가 진내군進乃郡(금산) 개삼터에서 나는 인삼을 거래하는 대표적인 무역항으로 급부상했다. 원래 진내군에서 재배되던 인삼을 가삼家蔘이라고 불렀다. 집에서 소규모로 경작하여 약초로 쓰이던 것이 점차 규모가 큰 재배농으로 발전하면서 백제에서는 갑비고차와 부소갑 다음으로 진내 인삼을 쳐주었다. 진내군은 다른 곳에서 인삼 씨앗을 가져다 심은 것이 아니라 오래전부터 자체적으로 산삼을 경작하는 방법을 개발해 가삼으로 키워온, 꽤나 내력이 깊은 인삼재배단지로 알려져 있었다.

　　전해져 오는 이야기에 의하면 진내군의 명산인 진악산 관음굴에서 한 처사가 병고에 시달리는 어머니의 병을 고치게 해달라고 빌던 중 산신령의 현몽으로 산삼을 구해 완치했다고 한다. 그 이후 빨간 산삼 열매를 따다 집 안에서 재배해 가삼이 되었고, 그것을 대단위로 경작하는 삼농인이 늘어나면서 진내 개삼터가 점차 인삼재배단지로 명성을 얻었다는 것이다.

백제의 대표적인 인삼재배단지인 진내의 인삼 거래가 상대 포구에서 이루어지면서부터, 전에 주로 왜구들의 근거지인 대마도(쓰시마)의 고깃배들만 드나들던 작은 포구가 동진의 무역선들까지 내왕하는 국제무역항으로 크게 발전하게 되었다. 대마도 어선들은 상대포구에 들어와 물고기를 팔아 곡물을 주로 사갔으나, 동진의 무역선들은 진내에서 나는 인삼을 거래하기 위한 목적으로 찾아왔던 것이다.

저녁 어스름이 질 무렵, 사두는 상대포구의 저잣거리를 둘러보고 나서 불빛이 점차 밝아오는 객주거리로 들어섰다. 등롱이 화려하게 내걸린 객주가 보이자, 그는 선뜻 그 술집으로 들어섰다. 그때 객주거리 골목에서 그의 뒤를 밟으며 기웃거리던 한 사내가 약간의 시간차를 두고 술집으로 들어서는 것을 눈여겨본 사람은 아무도 없었다.

일단 한적한 곳에 좌정한 사두는 술과 안주부터 시켜놓고 객주 안을 두루 살피는 데 여념이 없었다. 엉덩이를 유난히 휘두르며 술과 안주를 가지고 온 주모가 노골적으로 요리조리 객인의 행색을 살펴본 후 물었다.

"선비님은 뱃사람 같지는 않고, 혹 객고라도 풀려고 오신 것은 아니신지? 좋은 시악시가 있긴 한데……. 불러드릴까?"

주모는 고개를 야들야들 갸웃거리며 호들갑을 떨었다.

"초저녁부터 객고 풀 생각은 없고……. 혹시 왜국을 자주 내왕하는 선주가 있으면 조용히 불러주시오."

사두는 점잖게 주모의 말을 묵살한 후 주위를 살피며 넌지시 말했다.

"왜? 왜구들 소굴인 대마도라도 가시려우? 혹 죄를 짓고 도망치는 것 아니시우? 만약 그렇다면 진도 뱃놈을 소개하는 게 낫지."

아직도 주모는 호들갑스런 말투를 버리지 못하고 있었다.

"우리 백제 선주를 찾고 있소. 될 수 있으면 대마도보다 왜국 본토까지 자주 오가며 거래를 한 무역선주가 필요하오만."

사두는 은근슬쩍 주모의 손을 잡는 척하며 은화 한 닢을 쥐어주었다.

"호호. 선비님처럼 점잖으신 분이 죄를 지었을 리 만무하고……. 마침 저 방 안에서 술을 마시는 단골 중 왜국에 자주 다닌 선주가 있지요. 잠깐만 기다려보시우."

주모는 얼른 은화를 허리춤에 갈무리하고 나서 다시 엉덩판을 요란하게 흔들며 주방으로 향했다.

사두가 마른 목을 축이기 위해 자작으로 술을 석 잔째 들이키려던 참에, 한 사내가 은근히 다가와 말을 걸었다.

"선비께서 왜국 가는 무역선을 찾으신다 하기에……."

그 사내는 도포를 입고 있었다.

"그렇소만, 그대가 무역선 선주 맞소?"

사두가 문득 상대를 올려다보며 맞은편 자리를 가리키자, 사내는 무르춤한 자세로 일단 탁자를 가운데 두고 좌정했다.

"대마도에라도 가시려구요?"

"아니, 왜국 본토까지 가볼 생각이오만."

"허어? 왜국 본토까지 가려면 제대로 물건을 장만해 싣고 가야 하는데……. 우리 무역선은 주로 곡물을 싣고 대마도까지 가서 물고기와 바꿔 옵니다. 가끔 백삼도 구해지는 대로 싣고 가긴 하지만, 워낙 고가인데다 요즘은 동진 대상들이 인삼을 매점매석을 하고 있는 판이라서."

사내는 그러면서 사두를 정면으로 쳐다보았다.

"일단 술이나 한 잔 드시오. 천천히 얘기를 나눠봅시다."

사두가 사내의 잔에 술을 따랐다.

"왜국 본토까지 그 머나먼 뱃길을 왜 가려고 하시오?"

사내가 술을 한 잔 들이켜고 나서 입술을 훔치며 물었다.

"지금까지 왜국 본토에 몇 번이나 왕래하셨소?"

"전에 왜국과 인삼거래를 할 때는 자주 갔었소. 그러나 우리 백제가 관미성을 고구려에 빼앗긴 후 승천포구와 예성항에 발을 붙이지 못하게 되면서 이곳 상대포구로 내려와 곡물장사로 겨우 체면치레나 하고 있는 편이지요. 그래서 지금은 무역상이라고 하기도 뭣하다오. 인삼거래에 비하면 곡물거래는 허접한 장사라 이문도 박해 그저 목구멍 풀칠이나 하는 정도요."

이때 사두의 머리가 비상하게 돌아갔다.

"실은 내가 이번에 왜국 본토로 인삼을 가져가려던 참이오. 진내에서 나는 백삼을 대량으로 구해 무역선에 싣고 가면 큰 돈벌이가 되지 않겠소?"

"네에? 선비님께서 진내 백삼을 구할 자신이 있으십니까? 지금 동진의 무역상들도 진내 백삼을 구하지 못해 도처에 손을 뻗쳐 거래선을 찾고 있는 판인데……."

"백삼을 구하면 왜국 본토까지 갈 수 있겠소?"

"가다뿐이겠습니까?"

"허면 한 달 기한을 주시오. 백삼을 충분히 마련해야 무역선을 출항시킬 수 있지 않겠소?"

두 사람의 목소리가 제법 커지자, 이때 다른 탁자에서 등을 돌린 채 술을 마시던 한 사내가 귀를 그쪽 방향으로 곤두세웠다. 그는 사두가 객주에 들어오고 나서 뒤미처 그곳에 자리를 잡았다. 사실 그 사내는 한성에서부터 사두의 뒤를 밟으며 일거수일투족을 살피고 있었던 것이다.

"그건 염려 마십시오. 대마도까지라면 지금 우리 선단만 가지고도 가능하지만 왜국 본토까지 가려면 선원도 더 많이 필요하니, 우리 또한 그만한 준비를 하는 데 적어도 한 달 이상은 걸릴 것이오. 시간은 충분히 드릴 수 있으니 백삼이나 많이 구해 오시오. 아마 쉽지는 않을 것이외다."

"어느 정도의 백삼을 원하시오?"

"다다익선! 양이 많으면 많을수록 큰 거래로 수익 또한 크게 늘어나니 누이 좋고 매부 좋은 일 아니겠습니까? 선비님도 이 기회에 큰돈 장만하시고, 우리 선단도 동진 대상 부럽지 않은 인삼거래 상단으로 클 수 있으니까 말이오."

무역선 선주는 기분이 좋아지자 목소리까지 더욱 커졌다.

"누가 들으면 곤란하니 목소리를 죽여주시오."

사두가 힐책했다.

"아, 뭐……, 그게 큰 비밀이라도……."

"큰돈을 버는 일인데 다른 사람이 알아서 좋을 건 없지요."

"허어, 구린내를 풍기면 똥파리가 끼어든다? 듣고 보니 선비님 말씀이 백번 옳습니다."

선주도 이번에는 목소리를 낮추며 주위를 두리번거렸다.

사두와 선주 뒤에서 등을 돌린 채 홀로 술을 마시던 사내는 가끔 객주 안을 둘러보는 척하면서 유심히 선주의 인상을 봐 두었다.

흥정은 한두 번 만남으로 되는 법이 아니었다. 서로가 탐색하는 과정도 필요했고, 같이 뭔가를 도모하기 위해서는 충분한 준비 작업 기간도 가져야 하기 때문이었다.

그 이후에도 사두와 선주는 여러 번 만나 구체적인 출항 계획과 준비에 박차를 가했다. 한성에서부터 사두의 뒤를 밟은 사내는 은근히 선주에게 접근을 시도했다.

사두가 백삼을 구하기 위해 진내로 떠나고 나서, 무역선 선주는 왜국 본토로 갈 선단을 꾸리기 위해 새로운 선원들을 모집했다.

사내는 선주를 만나 자신도 왜국 본토로 가는 무역선을 타고 싶다고 말했다.

"배를 타본 경험이 있으신가?"

선주가 사내에게 물었다.

"없습니다."

"그럼 곤란하지."

선주는 고개를 외로 꼬았다.

"왜국 본토까지 가려면 항해의 어려움도 있지만, 간혹 해적을 만날 수도 있지 않겠습니까? 나는 무사 출신이오. 먼 항해에는 나 같은 사람도 필요하다고 생각하는데……."

"무사보다는 당장 사공이 필요하오."

"사공이 별거요? 팔다리 힘만 강하면 노 젓는 것이야 금세 익숙해질 터……. 무술로 익힌 몸, 그런 일쯤이야 식은 죽 먹기지."

사내는 선주 앞에서 문득 소매를 걷어 올려 팔뚝의 근육을 보여주었다. 힘을 주자 알이 잘 밴 칡뿌리처럼 뭉툭한 근육이 불뚝 일어섰다.

선주는 사내의 팔뚝 근육을 보고 조용히 고개를 끄덕거렸다.

"그런데 그대는 왜국 본토까지 왜 가려고 하는 거요?"

선주가 눈을 빛내며 물었다.

"왜 가긴요? 소문에 들으니, 왜국에는 칼 잘 다루는 사람을 크게 대접한다 하더이다."

사내는 그러면서 은근히 선주의 눈치를 보았다.

"혹 죄를 짓고 왜국으로 도망치려는 건 아니오?"

"그렇지는 않소이다. 오래전 시생에게 무술을 가르치던 스승이 왜국으로 떠났소. 이번에 왜국으로 가게 되면 스승도 찾아볼 셈이오."

사내는 그러면서 은근히 선주에게 진내로 인삼을 구하러 간 사두에 대해서도 이것저것 물어보았다.

4

"폐하! 백잔왕 아신이 왜국에 밀사를 파견했다 하옵니다."

고구려 태왕 담덕을 알현하고 있는 것은 호위무사 마동이었다.

마동은 담덕의 최측근 호위무사로, 이제 '장하독帳下督'의 직급을 하사받아 태왕 직속 무관까지 겸하고 있었다. 아울러 그는 고구려 각처와 주변 나라에 정보 수집 목적으로 심어놓은 현지 첩보원들을 관리하는 임무를 수행하고 있기도 했다.

첩보원들은 태왕 직속 호위무사들 중에서 가려 뽑은 자들로, 모두들 무술이 수준급이고 비상한 머리를 가지고 있으며 판단력과 행동력이 남달랐다. 고구려 귀족 신분을 대표하는 5부 조의선인들 중에서 차출한 이들은 각자 맡은 지역의 정보를 수집하고 돌아와 수시로 호위무사의 우두머리인 장하독 마동에게 보고하도록 되어 있었다.

담덕은 왕위에 오른 직후 두 가지 노선으로 정보체계를 구축했다. 그중 하나는 보부상들을 활용하여 민간 및 주변 나라의 정세를 파악하는 것으로, 흑부상 단장을 엿장수 출신의 추동자가 맡고 있었다. 그리고 왕궁 호위무사의 우두머리인 장하독 마동이 이끄는 첩보원들은 전국 각처 군사들의 동태 파악에서부터 주변 나라의 정세를 면밀히 분석해 보고하는 태왕 직속의 비밀 조직이었다. 추동자를 중심으로 한 흑부상들은 각처의 역마를 이용해 정보를 전달하지만, 이들 호위무사 출신의 첩보원들은 정보의 중요성을 감안해 본인이 직접 귀환하여 마동에게 보고하도록 되어 있었다.

손자병법에는 다섯 가지의 간첩이 있었다. 향간鄕間은 적지의 곳곳에 박아둔 자들이며, 내간內間은 적진에 침투하여 그 관리나 군사를 꾀어 정보를 빼내는 역할을 맡은 고정간첩이라고 할 수 있었다. 그리고 반간反間은 적이 보낸 간첩을 잡아 역이용하는 것이고, 사간死間은 죽음을 무릅쓰고 일부러 적진에 체포되어 귀순한 척하며 간첩활동을 벌이는 이중간첩이었다. 나머지 하나 생간生間은 적지에 들어가 활동하다가 중요한 정보를 확보하면 직접 돌아와 보고하는 역할을 맡고 있었다.

고구려 태왕 담덕은 이 다섯 가지 간첩을 다 활용하여 국내는 물론 주변 나라들의 정세를 가만히 앉아서도 거울 들여다보듯 꿰뚫고 있었다. 마동에게 와서 백제의 왜국 밀사 파견 사실을 보고한 자는 바로 생간으로, 얼마 전 백제 월나군 상대포구에서 왜국으로 떠나는 사두의 일거수일투족을 비밀리에 추적한 후 고구려로 돌아온 사내였다. 그는 왜국으로 떠나는 무역선의 무사 겸 사공으로 가겠다며 선장에게 접근하여 은밀하게 사두가 무슨 일로 왜국에 가는지 알아냈으며, 막 선박이 출항할 때 지독한 장염에 걸렸다는 핑계를 대고 승선하지 않았다. 그런 연후 사두 일행이 탄 무역선이 출항하는 것을 두 눈으로 직접 확인하고 나서 곧바로 백제의 국경을 넘어 고구려 국내성으로 달려온 것이었다.

"아신이 그랬단 말이지?"

담덕의 표정은 당연히 그럴 거라는 걸 짐작이라도 하고 있었다는 듯 그저 무덤덤해 보였다.

"겉으로는 인삼을 싣고 가는 무역선으로 위장했지만, 사공이나 장사꾼 무리들 중에는 사두라는 젊은 장수와 그의 수하들 기십 명이 섞여 있었다고 하옵니다. 그들은 바로 비밀리에 아신이 보낸 사신단으로, 모두 무술 실력이 출중한 무사들이라 하옵니다."

"무엇이? 사두라고?"

그 순간 담덕의 짙은 눈썹이 꿈틀, 하고 움직였다.

"폐하께서도 기억하시지요? 한성 전투 때 스스로 항복하며 성안의 군사들과 백성들을 다치지 않게 해달라고 빌던……."

마동은 당시 사두가 국내성 동문으로 혼자 나와 싸움을 걸 때 수빈이 갑자기 뛰쳐나가 일전을 벌인 것을 직접 목격하지는 못했다. 당시 그는 부친 일목장군과 함께 남문을 공격하고 있었기 때문이다. 그러나 전투가 끝나고 나서 수빈을 통해 자세한 이야기를 들을 수 있었다.

"기억하고 있다마다. 젊은 장수가 문무를 겸비하고 있어, 적장이 아니었다면 우리 고구려 장수로 만들고 싶을 정도였지."

"아무래도 당시 한성을 공략할 때 아신왕을 살려둔 것이……."

마동은 뒷말을 이으려다가 문득 멈추었다. 자칫하면 태왕 담덕의 잘못을 직접 입 밖에 내는 결과가 될까 두려웠던 것이다. 그러나 그 정도만으로도 이미 의미전달이 된 셈이라 속으로 움찔하지 않을 수 없었다.

"곪어 부스럼이 됐다, 이 말이겠지? 왜국에 밀사를 파견했다면, 군사를 빌리자는 것이겠지? 머지않아 섬나라 군사들이 바다를 건너 육지로 몰려올지도 모르겠군."

담덕은 마동의 말을 귓등으로 넘기고 혼잣말처럼 중얼대며 연신 고개를 주억거리고 있었다.

왜국에는 원래 본토의 원주민들로 이루어진 세력이 있었고, 반도에서 건너간 고구려·백제·신라·가야의 유민들이 또한 저마다 일정 지역의 성을 차지하고 이전투구를 벌이고 있다고 했다. 신라와 백제에 파견한 첩자들이 전해 오는 소식에 의하면 그러하였다.

신라나 백제의 경우 왜국과 바다를 사이에 두고 있어 시시때때로 왜구들이 출몰하곤 했다. 왜구들은 주로 육지와 가까운 섬인 대마도에서 건너오곤 했는데, 그 섬은 농지가 거의 없어 물고기를 잡아 생계를 유지하므로 먹을 것이 늘 부족한 형편이었다. 따라서 선량한 어부도 흉어기가 닥치면 가족을 살리기 위해 칼을 들고 무리지어 바다를 건너와서 육지의 농가들을 습격하곤 했다.

신라나 백제에선 오래전부터 대마도 어부들을 왜구라고 불렀는데, 풍어기에는 잡은 고기를 배에 싣고 와서 곡물과 바꿔가는 물물교환을 하다가도 흉어기가 되면 도적 떼로 돌변하여 약탈을 일삼는다는 것이었다. 어찌 됐든 신라와 백제의 포구

사람들과 대마도 어부들은 자주 거래가 이루어져, 그들을 통해 수시로 왜국 본토의 소식까지 전해 듣는다고 했다. 대마도는 왜국의 지배를 받고 있었으므로, 항시 선박이 오고가다 보니 본토의 소식을 접해 육지인 신라와 백제에 알게 모르게 그것을 전하는 역할도 하게 되었다.

담덕은 소수림왕 말년에 동부에서 반역을 일으켰던 해평의 무리가 왜국으로 도피하였다는 사실을 잘 알고 있었다. 그런데 그들 또한 성 하나를 차지하고 세력을 점차 불려나가고 있다는 소식을 신라와 백제에 파견한 첩자들을 통해 들었다. 고구려·백제·신라·가야 각 나라에서 왜국으로 건너가 가장 큰 세력을 형성한 무리들은 백제인들이라고 했다. 이들은 백제 건국 초기 미추홀에 자리를 잡았던 비류의 세력이 온조의 세력에 밀려 배를 타고 왜국으로 망명했는데, 오랜 시일에 걸쳐 살아오면서 확고한 뿌리를 내려 막강한 군사력을 과시하고 있다는 것이었다.

전부터 그러한 왜국의 소식을 들을 때마다 담덕은 결코 좌시할 수 없는 일이라고 생각했는데, 백제왕 아신이 밀사를 파견했다는 소식을 접하자 내심 긴장되지 않을 수 없었다. 그렇지 않아도 고구려 포구 곳곳에 심심치 않게 왜구들이 들이닥쳐 노략질을 일삼고 있어 근심거리인데, 만약 왜국 본토의 고구려·백제·신라·가야 등 유민 세력이 하나로 뭉친다면 큰 화근거리가 될 것이라고 생각했다.

"신라에서 인질로 온 실성이라고 있지?"

문득 담덕이 마동에게 물었다.

"네, 폐하! 갑자기 실성은 왜 찾습니까?"

"실성이 어찌 지내는지 궁금하군!"

담덕은 제위에 오른 다음 해에 사신을 신라에 보내 실성을 볼모로 데려왔다. 그러므로 벌써 실성은 고구려에 억류된 지 5년이 지나고 있었다. 한 해에 두세 차례 특별히 편전으로 부르거나 동맹제 때 무술경연대회를 관전할 수 있는 기회를 주기도 했지만, 평소 실성에게 소홀히 한 것만은 사실이었다. 자주 원정을 나가다 보니, 신라에서 온 볼모에게까지 신경 쓸 겨를이 없었던 것이다.

"폐하께서 실성에게 태학을 출입하며 경전을 읽을 수 있도록 배려해 주어, 아마도 열심히 학문을 갈고닦을 것이옵니다. 혼자서 하루 종일 무얼 하고 지내겠습니까? 경전이라도 접하지 않으면 너무 무료해서 미치고 말겠지요."

마동은 태왕 담덕의 속내를 짐작할 수 없었다. 볼모로 억류된 자에게 태학을 마음대로 드나들며 학문을 익히도록 하는 것부터가 도무지 이해되지 않는 일이었다. 적국의 볼모는 역으로 생각하면 첩자이기도 한데, 고구려 최고 학문 도장인 태학에 드나들 수 있는 특전을 부여한 것은 결국 신라에 귀중한 정보를 그대로 넘겨주는 꼴이나 다름없었던 것이다.

"실성을 만나러 가자."

담덕이 용상에서 벌떡 일어섰다.

"네에?"

"아, 뭘 꾸물대? 어서 안내하지 않고."

그때서야 마동은 실성이 억류되어 있는 곳으로 담덕을 안내했다.

갑작스런 담덕의 등장에 실성은 어찌할 바를 몰랐다. 자신의 거처로 태왕이 직접 찾아온 것은 처음 있는 일이었기 때문이다.

"태왕 폐하께서 어찌 이런 누추한 곳에……."

실성은 그렇게 말하다가 문득 말을 입안으로 삼켰다. '누추한'이라는 말은 곧 고구려가 볼모인 자신을 푸대접하고 있다는 뜻이 되기도 하기 때문이었다.

"이런, 이런! 실성 공은 신라 귀족인데, 너무 대접이 소홀했던 것 같구나. 내일이라도 당장 거처를 더 좋은 곳으로 옮겨, 편히 지낼 수 있도록 해주어야겠다."

한눈에 보아도 실성의 거처는 초라해 보였으므로, 담덕은 옆에 있는 마동에게 명을 내렸다.

"폐하! 아니옵니다. 너무 갑작스러운 일이라 실수로 누추하다는 말이 나왔는데, 사실은 폐하께서 마음대로 태학에 들어가 경전을 읽을 수 있도록 해주신 것만으로도 감지덕지입니다.

무례를 용서하소서."

실성은 감히 태왕의 얼굴을 바라보지 못하고 고개를 숙였다. 신라에서 실성을 따라온 졸개는 더욱 놀라 그저 벌벌 떨고만 있었다.

"아니오. 그동안 너무 관심을 두지 못했던 것은 사실이오. 잠시 안으로 들어가 담소라도 나눕시다."

담덕의 말에 그때서야 실성은 정신을 차리고 졸개에게 명령을 내렸다.

"무엇하느냐? 어서 태왕 폐하를 뫼시지 않고? 얼른 차부터 내오도록 하여라."

거실의 탁자에 마주하고 앉으며, 담덕은 차를 준비하지 말라 이르고 단둘이서 조용히 이야기할 게 있으니 주위를 물리게 해달라고 했다.

"폐하! 어찌하시려고요?"

칼을 손에 들고 있던 마동이 담덕 곁을 떠나지 않고 망설였다.

"잠깐 비밀 이야기가 있으니, 그대도 나가 있게."

담덕은 호위무사 마동조차 밖으로 내몰았다.

실내에 단 두 사람이 남게 되자, 실성이 먼저 눈치를 보아가며 조심스럽게 입을 열었다.

"폐하! 무슨 긴한 말씀이라도……?"

실성이 생각하기에 태왕이 갑자기 찾아온 것을 보면, 좋은 소식보다는 불길한 내용일 가능성이 더 컸다. 그래서 은근히 긴장이 되었다.

"실성 공, 공부는 잘 되어가시오?"

담덕은 자신보다 한 살 아래인 실성에게 하대를 하지 않았다. 이웃나라의 손님으로 우대를 해주는 것이었다.

"공부라면……?"

"제왕학 말이오. 태학에서 경전을 읽으라 한 것은, 실성 공으로 하여금 제왕학을 공부하여 장차 신라의 군주가 되도록 하기 위함이었소."

"……네에?"

"우리 고구려는 신라왕에게 왕자를 보내라 했소. 제왕학을 제대로 가르쳐 우리 고구려와 신라가 형제국으로 백제를 견제하기 위해서였소. 헌데 신라왕은 왕자들이 어리다는 핑계로 그대 실성 공을 대신 보냈소. 하여 제왕학을 공부해야 할 사람은 바로 실성 공이 된 것이오. 백제는 가야와 가깝고, 바다 건너 왜국과도 친밀한 관계요. 따라서 신라는 우리 고구려가 없다면 외톨이 신세를 면할 길이 없고, 바다 건너 왜국까지 사방에 적을 두고 있는 꼴이오. 이러한 때에 군주가 강하지 않으면 나라를 보전하기 어려우니, 실성 공께선 앞으로 제왕학을 제대로 익혀두시오. 순자를 읽어보셨소?"

담덕이 제왕학 이야기를 꺼낸 것도 충격적인데, 갑자기 순자에 대해 묻자 실성은 자못 당황했다.

"아직……!"

"순자를 읽도록 하세요. 순자는 '듣지 않음은 듣느니만 못하고, 듣는 것은 보느니만 못하다. 또한 보는 것은 아느니만 못하고, 아는 것은 행하느니만 못하다'고 했지요. 그대는 볼모로 우리 고구려에 온 것이 아니라 직접 이곳에서 무엇이든 보고 느끼고 배우는 귀중한 임무를 맡은 몸이라고 생각하시오. 그래야 후일 귀국하게 되면, 우리 고구려에서 배운 것을 신라 백성들에게 행동으로 보여줄 수 있지 않겠소?"

그 말이 끝나기 무섭게 실성은 갑자기 자리에서 일어나 담덕을 향해 털썩 무릎을 꿇었다.

"폐하! 이 몸의 옹졸함을 이제야 깨달았나이다. 폐하께서 그런 깊은 뜻을 갖고 계신 줄도 모르고, 5년 동안 남쪽만 바라보며 허송세월을 보냈나이다."

실성의 눈에서 굵은 눈물이 뚝뚝 떨어졌다.

"물론, 실성 공의 마음을 모르는 바 아니오. 우리 고구려로 오기 직전에 신라에서 결혼을 했다 들었소. 그러니 어찌 고국에 두고 온 신부가 그립지 않겠소? 앞으로 제왕학을 부지런히 익히다 보면, 두 사람이 재회할 날이 머지않아 올 것이오. 태학에서 학문만 익히지 말고 앞으로는 무술도 겸비토록 하시오.

태학을 총괄하는 태학박사에게 실성 공이 무술도 연마할 수 있게 하라 일러두겠소. 공도 잘 아실 게요. 전에 신라에 사신단 정사로 갔다가 실성 공과 함께 고구려로 온 태학박사 정호를 말이오. 그가 문무에 두루 능하니 자주 만나 가르침을 받기 바라오."

담덕은 실성의 손을 잡아 일으켜 세웠다. 두 사람은 양손을 꽉 움켜쥔 채 한동안 놓지 못했고, 그 순간 그들의 마주친 눈에선 잉걸불 같은 불꽃이 점화되고 있었다.

도래인
渡來人

1

왜국의 대왕 오진應神은 소가성蘇我城 성주 소가노 이시카와蘇我石川의 호위무사 겸 무술사범인 소가노 마치蘇我滿智를 궁궐로 불러 독대하였다. 소가성 성주는 몇 년 전부터 투병 중이라 침상에서 일어나지 못한 지 오래되어, 그를 대신해 소가노 마치가 궁궐까지 불려온 것이었다.

"그대는 백제왕 아신이 고구려왕 담덕에게 한성 전투에서 대패하였다는 사실을 알고 있소?"

소가노 마치는 왜국 사람들이라면 모르는 자가 없는 이야기를 오진이 무슨 의도로 묻는지 파악하기 위해 숙이고 있던 머리를 번쩍 들었다. 서로의 눈길이 허공에서 마주쳐 칼날처럼 번쩍했다가 소가노 마치의 눈이 먼저 바닥으로 떨어졌다. 감히 더 이상 쳐다볼 수 없을 만큼 오진의 형형한 눈빛에선 어떤 강렬함이 내비치고 있었다.

"알고 있사옵니다. 실로 통탄할 일이옵니다."

"진정 그대도 그렇게 생각하오?"

"바다 건너 일이라 어쩌지 못하고 있사옵니다만, 어찌 조국의 망하는 꼴을 보고 하룬들 맘 편하게 잠들 수 있겠사옵니까?"

소가노 마치는 대왕 오진의 눈빛을 보고, 그 의도를 바로 깨달았다.

"근초고왕 때는 고구려를 호령했고, 근구수왕 시절까지만 해도 백제가 고구려보다 강한 나라였소. 그런데 어찌 그 사이 국력이 그렇게 급격히 쇠퇴했는지 모르겠소."

"백제 사정에 대해서는 폐하께서도 잘 아시지 않사옵니까? 소신은 전날 근구수대왕을 가까이에서 모셨습니다만, 그 이후 백제는 형제들 간의 왕권다툼으로 국력이 크게 약화되었지요. 침류대왕과 진사대왕은 배다른 형제였사옵니다. 백제의 왕권이 약화된 것은 외척 세력의 발호 때문이옵니다. 진사대왕의 반역으로 침류대왕이 훙거한 것도 바로 외척 세력 간의 알력다툼이 그 원인이었사옵니다. 소신은 진사대왕을 추대한 역도 진 씨 세력들에게 쫓겨 바다를 건너오게 된 것이었지요."

소가노 마치는 바로 근초고왕 시절 백제 명장 목라근자의 아들 목만치였다. 진고도와 진가모 부자의 반역으로 부친 목라근자가 억울하게 죽임을 당하고, 그 자신도 역도들을 공격하다 실패하여 망명길에 올랐던 것이다. 왜국에 와서 그는 '소가'라는 새로운 성씨를 얻었으며, 이름도 '마치'로 바꾸었다. 어릴 때부터 쓰던 '만치'라는 이름을 아주 버릴 수는 없어 비슷한 발음의 왜국 이름으로 개명한 것이었다.

"이제는 진사왕이 죽고 침류왕의 적자 아신왕이 대를 이었소. 그런데 그 아신왕이 고구려왕 담덕에게 큰 수모를 당했소. 이처럼 허약한 백제를 가만히 두고만 볼 수 없지 않겠소?"

대왕 오진은 70대 중반의 고령이었으나, 카랑카랑한 그 목소리만으로는 나이를 가늠하기 어려울 정도였다.

고개를 숙인 채 바닥을 내려다보고 있던 소가노 마치의 눈길이 다시 오진을 향했다. 그는 아직 대왕을 가까이에서 모시는 장군의 지위를 갖지 못했다. 그때까지도 일개 소가성 성주의 호위무사 겸 무술사범일 뿐이었다. 그런데 그는 대왕이 왜국을 대표하는 직계의 수하 장수들이 있는데도 불구하고 자신을 불러 백제에 대해 묻는 까닭을 알 수 없었다.

"바다 건너의 일인지라……."

소가노 마치는 변명이라도 하듯 같은 말을 반복했다.

"아신왕은 고구려왕 담덕에게 스스로 노객이 되겠다고 맹서하는 참담하기 이를 데 없는 굴복을 했소이다. 이는 예전부터 백제를 형제국으로 알고 있는 아국에도 큰 수치가 아닐 수 없는 일. 이 기회에 고구려를 경략하여 백제의 한을 풀어주어야 하지 않겠소?"

오진의 목소리는 결기에 차 있었다.

"하오나, 폐하! 아직 아국은 내치에 힘쓸 때이옵니다. 지금 이 나라는 저 중원의 전국시대를 방불케 할 정도로 혼란스럽사옵니다. 도래인渡來人들이 나라 곳곳에 저마다 성을 축조해 세력을 키워나가고 있지 않사옵니까? 백제 도래인들은 폐하의 하해와 같은 은혜를 입어 친위세력이 될 수 있지만, 고구려를 비롯한 신라와 가야 도래인들은 아직도 불구대천의 원수처럼 서로 못 잡아먹어 안달을 하고 있는 형국입니다."

이때 소가노 마치의 말을 오진이 가로막았다.

"저들이 견원지간이란 것은 짐도 잘 알고 있는 바이오. 그래서 그대를 부른 것이오. 견원지간을 혈맹지간으로 만들면 되지 않겠소?"

"혈맹지간이라 하시오면?"

"세력권을 가진 각 성주의 자제들을 결합시키는 것이오."

"정략결혼 말씀이옵니까?"

"피 흘리지 않고 각 세력을 규합하는 길은 그 방법밖에 없지 않겠소?"

소가노 마치는 그때서야 대왕 오진이 자신을 부른 까닭을 짐작할 수 있었다.

사실상 소가노 마치는 백제 도래인의 세력 중 가장 강한 소가성의 성주 역할을 하고 있었다. 실제 성주는 소가노 이시카와지만, 그는 이미 늙고 병들어서 소가성의 무술사범 소가노 마치에게 실권을 다 맡겨놓고 있는 상태였다.

소가노 마치는 소가노 이시카와의 외동딸을 아내로 삼아 데릴사위 노릇을 하고 있었다. 그래서 백제에서 사용하던 '목木씨' 대신 아예 '소가蘇我 씨'로 성을 바꾸어 늙은 장인 소가노 이시카와를 대신해 호위무사 겸 성주 역할까지 하고 있었던 것이다.

"하오면, 소신의 아들을?"

"지금 소가성과 가장 견원지간에 있는 세력이 고마성高麗城 아니오? 오래전 고구려에서 반란을 일으켰다가 실패하고 망명한 고마 헤이高麗平란 자가 성주로 있는. 그자에게 딸이 하나 있다 들었는데, 그대의 아들과 부부의 연을 맺게 함이 어떠하겠소?"

대왕 오진의 말에 소가노 마치의 눈썹이 꿈틀, 움직였다. 전혀 예상치 못한 제안이었던 것이다.

왜국으로 망명한 직후 해평은 고구려 유민들을 결집시켜 고려성을 쌓고 성주로 행세하게 되면서, 아예 성을 '해解 씨'에서 '고려高麗 씨'로 바꾸어 '고마 헤이'로 불렸다. 왜국에서는 '고구려'를 줄여 '고려'라고 했다. 그리고 '고려'는 왜국의 발음으로 '고마'이고 평平은 '헤이'이므로, 그렇게 성과 이름을 고쳤던 것이다.

소가노 마치가 있는 소가성과 고마 헤이의 고마성은 숙적 관계였다. 그래서 오진의 제의에 선뜻 대답하지 못한 채 머뭇거릴 수밖에 없었다.

그러자 다시 오진의 목소리가 소가노 마치의 목덜미로 떨어졌다.

"짐의 제의에 그대는 왜 의견을 말하지 않는 것이오?"

오진은 친모 진구神功 왕후에게서 실권을 물려받은 지 몇 해 안 되었지만, 그 이전부터 왜국의 정치에 깊이 관여하고 있었다. 다만 친모가 실권을 오래도록 내려놓지 않아 2인자 역할을 했을 뿐, 오래전부터 사실상 그가 왜국의 실무 정치를 해왔다고 보아도 좋았다. 따라서 그는 서로 앙숙관계인 도래인 성주들을 우호관계로 돌리기 위해선 정략결혼밖에 없다는 생각을 일찍부터 하고 있었다.

"……그리 주선해 보겠나이다."

망실이던 끝에 소가노 마치는 겨우 대답했다. 그는 얼른 그 자리를 벗어나고 싶었다.

"주선으로만 되는 것은 아니고, 반드시 고마성 성주 고마 헤이와 화해를 해야만 한다는 것을 명심하시오. 백제 도래인을 대표하는 세력인 소가성과 고구려 도래인의 고마성이 정략결혼으로 세력을 규합한다면, 나머지 나라의 도래인들 역시 겁을 먹고 따라오지 않을 수 없게 돼 있는 법. 바로 그것이 아국을 강국으로 만들려는 짐의 전략이오. 피 한 방울 흘리지 않고 결속을 다져 왜국을 단단한 반석 위에 올려놓는 것은 정략결혼뿐. 각국의 도래인들이 세력을 규합한다면, 머지않아 그들과 아국의 군사를 모아 백제의 숙적인 고구려를 공략할 수 있을 것이오."

소가노 마치는 대왕 오진의 전략에 두 손을 들고 말았다. 대왕이 그처럼 내심 철두철미하게 고구려 원정 준비를 하고 있었다는 사실을 깨닫게 되자, 그는 더 이상 망설일 수 없는 입장이 되었다.

"폐하! 대륙의 고구려 원정은 언제쯤으로 잡고 계시옵니까?"

"그것은 그대의 수완 여하에 따라 빠를 수도, 늦을 수도 있겠지. 반도에서 건너온 도래인들을 그대가 어떻게 규합해 강력한 세력으로 만드는가에 달려 있는 것 아니겠소? 그렇게 내부 단속을 한 다음 아국의 군사들과 각 도래인 성주의 군사들을 연합군으로 결성하여 바다를 건널 것이오."

대왕 오진의 이 같은 말을 듣고 나서야, 소가노 마치는 비로소 자신을 궁궐로 부른 진의를 명확하게 깨달을 수 있었다. 대왕은 각 나라에서 바다를 건너온 도래인 세력들에 대해 은근히 두려움을 갖고 있음이 분명했다. 왜국 군사들만으로 반도를 칠 수 없는 이유가 바로, 원정을 떠난 후 도래인 세력들의 발호가 염려되었기 때문이다. 일단 도래인 세력들을 아군의 편으로 끌어들여 내부 혼란을 잠재운 후에, 연합군을 형성해 고구려 원정에 나선다면 뒤탈이 없을 것이라는 의도가 깔려 있다고 보아야 했다.

반도에서 왜국으로 망명해 온 도래인들은 언젠가는 다시 본국으로 돌아가 권력을 잡겠다는 야망에 불타고 있었다. 그들의 대륙에 대한 꿈은 천명과도 같은 사명감으로 뼛속에 깊이 각인되어 있었던 것이다. 그러한 의지는 도래인뿐만 아니라 대왕 오진의 핏속에도 흐르고 있었다. 그의 몸에는 왜국과 백제의 피가 섞여 있었기 때문이다.

섬이라는 땅의 속성은 물 위에 떠다니는 부초와도 같았다. 바다 위에 떠 있다가 언제 어떻게 사라질지 모른다는 불안감이 섬나라 사람들로 하여금 대륙에 대한 꿈을 갖게 하였다. 더구나 그러한 야망을 불태우게 만드는 이유 중엔 자주 지진과 해일이 일어나는 왜국 땅의 지질학적 특성이 가져다주는 위기감도 크게 한몫했다.

왕궁에서 벗어나 말을 타고 소가성으로 향하면서, 소가노마치는 10여 년 전 왜국으로 망명하던 시절의 기억을 떠올렸다. 그는 왜국 땅을 밟은 직후 부친 목라근자의 유언대로 소가

씨를 찾아갔다. 목라근자의 동생, 즉 목만치의 삼촌이 일찍이 왜국으로 건너가 소가성의 무술사범이 되었다고 했기 때문이다. 소가성 성주와 의형제를 맺고 아예 성까지 '목 씨'에서 '소가 씨'로 바꾸었다는 사실을 목만치는 왜국에 와서야 알았다. 그의 삼촌은 '소가노 구라카와蘇我倉川'라 불렸다.

목만치가 소가성의 무술도장을 찾아갔을 때 소가노 구라카와는 사경을 헤매고 있었다. 벚꽃이 한창 개화한 봄날 꽃구경을 나선 소가성 성주 소가노 이시카와의 외동딸을 호위하다 고마 헤이 세력과 난투극을 벌인 것이었다. 그때 소가노 구라카와는 고마 헤이의 호위무사와 격전 끝에 상대를 쓰러뜨렸으나, 그 자신도 큰 상처를 입어 정신까지 오락가락하고 있었다.

소가노 구라카와가 급소를 찔러 쓰러뜨린 상대는 고마성 성주 고마 헤이의 호위무사 연정균이었다. 그는 연나부 조의선인 출신으로 고구려에서 왜국으로 망명할 때 자신의 졸개들을 이끌고 왔다. 해평이 자신의 이름을 '고마 헤이'로 바꾸었을 때, 그는 친부의 이름 '무武'를 따다 연정균도 '고마 무高麗武'로 바꾸도록 권유했다. 그리고 고마성의 무술사범으로 있으면서 성주 고마 헤이의 아들 고마 히로高麗廣에게 무술을 가르치도록 했던 것이다.

그런데 고마 무는 소가성의 무술사범 소가노 구라카와하고 싸우다 크게 다쳐 사경을 헤매던 중 사흘 만에 죽고 말았다. 다음날, 고마성 성주 고마 헤이는 무술사범 고마 무의 원수를 갚겠다며 졸개들을 이끌고 소가성 무술도장으로 쳐들어갔다. 그러나 소가성 무술사범 소가노 구라카와 역시 사경을 헤매고 있었으므로, 그를 찾아온 목만치가 대신 나설 수밖에 없었다.

목만치는 백제에서 왜국으로 망명할 때 동행한 졸개들과 소가성 무술도장 장정들을 지휘하여 고마성 무리들과 맞서 싸웠다. 원수를 갚겠다고 덤벼드는 고마성 무리들이었으므로 싸움은 전쟁을 방불케 할 만큼 과격할 수밖에 없었다. 그러나 목만치는 가문의 검술을 졸개들에게 가르쳐 신검무사들로 키웠으므로, 그들의 실력은 고마성의 무리들보다 한 수 위였다. 신검무사들은 일당백의 실력을 갖추고 있어, 고마성 무리들이 상대하기 버거웠다. 결국 고마 헤이는 자신의 무리들을 이끌고 도망치듯 소가성 무술도장을 벗어나 고마성으로 귀환했다.

그날 밤, 소가노 구라카와는 잠시 정신이 돌아와 번쩍 눈을 떴다. 목만치는 자신이 차고 있던 환두대도를 보여주었다.

"숙부님! 저는 목라근자 장군의 아들 목만치라 합니다."

목만치는 부친이 억울하게 죽은 일에서부터 자신이 백제 궁궐로 반역자들을 처단하러 갔다가 실패하여 결국 왜국으로 망명한 이야기를 털어놓았다.

"여보게, 아우! 오늘 낮 자네를 대신하여 이 젊은이가 우리 소가성의 무술도장으로 쳐들어온 고마성의 무리들을 무찔러

주었네. 불원천리 백제에서 이곳까지 자네를 찾아온 조카이니, 어서 쾌차하길 바라네."

소가성 성주 소가노 이시카와가 의형제를 맺은 소가노 구라카와의 손을 잡았다.

"혀, 형님! 나 먼저 갑니다. 우리 조, 조카를 부, 부탁해……."

소가노 구라카와는 더 이상 말을 잇지 못하고 다시 혼절해 버렸다. 그리고 그날 밤을 넘기지 못하고 저세상으로 떠났다.

소가성 성주 소가노 이시카와는 고마성을 세우고 고구려 유민 세력을 규합해 점차 세력을 확장해 나가는 해평, 즉 고마 헤이에 대한 두려움을 갖고 있었다. 소가노 이시카와에게는 외동딸이 있었는데 고마 헤이가 청혼을 해왔었다. 그러나 고마 헤이는 이미 결혼해 아들까지 둔 처지였다. 고구려에서 망명할 때 아내를 데리고 왔으나 왜국에 당도해서 얼마 안 돼 죽자, 고마 헤이는 정략결혼을 해서라도 세력을 강화하겠다는 목적으로 소가성에 청혼을 했던 것이다.

소가노 이시카와는 고마 헤이의 청혼을 받아들일 수 없었다. 고마 헤이는 비록 아내가 죽었다고는 하나 이미 그 사이에 열 살이 넘은 아들 고마 히로를 두고 있었으니, 그런 자에게 자신의 외동딸을 시집보낼 수는 없는 일이었다.

고마성 성주 고마 헤이는 청혼을 거절당하자, 자신의 무술 실력을 내세워 소가성 성주의 딸을 강제로라도 납치하려고 들었다. 그러다 보니 고마성과 소가성 사이에 싸움이 벌어지게 된 것인데, 결국 양측 무술사범들이 그 바람에 모두 죽고 말았다. 이렇게 되자 결국 그 일로 인하여 고마성과 소가성은 원수지간이 되어버렸다.

소가노 이시카와는 의형제를 맺은 아우 소가노 구라카와의 장례를 치른 후, 그의 조카 목만치를 소가성 무술도장의 사범으로 들어앉혔다. 그리고 더 이상 고마 헤이가 외동딸을 넘보지 못하게 하기 위해 목만치와 결혼시켜 데릴사위로 삼았다. 소가노 이시카와는 목만치의 성씨와 이름을 '소가노 마치'로 바꾸게 하여 자신이 죽으면 소가성을 물려주기로 했다. 그 세월이 벌써 강산도 변한다는 10년을 훌쩍 넘겼다.

왜국 왕궁에서 돌아온 소가노 마치는 성주 소가노 이시카와에게 대왕 오진을 만나고 온 것에 대해 간단히 보고했다. 오랜 병중이라 겨우 들을 줄 알 뿐 몇 마디 말을 하기도 어려운 사정이라, 소가노 이시카와는 그저 고개만 가볍게 끄덕거렸다. 명줄이 겨우 붙어 있어서 그렇지 살아 있는 송장이나 다름없었다. 그러므로 보고도 형식에 불과했다.

2

아소산 정상의 분화구에서 시커먼 연기가 솟아올라 하늘을 자우룩하게 덮고 있었다. 규슈의 남북으로 길게 뻗은 산맥 중앙에 높이 솟은 이 산은, 아소오악阿蘇伍岳이라 부르는 다섯 개의 높은 봉우리들을 공룡의 등뼈처럼 거느리고 있었다. 그 봉우리마다 분화구가 있는데, 그중 나카다케中岳에서 가장 활발한 화산활동이 일어나 구름이 낀 것처럼 일 년 내내 연기로 자욱하였다.

산이 높은 만큼 계곡도 깊었다. 대마도를 거쳐 규슈의 서남쪽 나가사키항에 도착한 사두 일행은, 승선했던 무역선에서 내려 목만치의 행적부터 찾기로 했다. 일행은 백제 무사들로 이루어진 30여 명의 장정들인데, 모두들 칼이나 활로 무장하고 있었다. 무역선에 탄 선장과 상인들은 항구에 마련된 상설시장에서 물건 거래를 하느라 바빠, 사두 일행이 어디로 무엇을 하러 가는지 관심조차 없었다.

물어물어 목만치를 찾아 헤매던 끝에, 사두는 그가 소가성 성주의 딸과 결혼해 성을 '소가 씨'로 바꾼 채 살아가고 있다는 풍문을 들었다. 흔히 왜국 발음으로 '소가노 마치'라 부르는데, 그가 확실히 '목만치'인지는 알 수 없었다. 발음상 이름이 '만치'와 비슷한 '마치'인 것을 보면 당사자일 가능성이 크나, 일단 직접 만나 확인하는 방법밖에 다른 도리가 없었다.

소가노 마치는 소가성에 머물지 않고 주로 그 뒤에 높다랗게 솟은 아소산 중턱 무술도장에서 장정들에게 검술을 가르치고 있다고 했다. 일명 '무사도武士道'라고 부르는 그 검술은 왜국에서도 특히 소가성 무술로 대표되고 있을 만큼 널리 알려져 있었다. 목라근자 집안에서 대대로 내려오는 무술을 그의 아들 목만치, 즉 소가노 마치가 '무사도'로 바꾸어 소가성 장정들에게 가르치고 있었던 것이다.

사두 일행이 소가성을 뒤로하고 아소산 중턱을 향해 올라가자, 울창한 삼나무 밀림지대가 나왔다. 아름드리 삼나무들 사이에는 안개가 자욱하게 서려 있었고, 그 사이로 꼬불꼬불한 오솔길이 사행蛇行처럼 길게 이어졌다. 곧이어 험준한 산세의 능선을 이루고 있는 경사 심한 가파른 길이 나타났다. 오르막길로 언덕을 하나 넘자 안개가 걷히면서 갑자기 시야가 확 트였는데, 계곡의 물소리가 아주 시원스럽게 들렸다.

사두 일행은 널찍한 암반으로 이루어진 계곡으로 들어섰다. 봄이지만, 가파른 산길을 오르다 보니 모두들 이마에 땀이 맺혔다.

"물이 좋구나. 여기서 목이라도 좀 축이고 가자."

사두는 졸개들에게 잠시 휴식을 취하라고 일렀다.

그러나 졸개들이 막 개울가에 엎드려 물을 마시려는 찰나, 바로 계곡 위의 언덕에서 날카로운 휘파람 소리가 들려왔다. 그러더니 어디서 나타났는지 검은 옷을 입은 사내들 수십 명이 무리지어 계곡을 향해 달려 내려왔다. 그들은 묻지도 않고 칼

152　　　　　　　　　　　　　　광개토태왕 담덕

부터 뻗어왔다.

사두 일행도 칼을 뽑아들고 맞서지 않을 수 없었다.

"잠깐! 우린 소가노 마치라는 사람을 만나러 왔소이다."

"흥! 도래인 말을 하는 걸 보니, 고구려 도래인 고마 헤이란 놈의 졸개들이 맞다. 망설일 필요 없다. 어서 쳐라!"

검은 옷의 무리들 중 우두머리인 듯한 자가 소리쳤다. 그 역시 도래인의 말이었다.

"그건 오해요. 우린 백제에서 온 사람들이오. 백제에서 목만치라 부르는 사람을 찾아온 것이오. 이곳에선 소가노 마치로 성과 이름을 바꾸었다고 들었소."

사두가 날카롭게 소리쳤다.

"한두 번 속는 게 아니다. 이젠 더 이상 네놈들의 잔꾀에 넘어가지 않는다."

우두머리가 먼저 사두에게로 칼을 찔러왔다.

사두는 목만치의 제자들일지도 모르는 그들과 피 흘리는 싸움을 벌이고 싶지 않았다. 그래서 그는 눈빛으로 자신의 졸개들에게 주로 방어만 하며 기회를 엿보자는 뜻을 전달했다. 그가 상대 우두머리와 대결하는 모습을 보고 졸개들도 그 눈빛의 의미를 바로 알아들었다.

"왜 망설이느냐? 고구려 검법이 겨우 그 정도냐?"

사두가 방어일색으로 나오자 우두머리가 조금 뒤로 물러서며 물었다.

"아까부터 우릴 보고 고구려 도래인이라고 하는데, 우리들은 백제에서 온 사람들이오. 그대들의 무술사범으로 있는 소가노 마치를 만나러 왔소."

사두가 칼끝을 땅으로 향하며 말했다. 그 자세는 칼을 멈추기 위한 동작이면서 방어의 한 방법이기도 했다.

"전에도 너희 같은 무리들이 백제의 도래인이라며 우리를 안심케 한 뒤 난동을 벌인 일이 있다. 그들도 고구려 도래인으로 고마 헤이란 자가 보낸 졸개들이었다. 은근히 우리 도장의 무술 실력이 어느 정도인지 파악해 보려고 보낸 첩자들이었다. 그러니 어찌 너희들을 믿겠느냐? 방어일색으로 나가는 것을 보면 너희들도 전에 왔던 고마 헤이의 졸개들과 별반 다를 것이 없다. 너희들이 고구려 도래인이 아니라면 신라 출신이냐, 가야 출신이냐? 너희들의 정체를 밝혀라!"

"우리는 백제에서 왔다고 하지 않소?"

사두가 다시 말했다.

"말은 그렇게 하지만 어떻게 너희들을 믿을 수 있겠느냐? 고구려 놈들이 우리를 한두 번 속인 게 아니다."

우두머리와 사두가 말로 티격태격하는 사이에도 양측의 졸개들은 싸움을 멈추지 않았다.

바로 그때 소가성에 잠시 들렀다가 말을 타고 무술도장으로 달려오던 소가노 마치가 그들을 목격하고 소리쳤다.

"싸움을 멈추어라! 이제부터 고구려 도래인은 우리의 적이 아니다!"

급히 달려온 소가노 마치가 말에서 뛰어내렸다. 그의 외치는 소리에 쌍방 모두 일단 싸움을 멈추었다.

"사범님! 이자들이 백제에서 왔다고 하지만, 고마 헤이가 보낸 무리들이 틀림없습니다. 저번에 우리 도장을 습격했던 놈들과 결코 다르지 않습니다."

사두와 싸우던 우두머리가 소가노 마치를 향해 군례를 올리며 말했다.

"아닙니다. 이자는 우리가 아무리 백제에서 왔다고 말해도 도무지 믿지를 않습니다. 혹시 목만치 장군이 아니신지요?"

사두가 소가노 마치를 향해 허리를 굽히며 정중하게 물었다.

"목만치는 죽고 이 세상에 없소. 나는 소가노 마치요."

"네에? 목만치 장군이 죽었다구요?"

사두는 깜짝 놀랐다.

"그렇소. 헌데, 그대들은 백제에서 왔다는 것이 사실이오? 어찌하여 왜국 땅까지 와서 죽은 목만치를 찾는 것이오?"

"목만치 장군이 아니면 말할 수 없습니다. 우리는 왜국 땅에 와서 목만치 장군이 살아 있다는 소문을 들었습니다. 사실대로 말씀해 주시기 바랍니다. 목만치 장군이 이름을 소가노 마치로 바꾸었다는 사실을 알고 찾아온 것입니다. 왜 본인 스스로 목만치 장군을 이 세상에 없다고 말씀하십니까?"

"······!"

소가노 마치는 그에 대한 답변을 회피한 채 사두를 노려보았다.

"왜 대답을 안 하십니까?"

"여봐라! 일단 이 분들을 정중하게 모셔라. 고마성의 고마 혜이가 보낸 자들이든, 백제에서 온 사람들이든 우리의 손님인 것은 분명하니······."

소가노 마치는 다시 말 위에 올라 저만치 앞장서서 도장으로 향했다.

아소산 무술도장 사범 소가노 마치의 명이 떨어지자, 그의 졸개들은 사두 일행을 앞뒤에서 호위하며 따랐다. 방금 격전을 벌이던 뒤끝이라 서로 적대감정이 완전히 사라지지는 않았지만, 겉으로는 정중하게 예의를 갖춰 손님대접을 하려는 것이었다. 그러나 앞뒤에서 호위하는 것만 보더라도 은근히 경계하는 태도가 분명했다. 사두 일행도 그것을 모르지 않았으나, 일단 소가노 마치의 졸개들이 이끄는 내로 따를 수밖에 없었다.

큰 언덕 하나를 넘어서자 다시 울창한 삼나무 밀림지대가 있었고, 그것을 벗어나자 앞이 탁 트인 개활지에 무술도장이 나타났다. 삼나무 밀림을 뒤로하고 너른 평지에서 바라다보니 아소산 정상의 분화구에서 내뿜는 화산의 연기가 구름처럼 하늘을 뒤덮고 있었다. 하늘은 푸르고 맑았으며, 그것이 화산 풍경의 바탕을 이루고 있어 한 폭의 그림을 연상시켰다. 삼나무 숲을 흔드는 바람까지 삽상하게 불어와 코끝으로 맑은 공기가 스며들었다. 그러한 경이로운 풍광과 맑은 공기는 심신을 단련하는 도장으로 결코 손색이 없어 보였다.

아소산을 마주 바라보고 지은 2층으로 된 목조 건물들이 여러 채 서 있었다. 무술도장의 장정들이 숙식을 해결하는 곳이었다. 소가노 마치의 졸개들은 사두 일행을 가운데 위치한 가장 큰 규모의 건물로 안내했다. 그곳은 식당 같았다.

말을 타고 먼저 앞서간 소가노 마치는 보이지 않았다.

"자, 다들 앉으시오. 사범님께선 잠시 후에 이곳으로 오실 것이오."

언덕 아래서 사두와 겨루던 우두머리가 이제는 제법 격식을 갖추어 말했다. 그의 눈빛에 적의가 나타나지 않아, 사두 일행도 일단 안심했다. 그러나 그들이 어찌 나올지 몰라 잠시도 긴장을 늦출 수는 없었다.

오래지 않아 소가노 마치가 나타났다. 탁자를 가운데 두고 양편으로 늘어선 무술도장 졸개들과 사두 일행이 모두 그쪽으로 고개를 돌렸다.

"자, 다들 앉으시오."

소가노 마치의 명이 떨어지자 모두들 그에 따랐다.

"이미 목만치 장군인 줄 알고 찾아온 우리들에게 너무 박절한 것 아니십니까? 우리는 백제 대왕의 명을 받고 바다를 건너왔습니다."

사두가 먼저 소가노 마치를 향해 입을 열었다. 그는 그만큼 초조했다. 만약 짐작한 바대로 소가노 마치가 목만치라면 좋지만, 그렇지 않을 경우 한 달 이상 수소문한 끝에 찾아낸 수고가 모두 허사로 돌아갈 판이었다.

"아까 말한 대로 목만치는 죽었고, 나는 소가노 마치요. 헌데 백제 대왕께선 어찌하여 죽은 목만치를 찾는다는 것이오?"

소가노 마치가 날카로운 눈빛으로 사두를 쏘아보았다.

"좋습니다. 우리말을 능수능란하게 하는 것으로 보아 소가노 마치 사범께서도 백제 도래인임에 틀림없을 터, 먼저 백제와 고구려의 한성 전투부터 말씀드리겠소이다."

사두는 내심 소가노 마치가 목만치임에 틀림없다고 생각했다. 그의 마음을 돌리기 위해서는 아직도 가슴 저변에 흐르고 있을 애국심 내지는 동포애에 호소하는 길밖에 없을 것 같았던 것이다.

잠시 생각을 가다듬는 사이, 소가노 마치가 무겁게 입을 열었다.

"한성 전투에서 왜 백제가 고구려에 진 것이오?"

소가노 마치는 자신도 모르는 사이에 먼저 사두를 재촉하고 나섰다.

사두는 한성 전투에서 백제군이 패할 수밖에 없었던 정황을 자세하게 이야기했다. 그런 연후 백제 대왕 아신이 스스로 '태왕'이라 일컫는 고구려의 젊은 군주 담덕에게 무릎을 꿇은 채 노객이 되겠다고 맹서하는 장면을 이야기할 때는, 감정이 격하게 끓어올라 말을 제대로 잇지 못한 채 울먹일 수밖에 없었다. 사두를 따라온 졸개들도 눈시울을 붉히며 콧물을 훌쩍거렸다.

"저런 괘씸한……!"

문득 소가노 마치는 두 주먹을 불끈 쥐고 부르르 진저리를 쳤다.

'노객이라니? 어찌하여 백제가 고구려의 노예로 전락했단 말인가?'

소가노 마치는 자신도 모르는 사이에 입 밖으로 신음을 내뱉었다. 그 신음 끝에 바드득, 이가 갈리는 소리도 들렸다. 그러자 탁자 양편에 갈라 앉은 무리들의 눈이 일제히 그에게 가서 꽂혔다.

"당시 우리 백제의 왕제 전하와 대신 열 명이 고구려에 볼모로 잡혀갔습니다. 그날 이후 대왕 폐하께서는 고구려에 대한 복수를 꿈꾸며 절치부심하고 계시옵니다. 선대인 진사대왕이 반란을 일으켰을 때 지금의 대왕께선 어린 나이였사옵니다. 당시 왕후께선 궁궐 후원으로 유폐되었는데, 그때 어린 왕자님과도 떨어지게 되었습니다. 간혹 왕자님이 몰래 후원으로 왕후를 만나러 가기도 했습니다. 지병이 더욱 깊어졌을 때 왕후께선 마지막으로 왕자님께 당부하시기를 '만약 이다음에 대왕의 자리에 오르게 된다면 반드시 왜국으로 망명한 목만치 장군을 불러 같이 국정을 논하라'고 했다 하옵니다. 진사대왕이 관미성에서 고구려군에 패한 후 도성으로 귀환하던 중 구원의 숲에서 훙거하시고 지금의 대왕이 위에 오르셨사옵니다. 대왕께서는 왜국에 사신을 파견해 목만치 장군을 불러오려고 마음먹었으나, 차일피일 미루다 고구려에 한성을 점령당하고 말았사옵니다. 고구려군이 한성에서 철수한 이후에도 대왕께서는 진작 목만치 장군을 귀국토록 하지 못한 것을 통탄스러워 하셨지요. 목만치 장군만 곁에 있었어도 고구려에 그토록 치욕적인 굴복을 당하지는 않았을 것이라고 매우 원통해 하셨사옵니다. 소장을 비밀리에 사신으로 파견할 때도 마구 가슴을 치며 울분을 토하셨사옵니다."

사두는 마치 내왕 아신이 그러했다는 듯, 자신의 가슴을 치며 통곡했다.

"그대가 정말 백제의 아신대왕이 보낸 밀사요?"

소가노 마치가 정색을 하고 물었다.

"네! 소장은 고구려군과 싸울 때 한성을 방어하던 사두이옵니다. 그때 소장이 성벽에 뼈를 묻지 못하고 고구려군에게 항복한 것을 두고두고 한스럽게 생각하고 있습니다."

"사두 장군! 눈물을 거두시오. 한성 전투 때 사두 장군이 고구려군에게 항복한 것은 잘한 일이었소. 만약 끝까지 항전했다면 지금까지 백제가 나라를 유지할 수 없었을 것이오. 고구려의 젊은 군주 담덕은 보통 인물이 아닌 것 같소. 우리 백제 대왕의 목숨을 살려준 것은 그만큼 포용력이 크다는 것 아니겠소?"

소가노 마치는 한참 동안이나 고개를 끄덕거렸다.

그때 사두는 '우리 백제'라고 한 소가노 마치의 말에서, 그가 분명 자신이 찾고 있는 '목만치'임에 틀림없다고 확신했다.

3

소가노 마치는 무술도장 청장년들과 사두의 졸개들을 물러가게 했다. 곧 두 사람만 남았다. 이것은 사두가 먼저 청한 일이었다. 잠시 동안 두 사람은 말없이 메마른 눈길만 주고받았다.

마침내 두 사람은 탐색을 끝냈다. 소가노 마치의 눈길이 상대의 입술에 가서 멎는 순간 사두가 말했다.

"목만치 장군께선 가보로 전해 오는 보물을 갖고 계시다 들었습니다. 그 보물을 훔쳐오면 반드시 목 장군께서 고국으로 돌아오지 않고는 못 배길 거라고 대왕 폐하께서 말씀하셨습니다. 지금 허리에 차고 계신 환두대도가 바로 그 보물, 맞는지요?"

사두는 상대를 목만치로 확신하고 있었으므로 짐짓 전략을 바꾸기로 한 것이었다. 정석대로라면 백제 대왕 아신의 뜻만 전하면 되지만, 그것으로는 자신이 왜국에 밀사로 파견된 임무를 제대로 수행했다고 보기 어려웠다. 그 순간 그의 머리는 비상하게 돌아가서 상대의 관심을 불러일으키게 만드는 미끼가 필요하다고 생각했고, 바로 그것이 목만치의 환두대도였던 것이다.

"대왕 폐하께서 그러시더이까?"

소가노 마치는 문득 깊숙한 눈길로 사두를 쏘아보았다.

"대왕 폐하가 왕자 시절이었을 때 왕후께서 마지막으로 그 말씀을 전한 후 세상을 하직하셨다고 들었습니다. 백제를 살리기 위해서는 반드시 왜국에 가 있는 목만치 장군을 귀국시켜야 한다고 거듭 강조하면서, 만약 사람을 보냈는데 고집을 세워 귀국치 않으려고 하면 가보로 내려오는 환두대도를 훔쳐오라 일렀다고 하였나이다."

"목만치란 자가 그 보물을 함부로 내놓겠소이까? 남이 훔쳐가도록 방심할 위인이 아닐 듯싶소만."

소가노 마치는 자신도 모르는 사이에 목만치가 죽지 않고 살아 있음을 고백한 셈이었다.

"나는 환두대도를 훔치러 온 것이 아니니, 염려 거두시지요."

사두의 입가에 미소가 살아났다. 순간, 소가노 마치가 바로 목만치임을 확실하게 안 것이었다.

"그런데 어찌 환두대도를 훔치느니 어쩌니 하는 얘길 하는 것이오?"

"그깟 물건 훔치는 것이야 식은 죽 먹기지요. 나는 환두대도가 아니라 그 주인의 마음을 훔치러 왔습니다."

"마음을 훔치러?"

소가노 마치의 눈이 가늘어졌다. 상대가 만만치 않은 인물임을 깨달은 것이었다.

"네, 목만치 장군의 마음을 훔치러 왔습니다. 도둑맞기 전에 순순히 마음을 내놓으시지요?"

사두가 오른손을 내밀어 손바닥을 펴보였다.

그러자 소가노 마치는 껄껄대고 웃었다.

"그만하면 내가 믿고 일을 맡겨도 될 것 같소."

이때 소가노 마치 역시 비상하게 머리가 돌아갔다. 그런 면에서 두 사람 다 만만치 않은 고수에 속했다.

"……?"

사두는 무슨 뜻으로 그런 말을 하는지 몰라 잠시 말을 멈춘 채 상대를 쳐다보았다.

"사두 장군! 먼저 내 부탁부터 들어주시지 않겠소? 그대 마음을 먼저 얻은 뒤에, 그때 가서 내가 목만치라는 자를 찾아다 설득시켜 보리다."

소가노 마치는 사두의 오른손을 덥석 잡았다.

"무슨 부탁이신지요?"

"내가 서찰 하나를 써줄 터이니 고마성에 좀 다녀와주시오."

"고마성이라면? 고려성 말씀입니까?"

"그렇소. 오래전 고구려에서 반역을 일으켰다 실패해 이곳으로 망명해 온 해평이란 자가 고려성을 쌓았소. 그리고 성씨와 이름도 왜국 발음으로 바꾸어 '고마 헤이'로 행세하고 있지요. 망명할 때 그의 일행이 3백 명 가까이 되었는데, 그 이전부터 이곳에 흩어져 살던 고구려 유민들까지 결속해 고려성을 쌓고 나서 세력을 점차 키워나가고 있소. 성을 쌓은 그 산의 이름도 '고려산', 즉 '고마산'으로 바꾸면서 저들의 본거지를 '고마성'이라 부르게 되었지요. 이곳 왜국에서는 흔히 자신의 성씨를 따서 거주하는 성의 이름도 부릅니다. 그 고마성으로 가서 성주 고마 헤이를 만나도록 하시오."

"해평이라면 소장도 들은 바 있습니다. 고구려 왕족 출신이라고."

"맞습니다. 지금 우리 소가성과 고마성은 앙숙 관계에 있소. 그 문제를 푸는 길은 정략결혼뿐이오. 고마성 성주 고마 헤이의 딸을 내 아들과 결혼시키려 하오. 우리 소가성의 수하들을 보내면 처음부터 칼부림이 날 것이므로, 사두 장군의 지혜를 빌리고자 하는 것이오. 오늘 장군을 대하고 보니 그 지혜가 실로 놀랍소. 이 소가노 마치를 좀 도와주시오, 부탁이오."

소가노 마치는 갑자기 자세를 낮추어 사두에게 사정하는 모양새를 취했다.

"장군께선 소장을 시험해 보겠다는 심산이로군요?"

"그렇게 보였다면 미안하게 됐소이다. 허나 일찍이 불교를 공인한 고구려에는 '중이 제 머리 못 깎는다'는 말이 세간에서 쓰이고 있다 하더이다. 이곳에서도 고구려 도래인들 사이에서 그런 말을 자주 쓰고 있소이다. 지금 내가 바로 그런 심정이외다. 다른 의도는 없습니다. 제3자인 사두 장군의 지혜를 빌려 소가성과 고마성의 화해를 도모하자는 것이니, 나를 좀 도와주시오."

"허허 헛! 총각인 저에게 중신아비가 되어달라는 것 아닙니까?"

사두는 껄껄대고 웃었다. 따지고 보면 어이없는 일이지만, 결과적으로 소가노 마치의 아들과 고마 헤이의 딸을 맺어주는 중신아비가 되기로 했다. 그로서는 자신이 왜국에 온 목적을 반드시 이루겠다는 결심을 하고 있었으므로, 소가노 마치의 마음을 얻기 위해서는 선택의 여지가 없는 일이었다.

다음날 사두는 소가노 마치의 서찰을 품에 넣고, 졸개 두 명과 함께 말을 타고 고마성으로 달려갔다. 나머지 졸개들은 아소산 무술도장에 남겨두었다.

고마성은 그리 높지 않은 고마산 중턱에 조성된 석성으로, 들판에서 바라보면 흰 띠를 두른 것처럼 성벽이 산허리를 에워싸고 있었다. 그러나 가까이 가서 보면 높다란 성벽이 눈앞을 가로막아 고개를 뒤로 젖혀야만 성루를 겨우 바라볼 수 있었다.

"웬 놈들이냐?"

성문을 지키던 초병들이 사두 일행을 보고 소리쳤다.

"나는 소가성에서 고마성 성주에게 서찰을 가지고 온 사람이오. 어서 안내를 하시오."

사두가 점잖게 말했다.

"뭐? 소가성? 감히 여기가 어디라고 소가 놈들이 나타나? 정말이지 하룻강아지 범 무서운 줄 모르는 자들 아닌가?"

초병 하나가 창으로 겨누며 막아섰다.

"누가 하룻강아지인지 범인지는 겨뤄봐야 알 일이지만, 너희들은 하룻강아지도 못 되는 실력이니 대장을 모셔오너라!"

사두도 처음부터 그냥 성문을 통과할 수 없다고 생각했기에 어깃장부터 놓고 보았다.

때마침 스무 살은 되어 보이는 늠름한 체격의 젊은 장수 하나가 말을 타고 성내를 둘러보다 사두 일행을 발견하고는 초병에게 물었다.

"웬 소란이냐?"

젊은 장수는 눈으로 사두 일행을 주시하면서, 목소리는 초병을 향하고 있었다.

"소가성에서 왔다고 합니다."

"뭐? 소가성에서?"

젊은 장수가 이제는 아래위로 사두 일행을 훑어보며 고개를 갸우뚱거렸다.

"그렇소. 나는 소가성의 소가노 마치 무술사범이 보낸 심부름꾼이오. 고마 헤이 성주를 만나러 왔소이다."

사두는 일부러 '사신'이란 말을 쓰지 않고 '심부름꾼'임을 자처했다. 국가가 아닌 일개 성에서 '사신'이란 말을 쓰는 것이 격에 맞지 않는다고 생각했기 때문이다.

"심부름꾼이라? 소가성에서 우리 고마성에 심부름꾼을 보낼 리가 없을 터인데? 염탐꾼이면 모를까."

젊은 장수는 여전히 사두 일행을 못 믿겠다는 눈치였다.

"심부름꾼인지, 염탐꾼인지는 성내에 들어가서 따져보기로 합시다. 우선 손님을 이렇게 문전에 세워두는 것은 결례이니, 어서 고마 헤이 성주 앞으로 우리를 안내하시오."

사두가 이렇게 당당하게 나오자 젊은 장수도 더 이상 할 말을 잃은 모양이었다.

"따라오시오!"

젊은 장수가 앞장을 섰고, 그를 따르던 졸개들이 어느 사이 사두 일행의 앞뒤로 배치되어 호위하며 경계의 시선을 늦추지 않았다.

마침내 사두는 고마 헤이와 마주할 수 있었다.

"그대가 '소가노 마치'인지 '소가 만두'인지 하는 위인이 보낸 심부름꾼이라는 겐가?"

고마 헤이가 실눈을 떠서 사두를 바라보며 대뜸 반말지거리로 물었다.

"나는 백제에서 온 장군 사두입니다. 소가성의 소가노 마치 무술사범의 서찰을 가지고 왔습니다."

사두는 품안에서 서찰을 꺼냈다. 그 서찰을 가까이 있던 젊은 장수가 대신 받아 고마 헤이에게 전했다.

"아버님! 읽어보시지요."

젊은 장수는 바로 성주 고마 헤이의 아들 고마 히로였다. 10여 년 전 왜국으로 망명할 때 데려온 아들로, 당시 고구려 국상 연소불의 딸이 낳은 자식이 어느덧 커서 늠름한 장수가 되어 있었던 것이다.

"백제에서 온 장군이라? 그거 매우 흥미롭구먼! 그대도 백제의 도래인인가?"

고마 헤이가 번뜩 눈을 빛내며 물었다.

"아니오. 나는 백제 대왕이 목만치 장군에게 보낸 밀사요."

사두는 진실을 숨기지 않았다.

"밀사?"

고마 헤이는 사뭇 휘어진 눈길로 상대를 바라보았다.

"그렇소. 우린 한성 전투에서 고구려에 대패했고, 치욕적인 굴욕을 겪었소. 그래서 백제 대왕께선 나를 밀사로 보내 목만치 장군과 함께 귀국하라 명한 것이오. 고구려를 쳐서 원한을 갚기 위해선 목만치 장군이 꼭 필요하기 때문이오."

사두는 고마 헤이에게까지 숨길 필요가 없다고 판단했다. 진실은 통한다는 말을 그는 믿었다.

"흐음, 그대는 내가 고구려 왕족이란 사실을 알고도 그런 얘기를 미주알고주알 털어놓는단 말인가?"

"물론입니다. 고마 헤이 성주께선 고구려 대왕이 되시려다 실패하고 이곳으로 망명해 오지 않았습니까? 그리고 이곳에서 군사를 길러 권토중래하기를 꿈꾸고 있다는 사실도 잘 알고 있습니다."

"자신만만한 그대의 말이 참으로 맹랑하구먼! 헌데, 그대는 내 마음속에 들어가보지도 않고 어찌하여 내가 권토중래를 꿈꾸고 있다고 생각하는가?"

이제 고마 헤이는 사두와 지혜 겨루기 싸움을 하고 있었다.

"대륙에서 이곳 섬으로 망명해 온 사람들이 왜 스스로를 '도래인'이라 부르겠습니까? 바다를 건너온 사람들이란 뜻이겠는데, 그 내면에는 언젠가 다시 본토로 돌아가겠다는 야망이 숨겨져 있는 것 아니겠습니까? 성주께서도 차후 어느 때가 될지는 모르지만 반드시 돌아가 고구려 대왕이 되려고 마음먹고 계시겠지요."

사두는 그렇게 고마 헤이에게 낚싯밥을 던졌다.

고마 헤이가 덥석 미끼를 물기만 하면, 그때 비로소 사두는 자신이 고마성을 방문하게 된 이유를 들이댈 생각이었다. 그는 왜국 대왕 오진이 도래인들의 세력을 하나로 모으기 위해 정략결혼이란 전략을 내놓았다는 사실을 소가노 마치를 통해 자세히 들었다. 그리고 도래인 세력과 왜국 군사들을 연합하여 대륙으로 쳐들어가겠다는 오진의 야망도 잘 알고 있었다. 겉으로 드러난 모습은 백제의 원수를 갚기 위해 고구려를 치겠다고 했지만, 왜국의 속셈에는 도래인 세력을 이용하여 대륙 경영의 꿈을 펼치겠다는 계산이 깔려 있었던 것이다.

4

"왓, 핫핫핫핫! 목만치인가 소가노 마치인가 하는 자가 그러든가? 나보고 고국으로 돌아가 고구려 대왕이 되라고?"

고마 헤이는 사두를 노려보면서 자못 호탕하게 웃었다. 웃음 끝에 이어지는 말투에선 사뭇 비아냥거리는 심술기가 묻어나오고 있었다.

"고마 히로 성주님은 고구려 왕족이시지 않습니까? 권토중래란 잃어버린 신분을 되찾는 일이 아니겠습니까? 다만……."

여기서 사두는 잠시 말을 끊었다.

"다만……?"

고마 헤이가 눈을 번쩍 뜨더니 사두를 깊숙한 눈길로 노려보았다.

"우선 목만치 장군, 아니 이곳 이름으로 소가노 마치, 소가성의 무술사범이 보낸 서찰부터 읽어보시지요."

사두가 고마 헤이의 손을 가리켰다. 그때까지도 소가노 마치의 서찰은 봉인조차 뜯지 않은 채 성주의 손에 쥐어져 있었다.

"이 서찰을 읽기 전에 그대에게 확인할 게 한 가지 있다. 그대는 분명 백제왕이 파견한 밀사라고 했다. 밀사가 어찌 함부로 자기 신분을 드러내는가? 그리고 처음 보는 나에게 고구려 왕손 어쩌고 하면서 감히 어줍지 않은 수작을 부리려 드는가? 수상한 자로다."

"소장이 스스로 밀사임을 밝힌 것은 고마성을 적군이 아닌 우군으로 생각하고 있기 때문입니다. 백제의 적은 분명 고구려지만, 이곳 왜국 땅의 고마성은 다릅니다."

"무엇이 다르다는 것인가?"

"백제 도래인이나 고구려 도래인이나 꿈이 같기 때문입니다. 도래인은 반드시 본토로 돌아가야 합니다. 어떻게 돌아가겠습니까? 이제까지 왜국 땅에서도 각국의 도래인들은 서로 반목하고 있다고 들었습니다. 그것은 힘을 소모하는 일입니다. 서로 세력을 합쳐도 꿈을 이루기 어려운 판국에 견원지간이 되어서 으르렁거려 손해 보는 일을 왜 하십니까? 그 서찰을 읽어보시면 그에 대한 해답이 나올 것입니다."

사두는 고마 헤이에게 서찰을 읽어보라고 거듭 청했다.

"흐음, 이 서찰에 해답이 있다?"

고마 헤이는 사두의 말을 도무지 믿지 못하겠다는 투로 입술을 비틀었다. 그는 천천히 소가노 마치가 보낸 서찰의 봉인을 뜯었다. 한동안 침묵을 지킨 채 읽기를 마친 그의 얼굴은 일순 침통한 표정으로 변했다.

'허헛, 참! 적반하장이 따로 없군! 감히 나하고 사돈을 맺자고?'

고마 헤이는 마음속으로 이를 부드득 갈아붙였다.

고구려에서 왜국으로 망명한 이듬해에 고마 헤이의 아내는 죽었다. 배를 타고 바다에서 한 달 가까운 나날을 보내며 거친 파도에 뱃멀미를 심하게 했는데, 그 이후 시름시름 앓다가 세상을 하직하고 말았다. 어린 아들 광廣(히로)을 남겨두고 떠나며, 자식을 훌륭하게 키워줄 좋은 여자를 만나라는 유언까지 남겼다.

그로부터 1년이 지난 어느 봄날, 벚꽃 구경을 하러 나갔던 고마 헤이는 우연히 거리에서 소가 씨의 딸을 본 적이 있었다. 소가 씨는 오래전부터 왜국 왕실과 외척관계를 유지하며 대신의 반열에 올라 있는 귀족집안이었다. 고마 헤이는 소가 씨의 딸을 배필로 삼게 될 경우 자연스럽게 왜국 왕실과 가까워질 것이고, 벼슬자리라도 차지하게 된다면 무시하지 못할 권력을 한 손아귀에 틀어쥘 수 있다고 생각했다.

왜국으로 망명한 고구려 유민들을 모아 고마성을 쌓고 성주가 된 고마 헤이는 일단 소가성 성주에게 청혼을 했다. 그러나 소가성에서는 한 번 결혼하여 아들까지 있는 사람에게 귀한 딸을 시집보낼 수 없다며 그의 청혼을 일언지하에 거절했다.

그때 고마 헤이는 고구려에 있을 당시 하대용의 딸 연화와 결혼하려다 실패한 일을 떠올리지 않을 수 없었다. 왕자 이련과 국혼이 맺어지기 전에 연화를 납치해서라도 자신의 여자로 만들 걸 그랬다며, 그는 두고두고 후회를 했었다. 소가 씨의 딸을 보고 첫눈에 반한 이상, 이번에는 수단과 방법을 가리지 않고 자신의 여자로 만들어야겠다고 단단히 마음먹었다.

고마 헤이는 일단 결심하면 즉시 행동에 옮기는 성격이었다. 그는 졸개들을 풀어 소가성 주변을 살피도록 했고, 어느 날 소가 씨의 딸이 벚꽃놀이 축제에 나온 것을 납치하려다 소가성 무술도장 무리들과 일대 혈전을 벌이게 되었다. 그로 인해 고마성과 소가성 무술사범이 모두 희생되었다.

그런데 백제에서 망명한 목만치라는 자가 죽은 삼촌 소가노 구라카와의 뒤를 이어 소가성 무술도장의 사범이 되었다. 소가성 성주 소가노 이시카와는 목만치의 성을 아예 '소가 씨'로, 이름을 '마치'로 바꾸게 하여 외동딸과 결혼을 시켰다. 연화를 고구려 왕자 이련에게 빼앗긴 것도 억울한데, 이번에는 소가 씨의 딸을 백제의 도래인 목만치가 가로챈 것이었다. 두 사람 다 자신의 여자를 도둑질해 갔다고 생각하자, 고마 헤이는 도무지 그 치욕을 참을 길이 없었다.

소가노 마치가 보낸 청혼 서찰을 보고 고마 헤이가 마음속으로 '적반하장'이란 말을 뇌까린 것은 바로 그런 이유 때문이었다. 고마 헤이는 자신의 여자를 가로챈 소가노 마치를 도둑으로 보고 있었다.

'간이 배 밖으로 나온 놈이 아니던가? 소가노 마치, 그 애송이가 내 딸을 며느리로 삼겠다고?'

목만치는 소가 씨의 딸과 결혼하면서 자신의 성을 바꾸었으며, 아들이 태어나자 소가 씨의 대를 잇도록 하였던 것이다. 한편 고마 헤이는 그 무렵 고구려 유민의 딸을 맞아 재혼을 해서 딸을 낳았다. 두 사람의 자녀는 이제 열 살의 동갑내기였다.

고마 헤이의 딸이나 소가노 마치의 아들 모두 아직 결혼하기엔 어린 나이였는데, 느닷없이 소가성에서 고마성으로 사돈을 맺자는 제의를 해온 것이었다. 이른바 '정략결혼'을 통해 앙숙관계였던 두 성이 화해를 하자는 뜻인 모양인데, 고마 헤이는 도무지 그 의도를 짐작할 수가 없었다.

"어찌 말씀이 없으십니까? 서찰의 내용이 도무지 마음에 들지 않으신 모양이군요?"

사두가 침묵을 깨고 물었다.

"백제왕이 보낸 밀사라는 자가 겨우 이 땅에 와서 중신아비 노릇이나 하자는 겐가?"

고마 헤이가 깊은 생각에 잠겼다 깨어난 듯 사두를 노려보며 되물었다.

"그것이 밀사로서의 소명입니다. 고마성과 소가성이 세력을 합치게 되면, 신라나 가야의 도래인들도 우호적으로 나올 수밖에 없습니다. 이것은 소가성이 아닌 왜국 대왕의 전략입니다. 소가노 마치 무술사범이 궁궐에 불려갔을 때 왜국 대왕이 다음과 같은 제의를 했답니다. 장차 도래인들이 세력을 규합하면 왜국 군사와 연합군을 형성해 백제의 원수인 고구려를 칠 용의가 있으니, 우선 앙숙관계에 있는 소가성과 고마성이 정략결혼을 통하여 우호관계를 맺어야 한다고 말입니다. 고마 헤이 성주께선 고구려 왕손이고, 연합군이 바다를 건너 고구려 군대를 무찌르게 되면 자연히 왕권을 차지할 수 있는 기회가 오지 않겠습니까?"

"왜국왕이 그런 뜻으로 우리 고마성과 소가성의 정략결혼을 주선하고 있다, 이 말인가?"

이때 고마 헤이의 머리는 빠르게 돌아갔다.

왜국 대왕 오진의 친모 진구왕후는 백제 왕족의 피를 이어받았다. 따라서 백제 왕실은 오진에게 외척이 되는 셈이었다. 오래도록 진구왕후가 섭정을 하다 세상을 떠날 때 아들 오진에게 백제를 적극 도와주라는 유언을 남겼다는 것을, 고마 헤이도 소문으로 들어서 잘 알고 있었다. 만약 왜국 대왕 오진이 모친의 유언을 실행에 옮기려 한다면, 왜국 군대만으로는 백제의 원수인 고구려 군대를 도모하기 어려울 것이었다. 따라서 왜국에 망명한 도래인들을 규합해 연합군을 만들면 고구려 세력을 물리치고 대륙으로 진출하는 것이 가능해지리라고 보았다.

"그렇습니다. 왜국 대왕은 소가노 마치 무술사범과 약속을 했다고 합니다. 도래인들이 모두 하나로 뭉친다면 그때부터 왜군과 연합군을 만들어 대륙으로 출진하겠다고. 그런데 가장 걸리는 점이 고마성과 소가성의 알력 관계이므로, 먼저 정략결혼을 통해 세력을 규합하자는 것입니다."

사두가 이렇게 설득하려고 들었지만, 고마 헤이는 그렇게 호락호락하게 넘어갈 인물이 아니었다.

"히로야! 아무래도 이자를 믿을 수가 없다. 소가성의 첩자가 분명하니, 일단 지하실에 감금해 두도록 하라."

고마 헤이는 곁에 서 있는 아들 고마 히로에게 큰소리로 명했다.

"네에?"

고마 히로는 갑작스런 부친의 명에 적이 당황하지 않을 수 없었다.

"뭘 꾸물거리느냐? 같이 온 졸개들은 일단 소가성으로 돌려보내고, 이자만 지하실에 감금해 두도록 하라."

다시 고마 헤이가 무섭게 다그치자, 그때서야 고마 히로는 사두를 밖으로 끌고 나갔다.

두 사람이 나가고 나자, 고마 헤이는 눈을 감고 깊은 생각에 잠겼다. 사두가 가져온 소가노 마치의 서찰을 보았을 때, 그는 잠시 정신이 혼돈되어 마음을 정리할 수가 없었다. 그래서 생각할 여유를 갖기 위해 짐짓 사두를 소가노 마치가 보낸 첩자라는 핑곗거리를 만들어 지하실에 감금해 두도록 명한 것이었다.

고마 헤이에게 처음 든 생각은 소가노 마치와 철천지원수인데 사돈을 맺자는 의도가 도무지 이해되지 않았던 것이다. 사두의 말에서도 나왔듯이, 소가노 마치는 백제 장군 목라근자의 아들 목만치였다. 그는 고국에서 해평이란 이름을 쓰던 시절 목라근자와 평양성 전투에서 만났다. 줄다리기 전략에 속아 대패했고, 그 전투에서 고구려의 고국원왕이 전사했다. 그이후 그는 목라근자 생각만 해도 이를 부득부득 갈았는데, 그 아들 목만치를 왜국에서 만나 소가성 성주의 딸 때문에 또다시 견원지간의 원수 관계가 되었다.

그래서 고마 헤이는 소가노 마치가 바로 목라근자의 아들 목만치라는 사실을 잘 알고 있었다. 그들 부자를 모두 원수로 생각해 오고 있었는데 느닷없이 소가노 마치 쪽에서 사돈을 맺자고 하니, 그로서는 적이 당황스러울 수밖에 없었다.

'흐음, 왜국왕이 소가노 마치를 통해 정략결혼을 하라고 했단 말이렷다?'

고마 헤이를 고민스럽게 만든 것은 바로 왜국 대왕 오진이었다.

왜국은 오진의 모친인 진구왕후 때부터 국력을 크게 강화하여 주변의 도래인 성주들이 당할 수 없을 정도로 굳건한 군사체제를 갖추고 있었다. 더구나 소가성 성주 소가노 이시카와는 대대로 왜국 왕실과 외척관계를 맺어온 대표적인 귀족이었다. 그의 오랜 조상도 따지고 보면 백제에서 망명한 도래인일 가능성이 높다는 소문이었다. 아무튼 이제 소가노 이시카와가 죽으면 사위인 소가노 마치가 정식으로 성주가 되어 왜국 왕실의 든든한 배경을 토대로 도래인 성주들을 압박해 올 것이었다. 이렇게 되면 도래인 성주들 중 가장 괴로운 것은 고마성 성주인 고마 헤이 자신일 수밖에 없었다. 신라나 가야는 오래전부터 왜국 땅에 뿌리를 내려 탄탄한 세력을 결집하고 있는 데 반해, 고구려의 경우 유민들이 각자 흩어져 살다 고마 헤이가 망명해 온 이후 고마성을 쌓아 겨우 토대를 마련했기 때문이다.

'사두의 말을 그대로 믿는다면, 왜국과 도래인 세력이 연합군을 형성해 반도로 쳐들어갈 경우 어쩌면 좋은 기회가 생길 수도 있겠지. 어린 담덕이 꽤나 총기 있는 군주가 됐다고는 하나, 우리 아들 히로도 그만 못한 것은 아니야. 어찌 됐든 내가 고구려 대왕이 되지 못할 바엔 마땅히 아들에게 그 자리에 오를 수 있도록 기반을 마련해 줘야겠지.'

고마 헤이의 고구려 왕실 장악에 대한 욕심은 아들 고마 히로에게까지 이어지고 있었다. 그러나 고마 히로에게는 무술을 가르칠 만한 사부가 없었다. 망명할 당시에는 연나부 조의선인을 대표하는 무술사범 연정균이 있었으나, 그는 소가성과의 싸움에서 소가노 구라카와의 칼에 찔려 죽었다. 그 이후 고마 헤이 자신이 어린 아들에게 직접 무술을 가르쳤으나, 따로 사부를 두고 싶은 생각이 굴뚝같았다. 아들에게 있어서 친부와 사부는 다른 의미를 갖고 있었다. 문득 그는 양부인 고구려 동부욕살 하대곤과 사부인 우적을 떠올려보았다. 당시 우적은 그에게 제대로 된 무술을 가르쳐주었다. 양부인 하대곤에게 무술을 배울 때와 사뭇 다른 면이 사부에게는 있었다. 처음에 사부 우적이 방어술만 가르쳐서 불만이 많았지만, 거기에는 깊은 뜻이 있었다는 것을 왜국으로 망명한 이후에야 비로소 깨달을 수 있었다.

고마 헤이가 왜국으로 망명하는 것을 주선하고 도와준 사람은 바로 사부 우적이었다. 당시 우적은 망명 직전 그에게 다음과 같이 말했다.

"큰사람이 되려면 욕심을 내려놔야 한다. 욕심에 눈이 어두우면 작은 세상밖에 보지 못하지만, 그것을 버리면 비로소 큰 세상이 보이기 시작하는 법이다. 이제야 이야기하지만, 나는 너의 친부가 보낸 사람이다. 너의 친부는 고국원대왕의 동생인 무왕제지만, 부여에 가서는 '무명선사'란 호칭으로 불리며 깊은 산속에 들어가 검술을 익히셨다. 고구려 정통 검술인 '무명검'을 완성하고자 결심하신 것이지. 나는 무명선사 밑에서 검술을 배웠지만, 중도에 스승의 명을 받고 하산했다. 두루 세상 구경을 하고 나서, 네가 청년이 될 무렵쯤 동부로 찾아가 네게 제대로 된 무술을 가르쳐주라고 신신당부를 하셨던 것이지. 그러나 나는 결국 스승의 명을 받들지 못했다. 너를 왜국으로 망명하게 만들고 말았으니 말이다."

이렇게 마지막 말을 남기고 우적은 쓸쓸하게 뒷모습을 보였다. 처음 책성에 나타났을 때의 삿갓을 쓰고 지팡이를 짚은 모습 그대로 안개 속으로 사라져버린 것이었다.

고마 헤이는 지금도 사부의 멀어져가던 뒷모습을 생생하게 기억하고 있었다.

'부친께선 고구려의 정통 검술인 무명검을 완성하셨을까? 우리 아들 히로가 그 무명검을 익힐 수만 있다면 얼마나 좋을까?'

고마 헤이는 그때 문득 소가노 마치가 '무사도'란 새로운 이름을 내걸고 백제 정통 검술을 소가성 장정들에게 가르치고 있다는 기억을 떠올렸다. 백제 명장 목라근자의 가문 대대로 내려오던 검술을 그 아들 소가노 마치가 왜국 땅에서 새롭게 '무사도'로 뿌리를 내리게 하려는 것이었다.

'무사도라? 꿩 대신 닭이라고. 그것도 괜찮지.'

고마 헤이는 혼자서 마음속으로 뇌까렸다. 사실 그는 부친 무명선사가 부여 땅에서 고구려 정통 무술인 '무명검'을 연구한다는 이야기를 사부 우적으로부터 듣고 나서, 왜국 땅에 와서 몰래 밀정을 대륙으로 보내 알아보게 하였다. 그런데 밀정의 보고에 의하면 '무명검'의 비급秘笈을 담덕이 가지고 있다는 것이었다. 그 비급을 어떻게 해서든 구해 아들 고마 히로에게 주고 싶었지만, 왜국 땅에서 망명생활을 하는 자신으로서는 마음만 앞설 뿐 현실적으로는 도무지 가당치도 않은 일이었다.

고마 헤이는 밤이 깊을 때까지 그런 고민으로 잠을 이루지 못하다가 겨우 눈을 붙였고, 새벽녘에 까마귀 울음소리에 선잠에서 깨어났다.

까악, 까르륵, 까악!

왜국에서 까마귀는 길조로 여겼다. 성안의 저택 울안에 서 있는 감나무 가지에서 여러 마리의 까마귀가 울어대고 있었다.

저택 2층의 들창을 열고 밖을 내다보던 고마 헤이의 얼굴에 조용한 미소가 감돌았다. 고구려에서는 삼족오를 하늘의 전령사로 생각하고 있었다. 태양신으로도 불리는데, 다리가 셋 달린 까마귀가 천상의 소식을 인간 세상에 전해 준다고 여겼다.

'혹시 사두가 좋은 소식을 갖고 온 삼족오는 아닐까?'

하룻밤 사이에 고마 헤이의 생각이 이처럼 달라져 있었다.

5

고마 헤이는 아침부터 썩 기분이 좋았다. 그는 아내를 불러 딸 고마 히데高麗秀를 데려오게 하였다. 그는 자신의 이름이 '고마 헤이'였으므로 아들 이름을 비슷한 음으로 시작하는 '고마 히로'라고 지었다. 그리고 왜국에 망명해서 아내가 죽은 후 새롭게 고구려 유민 출신 여성과 결혼해 얻은 딸 이름도 '고마 히데'라고 지었던 것이다.

"히데, 올해 네가 몇 살이지?"

고마 헤이는 딸을 앞에 두고 물었다. 잘 알면서도 딸의 입을 통해 듣고 싶었던 것이다.

"열 살이에요."

고마 히데가 두 손을 활짝 펴며 말했다.

열 살이면 아직 결혼하기에는 어린 나이였다. 소가노 마치의 서찰에 쓰여 있기를, 그의 아들 소가노 가라코蘇我韓子도 열 살이라고 했다. 둘이 나이로는 서로 맞춤하다는 생각을 하며, 고마 헤이는 소리 없이 웃었다.

"소가노 마치도 고국을 꽤나 생각하는 모양이군. 백제 이전에 반도에는 삼한(마한·진한·변한)이 있었다고 해서, 아들의 이름을 '한나라 아들'이란 뜻으로 한자, 즉 '가라코'라 지었단 말이지?"

고마 헤이는 혼잣소리로 떠들고 나서, 또다시 입술을 비틀며 웃었다.

"오늘 아침엔 참으로 이상하셔? 잘 아시면서 갑자기 딸아이 나이를 묻고, 또 왜 혼자 그렇게 웃으세요? 그리고 가라코는 누구예요?"

딸 옆에 다소곳이 앉아 있던 아내가 고마 헤이의 표정을 가만히 살펴보며 조심스럽게 물었다.

"왓, 핫핫핫! 실은 우리 히데를 시집보낼 때가 된 것 같아서 말이오. 나이 열 살인데도 꽤나 의젓해 보이지 않소?"

고마 헤이는 이제 소리 내어 크게 웃었다. 자신이 말해 놓고도 그 말이 너무 엉뚱스러워 웃음이 절로 나왔던 것이다.

"네에? 이 어린아이를 시집보낸다니요?"

"연전에 아들을 장가보냈으니, 이젠 딸 차례 아니겠소?"

고마 헤이는 역시 재작년에 고구려 유민의 딸을 아들 고마 히로의 배필로 삼아 결혼시켰던 것이다.

"그래도 그렇지. 우리 딸은 아직 열 살이에요. 농담이 지나치시구려."

아내가 눈을 흘겨 뜨며 남편을 쳐다보았다.

"아니야, 아니야! 농담이 아니라 난 지금 진담을 말하고 있어! 당신도 마음 다잡고, 딸아이 시집보낼 계획을 세우라고."

딸 고마 히데는 자신을 두고 무슨 말을 하는지 영문을 모르는 듯, 두 손으로 턱을 받친 채 부모를 번갈아 바라보았다.

한편 지하실에 감금된 사두는 감시자에게 글 쓸 도구를 달라고 하여 소가노 마치에게 보내는 서찰을 작성했다. 반드시 고마 헤이가 자신을 부를 것이라 예상하고, 그 서찰을 보여준 후 소가가성으로 전달토록 할 생각이었다.

그 예상은 적중해서 정오쯤 되자 지하실 문이 벌컥 열리며 고마 히로가 들어섰다.

"아버님께서 정중히 모셔오라는 분부가 있었습니다."

고마 히로를 따라 나가자 내실에는 성대한 오찬이 준비되어 있었다.

"자, 이리 앉으시지요. 어제는 내가 뭘 모르고 귀인을 섭섭하게 대접했소이다."

고마 헤이가 손짓을 하며 사두를 맞은편 자리에 앉게 했다. 말씨도 전날 같지 않고 깍듯했다.

"아니오. 아주 편하게 잘 잤습니다. 불빛이 들지 않는 지하실이라 잠이 더 잘 오더이다."

사두는 놀라지 않았다. 당연히 고마 헤이의 태도가 달라지리라 예상했던 것이다.

"우리 고구려에서는 삼족오를 길조로 생각하고 있소이다. 혹시 새벽에 까마귀 우는 소릴 들으셨소?"

"지하실이라 듣지 못했습니다. 더구나 간밤에 늦잠이 든데다 아침잠이 많아서."

"이곳 왜국 땅에서는 까마귀를 길조로 여깁니다. 그런 점에서는 고구려와 비슷한 면이 있지요. 해서, 사두 장군께서 우리 고마성에 좋은 소식을 전해 주기 위해 온 귀인임을 알았습니다. 많이 드시지요."

하룻밤 사이 고마 헤이의 말은 완전히 달라져 있었다. 갑자기 어제 하대를 하다가 오늘 존대로 바뀐데다, 호칭도 '그대'에서 '장군'으로 부르고 있었던 것이다.

"좋은 소식인지 아닌지 이 서찰이나 먼저 읽어보시지요. 소가성에 보내는 서찰인데, 나는 묶여 있는 몸이니 성주께서 수하에게 명하여 대신 좀 전달토록 해주십시오."

사두는 품속에서 서찰을 꺼내 맞은편의 고마 헤이에게 건넸다.

"이렇게 보여주시는 걸 보면, 소가성 군사들을 동원해 장군을 구출해 달라는 것은 아닐 테고……."

고마 헤이는 언뜻 사두의 표정을 살피고 나서 흠흠, 잔기침을 하더니 이내 서찰을 펼쳐 읽기 시작했다.

"그렇지 않아도 소가성에서 이곳으로 군사를 보낼까 두려워, 그것을 미리 막아보려는 의도 또한 있습니다."

사두의 말에, 고마 헤이는 힐끗 상대를 일별하더니 다시 시선을 서찰로 가져갔다. 서찰을 읽으며 고마 헤이는 가끔 고개를 끄덕이다 갸우뚱거리기도 했고, 얼굴 표정이 일그러졌다 밝아지기도 했다.

"하하하, 핫! 불교를 믿는 승려와 재가불자들 사이에 이심전심이란 말을 즐겨 한다더니, 오늘 장군과 나의 생각이 마치 그와 같구려. 결혼식도 올리기 전에 외손자 이름이 먼저 생기질 않았소이까? '고려'라, 왜국 말로 '고마'라! 그러면 '소가노 고마蘇我高麗'가 되겠군. 캬, 기가 막힌 이름이 아니오? 역시 사두 선생의 지혜가 놀랍소. 간밤에 내가 생각하고 있던 것이 바로 두 집안의 이런 완벽한 결합이었소."

고마 헤이는 서찰을 접으며 무릎을 탁 쳤다.

소가성으로 보내는 사두의 서찰에는 만약 결혼이 성사되어 신랑신부가 아들을 낳는다면 '고마'라는 이름을 짓겠다는 조건에 응해 달라는 내용이 들어 있었다. 소가노 마치가 그 조건을 수락한다면, 그 자신이 고마성의 성주를 설득해 볼 요량이 있다는 것도 첨언하였다.

"어젯밤 늦게까지 고민하다 오늘 아침에 이 서찰을 작성했습니다. 이 서찰을 쓴 목적은 두 가지입니다. 첫째는 소가성에서 군사를 일으켜 고마성을 치려는 것을 사전에 막기 위함입니다. 그리고 둘째는 두 성이 화해를 하기 위한 정략결혼이지만, 그보다 더 확실한 결합은 혼인을 통하여 두 집안이 대대로 특별한 인척 관계를 유지하는 것입니다. 어떻게 생각하십니까? 그 서찰을 소가성으로 보내주시겠습니까?"

사두는 담담한 표정으로 고마 헤이를 건너다보았다.

"물론 보내야지요. 그러나 나도 조건이 있소. 정략결혼이니만큼 나는 딸만 보낼 수가 없소이다. 소가성에서도 우리 고마성으로 사람 하나를 보내줘야 하지 않겠소이까?"

"딸을 인질로 삼을까, 그것이 두렵다는 말씀입니까?"

"서로 부담을 줄이자는 것이오."

고마 헤이와 사두 사이에 팽팽한 긴장감이 형성되었다.

"어떤 인질을 원하십니까?"

"기왕이면 딸을 소가 씨에게 출가시키고 나서도 사두 장군이 우리 성에 남아주었으면 하오."

"뭐라구요? 나를 인질로 삼으시겠다? 그것은 아니 될 말씀이오. 나는 임무를 마치면 곧 백제로 돌아가야 할 몸임을 성주께서도 잘 아시지 않습니까?"

"당분간이라도 장군께서 이곳에 남아 고마성 군사들에게 무술을 지도해 주시오."

"그건 안 됩니다."

"그러면 사두 장군과 소가 씨 집안의 어떤 인물을 교환하는 조건은 어떻소?"

고마 헤이는 백제에서 온 사두를 고마성에 묶어둘 수 없음을 애초부터 인지하고 있었다. 그는 백제의 명장 목라근자 집안에서 대대로 내려오는 검술의 비기를 그 아들 목만치가 '무사도'란 이름으로 소가성 장정들에게 전수시켜 주고 있다는 것에 부쩍 욕심이 생겼다.

"딸만 보낼 수는 없다. 인질을 교환하자. 이런 것인가요?"

사두가 날카로운 시선으로 고마 헤이를 쳐다보았다.

"군이 인질이라고 할 것도 없고, 서로 형평성을 고려하는 게 좋지 않을까 하는 것이지요. 자, 자! 일단 식사부터 하고 다시 얘기하십시다. 음식이 식겠소."

고마 헤이가 수저를 들며 말했다.

사두도 일단 굶주린 배부터 채워야겠다고 생각했다. 사실상 그는 어제 저녁부터 굶었던 것이다. 지하실에 감금되었을 때 감시하던 졸개들이 음식을 들이밀어 주었지만, 그는 손도 대지 않았다.

음식을 입안으로 넘기면서 사두는 그때서야 자신이 인질로 붙잡혀 있다는 사실을 깨달았다. 고마 헤이는 그를 지하실에 감금할 때 이미 소가성에서 어떻게 나오는지 보아가며 인질을 활용할 계획을 갖고 있었음이 분명했다. 또한 사두는 소가성에서 다른 인질과 교환 조건을 내걸 때에서야 자신을 풀어줄 것임을 깨닫게 되었다.

'음흉한 작자가 아닌가?'

사두는 식사를 하면서 흘끗 식탁 맞은편의 고마 헤이를 쳐다보았다.

맞은편의 고마 헤이 역시 식사를 하면서 상대를 눈여겨보고 있었던 듯, 순간적으로 사두와 눈길이 엇갈리자 능글맞게 웃었다.

"성주께서 진수성찬을 차려주셨군요. 음식이 아주 맛깔스럽습니다."

사두는 짐짓 자신의 내면을 숨기고 싶었다.

"우리 고마성으로서는 아주 귀한 손님을 모시는 일인데 한

치도 소홀함이 있어서야 되겠습니까? 본의 아니게 어제는 잠시 소가 씨가 보낸 첩자로 착각하여 실수를 했습니다. 그 점 사과 드립니다. 앞으로는 최고 귀빈으로 모시도록 하겠습니다."

고마 헤이는 수저를 놓고 두 손으로 양 무릎을 감싸며 머리를 숙였다.

"잘 먹었습니다."

사두 역시 예의상 고개를 숙일 수밖에 없었다.

"아니, 왜요? 더 드시지 않고?"

"많이 먹었습니다."

"그럼 차나 한 잔 하면서 장군께서 주신 서찰 내용을 다시 한 번 살펴보십시다."

고마 헤이는 아래 사람들에게 상을 물리고 차를 준비하라 일렀다.

6

고마성에서 사두의 졸개들이 소가성으로 쫓겨왔을 때, 소가 노 마치는 고민에 싸여 있었다. 그늘로부터 사두가 고마성 지하실에 감금되었다는 보고를 받고 당장이라도 군사를 이끌고 가서 요절내고 싶었지만, 성질대로 행동에 옮길 수도 없는 사안이었다. 고마성의 군세를 만만하게 볼 수 없었던 것은 둘째로 치고. 왜국 대왕 오진의 명이 준엄해 반드시 정략결혼을 성사시켜야 한다는 목적을 등한시하기 어려웠던 것이다. 지난 세월 오래도록 왜국 왕실과 맺어왔던 소가 씨 가문의 운명이 걸려 있는 절체절명의 문제였기 때문이다.

소가노 마치가 다음날 오후 늦게까지 고민을 거듭하고 있는데, 고마성의 사자가 성주 고마 헤이의 서찰을 가지고 왔다. 그는 곧 서찰을 받아 단숨에 읽어내려 갔다. 서찰은 고마 헤이와 사두 두 사람의 명의로 되어 있었다. 공동 합의문 같은 형식이었다.

오찬이 끝난 후 고마 헤이는 사두와 함께 서찰을 다시 작성하였던 것이다. 사두의 의견대로 정략결혼을 추진하되 신랑과 신부 사이에서 아들이 탄생할 경우 '고마'라고 이름을 짓는다는 것이 첫 번째 조건이었다. 두 번째 조건은 사두와 소가성의 무술도장에서 '무사도'의 검술이 가장 뛰어난 인물을 맞교환하자는 것이었다.

서찰을 다 읽고 난 소가노 마치는 일단 고마성 사자를 돌려보내기로 했다.

"내 따로 사자를 보낼 터이니, 고마성으로 돌아가서 성주에게 그리 전하시오."

고마성 사자가 돌아가고 나서 소가노 마치는 무술도장의 수제자로 있는 소가노 요시카와蘇我吉川를 불렀다. 소가노 요시카

와는 그가 백제에서부터 데리고 있던 무장 백길천白吉川으로,
두 사람은 왜국에 망명하여 의형제를 맺었다. 따라서 목만치가
성씨와 이름을 바꿀 때 백길천 역시 '소가 씨'로 성을 바꾸고 이
름은 전처럼 '길천', 즉 왜국 발음으로 '요시카와'라 하였다. 소
가성의 성주 소가노 이시카와도 자신의 이름 자 중 '카와川'가
들어가 있어 매우 흡족해 하였다. 외동딸만 있는 집안에 한꺼
번에 든든한 아들 두 사람이 굴러든 셈이니 마음까지 뿌듯했
던 것이다.

"사부님, 부르셨습니까?"

소가노 요시카와가 군례를 올렸다. 그는 소가노 마치를 백제
에 있을 때부터 '사부'라고 불렀다.

"아우, 내 긴히 부탁할 일이 있어 불렀네."

소가노 마치는 의형제를 맺은 사이라 사석에서는 '아우'라고
부르고 있었다.

"네, 형님!"

소가노 요시카와도 사사로운 일로 부른 것이라 생각해, 소가
노 마치를 '형님'으로 호칭했다.

"무사도에서 가장 중요한 것이 무엇이라 생각하는가?"

"……네에?"

소가노 마치의 갑작스런 물음에 소가노 요시카와는 어리둥
절한 표정을 지을 수밖에 없었다. 당연한 것을 새삼스럽게 물었

기 때문이다.

"내게 배운, 그대로만 대답해 보게."

"의義라고 생각합니다."

"내가 이곳 왜국 땅에 와서 '무사도'를 개창한 것은 우리 백제의 정의가 죽지 않았음을 보여주기 위한 것이었네. 무사도에서 '의'란 곧 '정의'을 말하네. 죽어야 할 때 죽을 수 있고, 적과 싸울 때는 목숨을 걸어야 하는 것이 바로 '의', 곧 '정의'임을 아우도 잘 알고 있겠지? 나를 위해 아우가 죽어주어야 할 일이 생겼다. 아우는 이 형을 위해 목숨을 내놓을 수 있겠는가?"

소가노 마치의 얼굴은 어느 사이 뻣뻣하게 굳어 있었다.

"네, 당연하신 말씀! 기꺼이 목숨을 내놓겠습니다."

무사도의 예법에 따라 소가노 요시카와는 털썩 땅바닥에 무릎을 꿇었다.

"아우, 그렇게 무릎 꿇을 것까지는 없어!"

소가노 마치는 당황하여 얼른 손을 내밀어 소가노 요시카와를 일으켜 세웠다.

"나만을 위한 일이 아니고, 우리 소가 씨 가문을 위한 일이면서, 조국 백제를 위한 일이기도 하네."

"……네에?"

"내일 고마성으로 달려가 주게. 백제에서 밀사로 파견된 사두 장군이 고마성에 인질로 잡혀 있네. 미안한 일이지만, 아우와 인질 교환을 하는 거야."

마침내 소가노 마치가 자신의 속내를 털어놓았다.

"그러면 제가 인질이 되고……?"

"그런 셈이지. 일단 사두를 구해야 하기 때문이네. 그리고 고마성에 그냥 인질로 가는 것이 아닐세. 가서 '무사도'를 고마성에 전수해 주어야 하네. 고마성의 무술사범이 되어달라는 얘기야."

"어찌 저에게 이적질을 하라는 말씀입니까?"

소가노 요시카와는 고개를 번쩍 들었다.

"이적질이 아니라, 당분간은 적을 도와주는 척하면서 첩자 노릇을 하라는 얘길세. 지금은 고마성이 우리의 적이지만, 내 아들과 고마 헤이의 딸이 결혼을 하게 되면 우군이 될 수 있네. 그러므로 아우가 가서 고마성의 무술사범이 되어 저들을 우군으로 만들어야 하네."

"그렇다면 정략결혼을……?"

"그런 셈이지. 이건 나의 결심이 아니라 왜국 대왕의 엄명일세. 우리 소가 씨는 예전부터 왕실의 외척으로 권력을 누려왔네. 내가 어쩌다 장인어른의 사위가 되면서 그 외척 관계의 줄이 끊어졌지만, 어찌 되었든 지금 대왕의 명을 거역할 수는 없는 노릇이네. 우리 소가 씨 가문의 운명이 걸려 있는 문제야."

소가노 마치의 말이 끝나기 무섭게 소가노 요시카와가 외쳤다.

"형님! 저도 소가 씨입니다. 소가 씨의 운명이 걸린 문제인데, 무엇을 두려워하겠습니까? 지금 당장이라도 고마성으로 달려가겠습니다."

"고맙네!"

소가노 마치는 소가노 요시카와의 손을 덥석 잡았다.

즉석에서 소가노 마치는 고마성에 보내는 서찰을 작성했다. 성주 고마 헤이와 사두가 공동으로 보낸 합의문에 동의한다는 내용이었으므로, 한달음에 적어내려 갈 수 있었다.

다음날 소가노 요시카와는 단신으로 말을 타고 고마성으로 달려갔다.

"이름이 무엇이오?"

성주 고마 헤이가 앞뒤 생략하고 물었다.

"소가노 요시카와입니다."

"그대도 백제인이오?"

"백제인으로 지금 '소가노 마치'라 불리는 목만치 사부를 따라 이곳에 왔습니다."

"소가노 마치와는 어떤 사이요?"

"의형제를 맺은 사이입니다."

"그래서 성씨도 소가 씨로 같이 쓰게 되었군!"

"그렇습니다."

소가노 요시카와는 고마 헤이를 정면으로 쳐다보았다. 두 사람의 눈길이 허공에서 잠시 만났다가 헤어졌다.

고마 헤이는 그때서야 소가노 요시카와가 가져온 소가노 마치의 서찰을 꼼꼼하게 읽기 시작했다. 그는 한 글자도 지나치지 않으려는 듯, 두 번 세 번 반복해서 읽었다. 그래서 읽는 데 시간이 다소 걸렸다. 사실은 서찰 내용을 곱씹으며 깊은 생각을 하기 위해 충분한 시간이 필요했던 것이다.

마침내 고마 헤이는 서찰을 접고 소가노 요시카와를 정면으로 쳐다보았다.

"그렇다면 이 서찰에 쓰여 있는 대로 그대는 스스로 인질이 되기로 결심한 것이오?"

"네, 그렇습니다."

"지금 이후부터 우리 고마성의 사람이 되기로 나와 맹세할 수 있겠소?"

"네! 지금부터 이 몸은 고마성 사람입니다. 성주님의 명령에 따르겠습니다."

소가노 요시카와는 무사도의 상명하복 정신을 지키겠다는 뜻으로 고마 헤이 앞에 털썩 무릎을 꿇었다.

"아아, 그럴 필요까지는 없고. 이제부터 우리 고마성의 무술 사범이 되어주시오."

고마 헤이는 소가노 요시카와에게 편히 앉으라고 하였다.

"네, 성심을 다하겠습니다."

"우리 아들 고마 히로의 사부 역할도 해주시오."

"여부가 있겠습니까?"

"그대의 사부 소가노 마치가 백제 명장 목라근자의 아들 목만치임을 잘 알고 있소. 대대로 목 씨 가문의 검술 비급을 이어받은 것이 '무사도'라 들었는데, 그것이 사실이오?"

"틀림없는 사실입니다."

"그 검술 비기들을 온전히 우리 고마성에 전수해 줄 수 있겠소?"

고마 헤이는 소가노 요시카와로부터 명확한 대답을 듣고 싶었다.

"네, 틀림없이 그리하겠사옵니다."

소가노 요시카와는 무술사부 소가노 마치에게 하던 것처럼, 고마 헤이를 향해서도 정중하게 군례를 갖추어 말했다.

"이것으로 되었소! 우리 고마성의 무술사범으로 와준 것을 환영하는 바이오."

말을 끝내고 나서 고마 헤이는 곁에 있던 아들 고마 히로에게 즉시 사두를 불러오라 일렀다.

사두는 거실로 들어오면서 소가노 요시카와와 눈을 마주쳤다. 그가 처음 아소산의 소가성 무술도장을 찾아갔을 때 맞상대로 싸웠던 바로 그자였다. 두 사람은 안면이 있었으므로 서로 예사롭지 않은 눈길을 주고받았다.

"두 사람은 아는 사이인 모양이로군!"

고마 헤이는 두 사람의 하는 양을 지켜보다가 말했다.

"아소산 무술도장으로 목만치 장군을 찾아갔다가 겨뤄본 적이 있습니다."

사두가 대답했다.

"오, 그래요? 두 사람이 만만찮은 적수가 되었겠군!"

"승부를 내기 어려웠습니다."

사두의 말에 고마 헤이가 호탕하게 웃었다.

"하, 핫핫! 그렇다면 됐소. 이제부터 소가노 요시카와는 우리 고마성의 무술사범이 되었소. 사두 장군은 자유로운 몸이니, 소가성으로 돌아가도록 하시오."

이렇게 하여 고마 헤이는 정식으로 사두를 대신해 소가노 요시카와를 인질로 받아들였다. 그것으로 인질 교환이 이루어 졌으므로, 사두는 자신의 말을 타고 고마성을 나설 수 있었다.

일단 인질 교환이 끝나자, 고마성과 소가성 사이에는 일사천리로 정략결혼이 추진되기에 이르렀다.

고마성은 고마산을 중심으로 쌓은 성이고, 소가성은 아소산 자락에 자리를 잡고 있었는데 소가 씨 대대로 터를 잡고 내려와 그 성을 쌓은 지역을 특별히 '소가산'이라고도 불렀다. 고마산과 소가산 중간 지점에는 아소산에서 흘러내리는 큰 물줄기가 강을 이루고 있었다. 두 성의 경계라고 할 수 있는 이 강을 아소강이라고 부르는데, 통신수단은 배를 이용할 수밖에 없었다.

고마성에서 출발한 열 살 난 신부 고마 히데의 가마 행렬은 오빠 고마 히로가 진두지휘하고 있었다. 신혼 행렬은 간단했다. 장정이 메는 가마 두 대에는 신부와 어린 몸종이 타고 있었고, 말이 끄는 수레 두 대에는 결혼 예물이 실려 있었다. 이들 가마 두 대와 수레 두 대를 고마 히로가 이끄는 고마성 군사 1백여 기의 기마대가 호위하고 있었다.

고마 히로는 아소강까지만 동생인 신부 고마 히데를 호위할 수밖에 없었다. 아소강에는 소가성에서 나온 군사들이 배를 준비해 놓고 있었다. 신혼 행렬인 가마 두 대와 수레 두 대를 인수해 갈 소가성의 호위 군사들도 1백여 기의 기마대로 꾸며져 있었다. 소가성에서도 고마성으로 갈 예물을 실은 수레 두 대가 준비되어 있었다.

인수인계는 양쪽의 성에서 나온 각기 1백여 호위 군사들의 팽팽한 긴장감 속에서 이루어졌다. 불과 하루 전까지만 해도 적대적 관계였던 그들이라 잠시도 틈을 보일 수 없었다. 아무리 정략결혼이라 하더라도 여차하면 칼을 빼어드는 상황이 전개될 수도 있기 때문이었다.

고마 히로는 동생의 가마가 배에 실리는 것을 보고, 고마 히데와 이별을 해야만 했다. 그것으로 정략결혼의 모든 행사는 끝나는 것이었다. 나머지 결혼 절차는 전적으로 소가성에 맡길 수밖에 없었다.

고마성에 인질로 소가노 요시카와를 머물게 하고는 있으나, 몸종 하나만 딸려서 열 살 난 동생 고마 히데를 소가성으로 보내야 하는 오빠 고마 히로의 마음은 여동생이 안쓰럽기만 했다. 그러나 그것이 불과 얼마 전까지만 해도 숙적관계였던 고마성과 소가성 사이에 이루어진 정략결혼의 실체였고, 그와 같은 사실을 인정할 수밖에 없는 엄연한 현실이었다.

7

한창 만발했던 벚꽃이 이젠 시나브로 떨어져 땅바닥에 쓸려가고 있었다. 꽃잎이 하얗게 쌓인 벚꽃 정원의 길을 걸으며 사두는 초조함을 달랬다. 백제에서 타고 온 무역선에선 언제 귀항할 것이냐며 대상들의 성화가 빗발쳤다. 그러나 그는 소가노 마치와 함께 귀국하지 않으면 자신이 밀사로서의 소명을 다하지 못하는 것이 되기 때문에 출항 계획을 미정으로 남겨놓고 있었다.

소가노 마치는 차일피일 미루면서 확실한 답을 주지 않았다. 더구나 그의 귀국을 종용할 수 없게 만드는 일이 벌어졌다. 정략결혼이 이루어진 후 채 열흘이 못 되어 소가성의 성주 소가노 이시카와가 오랜 병고 끝에 눈을 감았던 것이다.

장인의 장례를 치르고 나서 소가노 마치는 사두와 마주 앉았다.

"사두 장군! 장인어른이 돌아가신 후 내가 성주가 되는 바람에 이젠 정말 자유롭지 못한 몸이 되고 말았소. 내가 백제로 떠난다면 이 성을 누가 지키느냔 말이오."

소가노 마치의 사정을 아는 사두도 더 이상 자신의 고집만 내세울 수 없게 되었다. 그래서 그는 한 발 물러섰다.

"지금 당장 저와 함께 귀국하자는 게 아닙니다. 약속을 해주십시오. 몇 년이 될지 모르나, 반드시 귀국하여 백제의 원수 고구려 경략에 나서겠다고."

"이번에 아들이 결혼을 했다고는 하나 아직 열 살밖에 안 되오. 그 아들이 우리 소가성을 지킬 수 있는 나이가 돼야 내가 움직일 수 있지 않겠소? 그러나 나 혼자서는 안 되고, 왜국과 도래인 세력이 연합군을 형성해 바다를 건너야 할 것이오. 그 땐 반드시 내가 연합군을 이끌고 가겠소."

소가노 마치의 말을 들으며, 사두는 그의 느긋함에 은근이 배알이 꼬였다. 화가 치밀어올랐으나 참아야만 했다. 이제 남은 단 한 가지 방법은 왜국 대왕 오진을 만나 담판을 짓는 길밖에 없다고 생각했다.

"그렇다면 성주님의 약속을 정식으로 받아들이되, 이번에 저에게 오진 대왕을 알현할 수 있도록 주선해 주시지 않겠습니까?"

사두는 마지막으로 밀사로서의 책무를 다하기 위해 눈에 잔뜩 힘을 실어 소가노 마치를 직시했다.

"대왕 폐하를 만나 어쩌겠다는 것이오? 사두 장군은 밀사로 여기 왔을 뿐 백제 대왕의 정식 외교 사절이 아니지 않소?"

소가노 마치는 사두의 약점을 예리하게 찔러왔다.

"왜국이 반도를 칠 수 있는 기막힌 전략이 있습니다. 우리 백제와 공동 전선을 펴서 고구려를 존망의 위기로 몰아넣을 수 있는."

"그것이 무엇이오?"

"오진 대왕을 만난 자리에서 말씀드리겠습니다."

"……흐음."

소가노 마치는 신음을 깨물었다.

며칠 후 소가노 마치는 사두와 함께 왜국 궁궐로 들어갔다. 미리 대왕을 알현하겠다는 요청을 해두었으므로, 그날 오진은 편전에서 그들을 기다리고 있었다.

"백제 사신 사두가 대왕 폐하를 뵙니다."

사두가 대왕 오진에게 사절로서의 예의를 갖췄다. 두 사람 사이에서 소가노 마치가 통역을 해서 의사소통에는 하등 어려움이 없었다.

"백제 대왕이 보낸 밀사라 들었소만?"

소가노 마치가 밀사로 파견된 사신이 왔음을 미리 통보하였으므로, 오진이 그렇게 물었다. 원래는 백제에서 정식 외교 사절을 보낼 생각이었지만, 고구려나 신라가 그 사실을 알까 두려워 밀사를 파견한 것이라고 전언해 두었던 것이다.

사두는 먼저 백제에서 가져온 인삼을 대왕 오진에게 진상했다.

"폐하! 백제의 진내 땅에서 나는 인삼이옵니다. 예로부터 저 중원 땅에서도 불로장생의 명약이라 하여 반도 땅에 서복徐福을 수장으로 한 수천의 사람을 보내 찾던 것이 산삼인데, 그 씨앗을 받아 재배한 것이 바로 인삼이옵니다. 산삼보다 약효는 덜하겠으나 중원에도 이미 장생에 큰 효험이 있는 약초로 잘 알려져 있사옵니다. 우리 백제는 고구려왕 담덕에게 관미성 전투에서 패하면서 인삼의 대단위 재배단지인 부소갑과 갑비고차를 빼앗겨 큰 손해를 보고 있사옵니다. 땅을 빼앗긴 것도 억울한데 인삼 교역권까지 잃어 중원과의 무역거래도 제대로 못하고 있는 실정이옵니다. 그나마 진내 땅에서 재배한 인삼이 있어 이렇게 가져온 것이옵니다."

사두는 인삼을 진상하면서 고구려에 당한 백제의 원한을 에둘러 표현했다.

"허어, 짐도 백제 인삼의 효능을 일찍부터 알고 있었소. 백제 왕에게 고맙다고 전해 주시오. 이제 보니, 결국 고구려왕 담덕이란 자가 백제의 인삼을 도둑질한 것이로구먼! 실로 영악한 자로다. 짐이 반드시 백제의 원수인 고구려에 어떤 방식으로든 보복을 하고야 말 것이오."

대왕 오진은 짐짓 자신의 분노를 그런 식으로 표현했다. 그것은 밀사 사두로 하여금 백제 대왕에게 그렇게 전하라는 암묵적인 의사 전달 방식이라고 할 수 있었다.

"하여, 폐하께 주청을 드리고자 하옵니다. 백제 대왕께서는 소신을 밀사로 파견하면서 따로 친서를 갖추지는 않았습니다. 그만큼 비밀을 요하는 내용이기 때문이옵니다."

사두는 이미 결심한 바이므로 단도직입적으로 자신의 생각을 털어놓기로 했다.

"어디 들어보십시다."

오진은 잠시 소가노 마치를 바라보다가 다시 그 눈길을 거두어 사두에게로 향했다. 같이 한 번 들어보자는 암묵적인 뜻이 그 눈길 속에 들어 있었다. 소가노 마치도 사두에게 직접 듣지 못한 사안이므로 짐짓 긴장한 얼굴이 되었다.

"대왕 폐하께서 우리 백제를 돕기 위해 도래인 세력의 군사들과 연합해 고구려 공략에 나서기로 했다 들었사옵니다. 그러나 사전에 우리 백제와 협력체계를 갖추지 않으면 많은 어려움이 뒤따를 것이라 사료되옵니다. 이를테면 반도의 백제와 바다를 건너온 연합군이 양동작전을 펴야 한다는 것이옵니다."

"양동작전이라?"

오진은 사두의 말에 매우 관심이 있는 듯, 몸을 조금 앞으로 당기며 귀를 기울였다. 이미 70 중반의 고령이라 귀가 좀 어두웠던 것이다.

"폐하께선 연합군이 반도에 상륙하면 먼저 어느 곳을 공격해야 한다고 생각하십니까?"

"그건 연합군 장수들의 협의를 거쳐 결정할 일이지만, 짐의 생각으로는 어차피 배를 타고 가야 하므로 바다를 통해 곧바로 압록강을 거슬러 올라가 고구려의 도성 국내성을 쳐야 할 것으로 보는데……."

"고구려의 국내성은 매우 견고하고, 또한 담덕이 직접 이끄는 왕당군의 전투력이 강해 함부로 공략하기 쉽지 않사옵니다. 더구나 고구려는 국내성에 중앙군이, 동서남북 4개 변방에 방위군이 주둔하여 총 5군 체제를 갖추고 있습니다. 따라서 중앙군이 있는 국내성을 공략할 경우 지방의 4군이 한꺼번에 협공해 오면 속수무책으로 당할 위험성이 큽니다."

"허면 우리 연합군이 어디부터 공략하길 원한단 말이오? 그대가 말한 것처럼 인삼재배단지가 있는 부소갑과 갑비고차요?"

"아니옵니다. 지금 고구려는 신라와 외교적으로 선린관계를 맺고 있사옵니다. 고구려왕 담덕은 왕위에 오르자마자 신라의 왕실 자제인 실성을 볼모로 데려다 국내성에 묶어두고 있사옵니다. 만약 연합군이 신라 땅을 치게 되면 고구려 군사들이 곧바로 원정군을 내려보낼 것이옵니다. 이는 고구려 군사력을 반으로 줄여 크게 약화시키는 효과가 있사옵니다. 연합군이 신라를 돕기 위해 출전한 고구려 원정군과 싸울 때, 우리 백제군이 다른 곳에서 기습으로 적의 급소를 공격하면 담덕도 크게 당황하게 될 것이옵니다. 이것이 바로 양동작전이옵니다."

"흐음, 그럴 듯한 전략이로군! 소가노 마치 성주께선 이 전략을 어찌 생각하시오?"

대왕 오진은 얼마 전 소가성의 성주가 된 소가노 마치에게도 전에 호위무사 겸 무술사범으로 있던 시절과는 달리 격식을 갖추어 예우를 해주었다.

"적이 예기치 못한 곳을 들이치는 것은 병법의 정석이옵니다. 고구려에 있어서 신라가 바로 그와 같은 곳이라 여겨집니다. 고구려가 외교적 수완을 발휘해 신라를 우방으로 만든 것은 백제를 견제하기 위함인데, 그 허약한 곳을 공략하면 고구려도 적이 당황할 것이옵니다. 한편 고구려와 신라를 경계하기 위해 백제는 가까이 있는 가야와 외교관계를 수립하고 있사옵니다. 우리 연합군이 반도에 상륙할 경우, 그곳 지리에 어두우므로 가야의 군사들을 길잡이로 내세워 신라를 공격하면 매우 이로울 것입니다. 그러는 한편 고구려 원정군이 신라를 돕기 위해 출정한 이후에, 백제군이 서해로 배를 타고 나가 고구려의 심장인 국내성을 급습한다면 승산이 클 것으로 예상됩니다. 소신은 전에 백제에서 평양성을 공격한 경험이 있으므로, 백제군이 국내성을 공격할 때 합류해 힘을 보탤 수 있을 것이옵니다. 하여 연합군 본대를 먼저 보내고 별동대를 조직해 백제군과 합류해 고구려의 국내성을 칠 수 있도록 철저히 준비해 두면 좋을 듯싶사옵니다."

소가노 마치는 대왕 오진과 사두가 있는 자리에서 자신의 의지를 보여주고 싶었다. 이는 먼저 오진의 허락이 떨어져야 자신의 반도 출정이 가능하다는 것과, 둘째는 사두로 하여금 자신을 믿게 만들 확실한 구실이 필요했기 때문이다.

"소가노 성주께서도 그리 생각한다면 좋은 전략임에 틀림없겠구려. 소가성 군사들로 별동대를 조직하겠다는 것으로 알아도 되겠군!"

오진이 소가노 마치와 눈을 마주쳤다.

"기왕이면 현지 지리를 잘 아는 고마성 군사들과 별도 조직을 갖추면 좋을 것으로 생각됩니다."

소가노 마치는 오진에게 이제 소가성과 고마성이 전략적 우호관계를 확실하게 갖추고 있음을 전해 주고 싶었다.

"오! 그래. 아주 바람직한 전략 같소. 그리고 참 소가성과 고마성이 정략결혼을 한 이후, 신라와 가야의 도래인 세력들 분위기는 어떻게 돌아가고 있소?"

대왕 오진은 화제를 바꾸어 그동안 궁금하던 것을 소가노 마치에게 묻고 있었다.

"폐하의 정략결혼 전략은 도래인들의 세력을 하나로 모으는 데 큰 힘이 되고 있사옵니다. 우선 우리 소가성과 고마성의 관계가 매우 돈독해졌고, 두 성의 세력 규합이 다른 도래인 세력들에게 위기감을 느끼게 하고 있는 것이 사실이옵니다. 예전부터 앙숙관계에 있던 신라와 가야의 도래인 세력이 서로 정략결혼을 통하여 우호적 관계를 맺고자 한다는 소문이 나돌고 있는 실정이옵니다."

"정략결혼뿐만 아니라 인질의 교환을 통해서도 각기 도래인 성주들끼리 규합을 해야 할 것이오. 먼저 고마성이 요구를 해서 소가성에서 소가노 요시카와를 인질로 보냈다는 보고를 받은 바 있소. 처음에는 결단이 어려웠겠지만, 소가노 성주께서 그 점은 매우 잘한 일이라 생각하오."

"모두가 폐하의 성은 덕분이옵니다."

소가노 마치가 오진을 향해 머리를 조아렸다.

이때 오진의 눈길이 다시 사두에게로 향했다.

"아국과 백제는 형제국이나 다름없소. 고구려가 바다 상권을 장악하는 바람에 백제가 중원의 화북 세력과 무역거래를 하기 어려워졌다 들었소. 그러나 강남의 동진과는 여전히 무역거래를 활발하게 진행하여 오래전에 백제에 유교경전이 들어오고 불교가 전해졌다고 알고 있소. 앞으로 백제가 아국과 더욱 선린관계를 확고하게 하여 무역거래도 활성화하고, 아울러 동진과의 교류를 원활하게 할 수 있도록 연계해 주길 바라오. 나라와 나라 사이에 문명의 교류는 그만큼 중요하다고 생각하는데, 그런 뜻에서 정식으로 백제 태자를 아국에 초청하는 바이오. 다른 뜻은 없고, 단지 백제 태자가 아국의 문화를 접할 수 있는 기회를 주려는 것이오. 짐의 뜻을 백제 대왕에게 잘 이해시켜 주시기 바라오. 또한 백제에는 학문에 능한 현인이 많다 들었소. 아국도 문화적으로 융성한 나라를 만들고 싶소. 따라서 그런 현인들이 많이 나와주어야 하는데, 당장은 우리 태자를 비롯해 학문을 가르칠 스승이 필요하오. 백제 태자를 초청하는 것은 현인들과 함께 아국에 와서 학문을 두루 펼쳐 장차 두 나라가 문화강국으로 거듭날 수 있도록 만들자는 목적이 있기 때문이오."

대왕 오진의 이와 같은 말은 사두를 짐짓 당혹스럽게 만들었다.

"대왕 폐하께서는 어찌 어린 백제 태자를 초청하려고 하시옵니까?"

사두는 혹여 백제의 태자를 볼모로 삼고자 하는 것이 아니냐고 묻고 싶었으나, 다행히 그의 입에서는 순간적으로 '볼모'가 '초청'으로 바뀌어 나왔다.

"백제는 외척 세력들이 강해 왕위 계승 문제를 놓고 자주 세력 다툼을 한다고 들었소. 그런 정국에서 태자는 자칫 위험에 처할 수 있으니, 아국으로 초청해 안전하게 보호해 주려는 것이오. 따라서 다음 왕위를 잇게 될 때가 오면 태자를 즉각 귀국시키도록 약조하겠소."

오진의 이와 같은 말은, 사실상 들리는 귀에는 '어' 다르고 '아' 다를 뿐 백제 태자를 볼모로 삼겠다는 뜻이었다.

"만약 백제 대왕께서 태자를 보낼 수 없다고 한다면 어찌하시겠사옵니까?"

사두는 자신의 처지에선 확답을 줄 수가 없어 일단 오진의 반응을 살펴보기로 했다.

"백제의 원수를 갚기 위해 반도에 아국의 원정군을 출동시키려는 마당인데, 태자 한 명 보내는 것을 꺼려한다면 어찌 형제국이라 할 수 있겠소?"

오진의 말은 왜국의 반도 원정 조건으로 백제의 태자를 요구하고 있는 것이었다.

"아직 태자가 어린 관계로……"

"백제에는 학문에 통달한 오경박사五經博士는 물론 전문기술자들에게까지 박사를 붙여 의醫·역歷·와瓦 등의 박사도 있다 들었소. 태자와 함께 그러한 박사들도 보내주면 아국에 큰 도움이 될 듯싶소. 어린 태자이니 박사들이 함께 오면 큰 의지가 될 것이오. 또한 여기 소가노 마치 성주께서 무술 지도까지 해줄 것이니, 훌륭한 군주로 클 수 있지 않겠소?"

대왕 오진이 이렇게까지 나오는 데야 사두로서도 더 이상 어찌할 수 없는 노릇이었다.

결국 사두는 혹을 떼러 갔다가 혹 하나를 더 붙이게 된 심란하기 이르데 없는 심정으로 왜국 궁궐을 나왔다. 그는 마지막으로 소가노 마치에게 왜국 연합군 반도 원정 때 반드시 합류할 것을 거듭 약속받은 후 마침내 귀국길에 올랐다.

제5장

전쟁과 평화

1

밀사로 왜국을 다녀온 사두가 백제 왕궁에서 대왕 아신에게 사행使行의 전말을 보고하는 자리였다.

"무엇이? 왜왕 응신이 우리 태자를 보내달란다고? 그것은 볼모로 삼자는 말이 아니겠소?"

태자 전지腆支에 대한 이야기가 나오자, 아신은 버럭 화부터 냈다. 사두 옆에 좌장 진무가 배석하고 있었는데, 그 순간 두 사람은 긴장된 눈길을 주고받았다.

그러나 사두의 표정은 곧 담담해졌다.

"왜왕 응신은 볼모라고 말하지 않았사옵니다. 태자를 보내달라는 것은 다른 뜻이 아니오라 우리 백제에서 자주 왕위를 두고 변란이 일어나는 것을 방지하기 위해서라고 하였사옵니다.

그것은 표면적으로 내세우는 이유였고, 실은 우리 백제의 박사들을 필요로 하기 때문이었다고 사료되옵니다. 태자와 함께 오경박사를 비롯한 의·역·와 등 전문 분야 박사들을 보내달라고 청하였사옵니다. 태자를 교육시키는 박사들과 함께 오게 되면 더불어 왜국 왕실의 자제들도 배울 수 있는 좋은 기회가 아니겠느냐고 했사옵니다. 또한 백제의 태자는 왜국 문화까지 두루 섭렵하여 왕자王者의 면목을 갖추게 될 것이고, 성년이 되면 그때 귀국할 수 있도록 약조하겠다는 것이옵니다. 이는 태자를 빌미로 하여 각 분야의 박사들을 왜국에 오래도록 머물게 함으로써 자국에 부족한 선진문화를 받아들이고 싶다는 뜻이옵니다. 더불어 왜왕 응신은 대왕 폐하께 동진과의 교역을 주선해 줄 것을 부탁하기도 했사옵니다. 왜국은 섬나라여서 선진문명을 받아들일 수 있는 여건이 좋지 않으므로, 아마도 오래전부터 내심 그런 복안을 갖고 있었던 것 같사옵니다."

사두는 그 역시 왜국 대왕이 백제의 태자를 보내달라는 말을 했을 때 곧바로 '볼모'임을 깨닫고 불끈 화가 치밀어올랐던 것을 가까스로 참았으므로, 대왕 아신이 당연히 분개할 것이라고 예측했다. 그래서 귀국하는 배에서도 그럴 경우 어떻게 답변을 할까 매우 고심했던 바였으므로, 미리 생각해 둔 말을 조리있게 풀어냈다. 이유인즉슨 '볼모'가 아니라 '유학'임을 강조하여 대왕의 진노를 누그러뜨려 보고자 했던 것이다.

그런데 사두가 태자를 비롯해 선진문명을 터득한 박사들을 보내줄 것을 청했다고 하자, 대왕 아신의 얼굴이 금세 달라졌다.

"흐음, 왜왕 응신이 우리 백제의 선진문명을 받아들이고 싶다 이 말이로군! 허긴 우리 선대의 근초고대왕 시절에 태자(후에 근구수왕)께서 왜왕에게 칠지도를 보낸 적이 있었지요. 당시 우리 백제의 야철 기술을 보고 왜왕이 매우 놀라워했다 들었소."

아신도 왜국 대왕의 말처럼 태자가 백제에 머물러 있을 경우 왕위를 두고 세력 다툼이 일어날 가능성이 많다는 것만큼은 지극히 일리가 있다고 생각했다. 어린 시절에 겪은 일이지만, 부왕인 침류왕이 재위 1년 만에 배다른 동생 진사와 그의 외척 세력이 모반하는 바람에 흥거한 일을 그는 잊지 못하고 있었다. 당시 모친인 왕후는 후원 별궁에 유폐되었다가 얼마 살지 못하고 세상을 떠났다. 다시 그런 일이 일어나지 않으리라고 누구도 장담할 수 없었다.

그러나 아신은 태자의 볼모 이야기를 은근슬쩍 그냥 지나치면서 왜국보다 백제가 선진문명을 가진 나라임을 강조하였다. 자존심이 부쩍 상했던 것이다. 그로서는 왜국에서 원정군을 보내주는 대신 태자를 원한다는 것에 대하여 거부할 수 없는 입장이었다. 그만큼 그는 내심 고구려에 대한 보복심리가 크게 작동하고 있었다. 그 심리를 장군 진무가 더욱 부추기고 나섰다.

"왜왕 응신이 도래인 세력을 규합해 연합군을 만들어 원정에 나서겠다는 것은 우리 백제를 형제국으로 생각하는 마음이 그만큼 강하다는 뜻이옵니다. 목만치 장군도 그 원정군을 이끌고 오겠다는 의지를 밝혔으니, 이번 사두의 사행 목적은 성공을 거두었다고 보아도 좋을 것이옵니다. 적어도 이삼 년 이내에 왜국 원정군이 바다를 건너올 것이니, 차제에 우리 백제도 이에 대비한 군사 확충에 총력을 기울여야 하옵니다."

"당연히 그래야지요. 사두 장군께서 왜국에 밀사로 다녀오느라 고생이 많았소만, 이제 진무 장군과 함께 백제 군사를 일당백으로 키우는 데 힘써주시기 바라오."

아신은 진무의 말에 힘을 얻었다. 군대를 강하게 만드는 길이야말로 백제의 당면과제이기도 했던 것이다.

"폐하! 지금부터 당장이라도 지방에 파발을 띄워 청장년들을 조발, 군사 훈련을 강화해야 할 것이옵니다. 그래서 여름쯤 한수를 바라보고 대단위 군대 사열 행사를 시행하고자 하옵니다."

진무는 그동안 마음속 깊이 생각하고 있던 바를 털어놓았다.

"군대 사열을? 그 이유는 무엇이오?"

"군대 사열에는 두 가지 이득이 있사옵니다. 외부적으로는 직접 고구려를 치는 일은 아니오나 우리 백제 군사들의 강함을 보여주고, 더불어 왜국에도 우리가 이렇게 철저히 준비하고 있다는 것을 알려주는 일이 되옵니다. 이것이 첫째 이득이옵니다."

"두 번째는 무엇이오?"

아신의 눈길이 강렬하게 진무에게로 쏠렸다.

"두 번째 이득은 지난 고구려와의 전투로 기력이 약화된 아군의 기를 북돋워 강한 자신감을 심어주는 일이옵니다. 그렇게 되면 백성들에게도 큰 위무가 되는 일이니, 국가 기강이 바로 설 것이옵니다."

"흐음, 좋은 생각이긴 한데……."

아신은 망설였다.

"대왕 폐하! 무슨 다른 근심이라도 있사옵니까?"

진무는 자신의 진정성이 대왕에게 제대로 전달되지 않은 것이 아닐까, 그 점이 심히 걱정되었다.

그때 아신이 사두를 돌아보며 물었다.

"사두 장군은 군대 사열에 대해 어떻게 생각하시오?"

사두는 잠시 진무와 눈을 마주쳤다가 대왕을 바라보았다. 진무의 얼굴을 대하는 순간, 그는 문득 그 눈길에서 굳건한 의지를 읽어냈다.

"대왕 폐하! 군사의 보강과 훈련은 때를 늦출 수 없는 일이옵니다. 언제나 군사 기강을 튼튼히 해야만 갑자기 쳐들어오는 외적을 물리칠 수 있사옵니다. 더구나 연전에 고구려에 도성까지 점령당하는 불운을 겪었으므로, 백제 군사들의 사기가 지극히 저하되어 있을 것이옵니다. 군대 사열은 진무 장군의 고심에서 나온 전략이라 사료되옵니다."

"짐도 당연히 백번 옳은 주장이라 생각하오. 그러나 자칫 군대 사열이 고구려의 오해를 살 명분을 주지 않을까, 그게 염려되어서 하는 말이오."

대왕 아신은 아직까지도 연전에 고구려 태왕 담덕에게 '노객의 맹서'를 했던 일을 잊을 수가 없었다. 뼈에 사무쳐 시시때때로 울화가 치밀어올랐지만, 그와 함께 은근히 겁도 나는 것을 내심 어쩌지 못했다. 더구나 왕제와 대신 10명이 볼모로 고구려 도성에 끌려가 있었다.

"이제 연전의 일은 잊으셔야 하옵니다. 지금부터라도 군대를 강하게 키우면 고구려도 우리 백제를 함부로 넘보지 못할 것이옵니다. 야철장이 불에 달군 뜨거운 쇠를 찬물에 여러 번 담가 강한 쇠로 만드는 것처럼, 우리 백제의 군대도 강한 의지로 불타오르도록 단련시켜야 하옵니다. 야철장 이야기가 나와서 드리는 말씀이옵니다만, 전에 근구수대왕께서 태자 시절 저 중원 땅에서 데려온 흉노 출신의 야철장들이 있사옵니다. 이 기회에 전국의 철광산을 개발하여 야철장들로 하여금 강한 쇠로 무기를 만들게 하여 군사들에게 중무장을 시킬 필요가 있사옵니다. 연전에 고구려가 우리 도성에 쳐들어왔을 때 거마작 방책과 마름쇠만 많이 제작해 두었더라도 그렇게 쉽게 공략 당하지는 않았을 것이옵니다. 강한 무기를 가진 군대는 적군도 두려워하게 마련입니다."

이 같은 사두의 말에 아신의 어두웠던 눈빛이 새롭게 빛났다.

"두 장군의 충언 잘 알아들었소. 태자와 각 분야의 전문 박사들을 왜국에 보내는 일은 짐이 알아서 준비토록 하겠소. 각 지방의 청장년들을 군역으로 징집하고, 군사 훈련을 시키는 일은 두 장군께서 맡아 진행토록 해주시오."

아신의 이 같은 명을 받고 진무와 사두는 편전에서 물러났다.

진무와 사두는 대왕 아신의 명이 떨어진 이상 지체 없이 본격적인 백제 군사 기강 조성을 위한 전략 수행에 돌입했다. 진무는 지방 청장년들을 모집하는 데 전력을 다하기로 하고 직접 지방 순시를 다녔다. 그리고 사두는 한성의 숙위 군사들과 그 주변의 성에서 차출한 군사들을 모아 강력한 군사 조련을 시키는 일에 몰두했다.

한편 백제 대왕 아신은 태자를 왜국에 보내기 위해 오경박사를 비롯한 각 분야의 전문가들을 가려 뽑는 데 심혈을 기울였다. 태자 전지는 아신이 백제 대왕이 되던 해에 낳은 아들이었으므로 이제 겨우 여섯 살, 왜국의 볼모로 보내기에는 너무 어렸다. 그런 만큼 아신은 아들을 위해 각 분야의 박사들을 태자의 스승을 겸하여 어버이 역할까지 할 수 있는 나이 지긋한 인물로 뽑으려고 최선의 노력을 다했다.

대왕 아신은 397년(재위 6년) 5월에 태자 전지를 왜국에 보냈다. 나이가 어렸으므로 곁에서 보좌할 내관과 시녀들, 그리고 각 분야의 박사들까지 수십 명이 동행하도록 주선했다.

한편 진무와 사두는 한성의 군사들은 물론 지방에서 차출한 청장년까지 합류시켜 여름 내내 군대 사열 준비에 몰두했다. 한수 백사장에서는 백제의 상징인 황색 깃발이 바람 소리를 내며 펄럭였고, 군사들의 함성이 강 건너까지 메아리쳤다.

연전에 고구려가 한수 북쪽을 점령하는 바람에 강물 줄기가 국경을 대신하고 있었다. 그래서 백제 군사들의 군대 사열 훈련은 고구려 군대의 입장에서 볼 때 일종의 시위 같은 느낌을 주었다.

한창 더운 여름인 7월 한낮에 한수 남쪽 백사장의 너른 들판에선 백제군의 사열이 거행되었다. 대왕 아신은 백마에 높이 올라앉아 군대를 사열하였다. 바로 뒤에 진무와 사두가 역시 말을 타고 따랐다.

백제 군사들은 황색 깃발과 번쩍이는 창칼을 높이 치켜올리며 대왕이 말을 타고 지나갈 때 목청을 높였다.

"백제 만세!"

"대왕 폐하 만세!"

황색 깃발이 하늘을 찌를 듯한 기세로 바람에 휘날렸고, 햇빛에 번쩍이는 창칼들이 자못 위엄을 드러냈다. 대왕 아신은 황칠을 입혀 황금빛으로 빛나는 가죽으로 된 갑옷을 입고 있었는데, 하늘을 찌르는 황색 기치들과 어우러지는 효과가 있어 매우 장엄해 보였다.

"병사들아! 우리는 이제 무적의 군대가 되었다. 창칼을 더욱 높이 들어라!"

아신은 목청을 돋우어 소리쳤다.

그러자 정연하게 줄을 선 백제 군사들의 대열에서도 만세 소리가 더욱 힘차게 울려 퍼졌다.

2

백제대왕 아신이 한수 이남에서 군대 사열했다는 소식은 곧바로 고구려 태왕 담덕에게도 전해졌다. 한수 이북에서 경계를 서던 고구려 군사들이 파발마를 띄웠던 것이다.

'싱거운 놈들!'

담덕의 만면에 빙그레 미소가 번졌다.

"아니, 폐하? 백잔왕 아신이 '노객의 맹서'를 한 지 채 일 년도 안 됐는데, 군대 사열을 한다며 천방지축으로 건방 떠는 걸 보고 웃으시다니요?"

태왕의 최측근 호위무사인 마동이 파발을 통해 전해 들은 백제의 군대 사열 준동을 보고하다 말고 어리둥절한 표정을 지었다.

"그대는 왜 백제가 한수 이북의 우리 고구려 군사들이 보는 앞에서 군대 사열을 했다고 생각하는가?"

담덕은 채 웃음을 지우지 않은 얼굴로 마동에게 물었다.

"……?"

마동은 대체 무슨 뜻으로 그렇게 묻는 것인지 도무지 영문을 알 수 없어 그저 멀뚱한 시선으로 태왕을 바라보았다.

"왜 대답을 하지 않느냐?"

"일종의 시위가 아니겠습니까?"

"시위가 맞기는 하다. 그러나 저들은 그대의 말처럼 우리 고구려에 대하여 건방을 떤 것이 아니라, 실은 자기 군사들과 백성들에 대하여 아직 기죽지 않았음을 보여주려는 일종의 임기응변에 불과하다. 백잔왕 아신이 궁여지책으로 내놓은 내부용 시위란 말이다. 이는 저들이 우리 고구려를 얕잡아보아서가 아니라, 역으로 스스로의 약함을 보여주는 꼴이 됐다. 세상천지에 적국을 향하여 '우리 군대는 강하다'는 것을 대놓고 공개하는 나라가 어디 있겠는가? 강한 군대는 적국을 속이기 위해 최대한 전력을 숨기는 법이지. 그러므로 백잔의 군대에 대해서는 크게 걱정하지 않아도 될 일이다."

담덕은 백제의 군대 사열을 통해 당분간 그들이 준동치 못할 것임을 이미 간파하고 있었던 것이다.

"아무래도 걸리는 것은 왜국입니다. 몇 달 전 아신왕은 어린 태자를 왜국에 볼모로 보냈습니다. 이는 곧 백잔이 왜국과 동맹관계를 맺었다는 뜻 아니겠사옵니까? 아신왕은 왜국왕 응신에게 군사요청을 한 것이 틀림없습니다. 조만간 왜국 군대가 바다를 건너올지도 모를 일이옵니다."

마동은 몇 달 전부터 마음속으로 끙끙대며 조바심쳐오던 생각을 비로소 털어놓았다.

"거기까지 생각했는가? 아직은 왜국에 대해 크게 근심하지 않아도 된다. 바다를 건너오는 군대는 강할 수가 없다. 항해 도중에 폭풍을 만나면 뱃멀미로 정신을 차리지 못한 채 뱃속의 것을 다 게워내 체력이 극히 저하되는 법. 우리도 오래전에 함께 상선을 타고 서해를 건너 동진으로 항해할 때 겪어보지 않았는가? 지금 생각해도 그때 만난 흑풍은 진절머리가 난다. 따라서 그처럼 격랑에 시달리며 바다를 건너온 군대가 어찌 우리 고구려 군대를 상대할 수 있겠는가? 우리 고구려의 해양방어체계는 완벽하다. 해적들도 무서워 벌벌 떠는 그대의 부친이신 일목장군이 있지 않은가? 왜구들은 일목장군의 이름만 들어도 벌벌 떤다고 하더라. 그들도 흉어기가 되면 먹고살기 위해 칼을 빼어들고 바다를 건너와 노략질을 일삼곤 하지 않느냐? 왜구 또한 해적이나 다름없는 도적들이지. 한때 왜구들은 발해만까지 쳐들어와 인면수심의 약탈을 일삼았으나, 서해가 안정된 이후에는 그 주변을 얼씬도 하지 못한다. 이 모두가 일목장군에 대한 저들의 두려움과 우리 고구려 수군의 해양방어체계가 견고하기 때문 아니겠는가?"

담덕은 자신감에 넘쳐 있었다.

"그렇긴 합니다만, 매사 신중을 기해야 할 일이 아니옵니까?"

마동도 고구려의 수군이 강하다는 것만큼은 인정하고 있었다. 백제의 관미성을 차지한 후, 그곳으로부터 산동반도에 이르는 해역은 오로지 고구려의 해양으로 굳어진 지 오래였다.

"그보다 이제 그대가 해야 할 일이 따로 있다."

"무엇이옵니까?"

"그대가 직접 평양성으로 수레를 끌고 가서 석정 대사를 모셔오는 일이다."

노승 석정은 국내성을 떠나 평양성 아홉 개 사찰의 회주로 주석하고 있었다. 각 사찰의 주지들이 보다 많은 비구들을 길러내기 위해 모셔간 것이었다. 석정은 그 사찰들을 돌며 법회를 열고, 불교경전을 설법하는 데 힘썼다. 그런데 법회를 열 때면 평양성 인근에 사는 재가불자들까지 구름 떼처럼 몰려들어 대성황을 이루곤 한다는 소문이 자자하였다.

"평양성이라면 그리 멀지 않으니 파발을 띄워도 되지 않겠사옵니까?"

마동은 태왕의 안전을 도모하는 호위무사이므로 늘 곁을 지켜야만 한다는 생각을 갖고 있었다.

"석정 대사도 이젠 많이 연로하셔서 말 네 마리가 끄는 최고급 수레를 끌고 가서 모시고 와야 한다. 그리고 이것은 비밀을 요하는 일이므로 그대가 직접 다녀와야 한다."

네 마리의 말이 끄는 수레는 태왕만이 타는 전용 이동 수단이었다. 그 수레에는 늘 호위무사도 동승해 만약의 위험에 대비하였다.

"네, 그러하오나 폐하의 안위가 걱정되어……."

"수빈이가 있지 않느냐? 이젠 수빈이의 무술실력도 최고 수준에 달해 믿을 만하다. 염려 말고 다녀오너라."

"그래도 폐하의 전용 수레를……."

마동은 노승 석정을 그렇게 예우해도 되는지 아직 이해할 수 없었다.

"석정 대사는 어린 시절 불법을 가르쳐 '왕즉불王卽佛' 사상을 가슴에 아로새기도록 해준 스승이시다. 더구나 노구이므로 안전을 도모하기 위해선 그대가 수레에 같이 타야 한다는 걸 잊지 말라."

"폐하께서 왜 부르시는지 석정 대사가 물으면 무어라 대답하는 것이 좋겠습니까?"

"당분간은 비밀이니, 긴히 부탁할 일이 있다고만 하여라."

담덕은 마동을 편전에서 내보내고 나서 용상에 깊숙이 몸을 파묻었다. 백제의 한성 공략 이후 전선에 나가지 않아 뼈마디가 다 쑤셔왔다. 그는 젊었다. 이제 다시 들판의 바람을 맞으며 몸을 단련할 때가 됐다고 생각했다. 궁궐 생활은 따분하기 이를 데 없었다. 초원의 풀 향기와 산림의 싱그러운 바람이 그리웠다.

그로부터 열흘 후, 평양성으로 달려간 마동은 석정 대사를 수레에 태우고 국내성으로 돌아왔다.

이미 태왕 담덕의 명이 있었으므로, 마동은 노승 석정을 궁궐의 내불전으로 안내해 요사채에 머물게 했다. 수레를 타고 먼 길을 오느라 고단했을 것이므로, 하루 정도 충분히 피로를 풀도록 배려하였던 것이다.

평양성에 아홉 개의 사찰을 완공한 후 국내성의 내불전도 왕후전에서 동궁전에 이르는 숲속에 터를 잡아 제대로 된 사찰을 건축했다. 태후와 왕후는 평양성에서 온 석정이 내불전을 방문했다는 소식을 접하자, 바로 다음날 법당으로 달려왔다. 왕후는 네 살 난 왕자 거련까지 대동하고 있었다.

때마침 법당으로 들어서던 석정이 태후 일행을 맞아 합장하며 허리를 숙였다.

"먼 길을 오시느라 고단하셨을 줄로 아는데, 오랜만에 석정 대사의 법문을 듣고 싶어 이른 아침임에도 염치불구하고 이렇게 법당을 찾았습니다."

태후 하 씨가 석정과 마주 보고 합장을 하며 만면에 웃음을 머금었다. 석정 대사가 평양성에 가 있어 오래도록 만나지 못했으므로 반가움이 더욱 컸던 것이다.

"어이쿠, 왕후 전하와 왕자님께서도 오셨군요? 갓난아기 때 뵙고 오늘 다시 뵈오니, 과연 호걸의 상이십니다. 아주 잘생기셨네요."

석정은 그렇게 왕자 거련을 향해 덕담을 하며 호탕하게 웃었다.

잠시 후 국내성 내불전에서는 경쾌한 목탁 소리가 울려 퍼졌다. 병풍 역할을 하는 뒤쪽의 소나무 숲으로 목탁 소리를 실어 나르는 맑은 바람이, 가을을 맞아 더욱 짙어진 송림과 어우러져 그윽한 정취를 자아냈다. 낙엽을 지우는 다른 나무들이 앙상한 가지를 드리내기 시작하는 데 반하여, 소나무는 여일하게 진초록으로 빛나고 있었으므로 더욱 돋보일 수밖에 없었다. 그래서 바람이 불면 솔바람 소리와 목탁 소리가 한데 어우러져 경내의 아침 공기를 더욱 삽상한 느낌이 들도록 해주었다.

햇살이 싸리 빗자루 자국 선명한 내불전 앞마당에 금빛 가루를 흩뿌리고 솔숲 주변을 맴돌던 목탁 소리도 잦아들 무렵, 여성 호위무사 수빈의 안내를 받으며 태왕 담덕의 어가 행렬이 나타났다. 태왕이 직접 내불전에 발걸음을 하기는 실로 몇 달만인지 몰랐다. 지난 이른 봄에 왕자 거련을 보기 위해 왕후전에 들른 이후 계절이 여름을 훌쩍 지나 가을로 접어들었으니, 그 사이 세 계절이 바뀌어가고 있는 셈이었다.

태왕의 어가 행렬이 오고 있다는 소식을 접한 내불전에선 일단 기도를 멈추고 태후와 왕후, 그리고 왕자 거련이 법당 앞 연도에 도열했다. 석정도 함께 나와 태왕 담덕을 맞았다.

"석정 대사께서 오셨으니, 다 같이 법당에 들어가 오랜만에 법문을 듣도록 합시다. 평양성에서 아홉 개 절을 완공했을 때 들은 석정 스님의 염불 소리가 많이 그리웠습니다."

담덕은 석정의 안내를 받아 법당 안으로 들어섰다.

다시 내불전에서는 목탁이 울리며 석정의 낭랑한 염불 소리가 이어졌고, 기도가 끝난 후에는 곧바로 법문이 시작되었다. 먼저 담덕이 물었다.

"법문이란 무엇입니까? 대사께서 우선 그 의미부터 살펴주시기 바랍니다."

"법法은 진리를 뜻하고, 문門은 새로운 진리의 세계로 향한다는 의미를 가지고 있습니다. 진리란 무엇인가? 우주만물의 근원이 되는, 변하지 않는 질서와도 같은 법칙입니다. 그래서 법과 덕은 우주만물을 움직이는 두 축이라고 할 수 있습니다. 법은 진리이고, 덕은 그 진리에 따라 행하는 것입니다. 따라서 덕으로 사람의 마음을 움직일 수 있습니다. 즉 백성의 마음을 움직이는 것은 군주의 덕. 태왕 폐하께서는 덕으로써 세상을 널리 이롭게 하는 '홍익인간'의 정신으로 온누리에 그 빛이 퍼져나가도록 하셔야 합니다. 온누리라 함은 피아의 구분이 없고, 귀천이 따로 있지 않은 세상입니다. 저 하늘의 해가 이 세상을 고루 비추어 만물을 자라게 하듯, 폐하께서는 덕으로 온누리를 고루 비추는 빛이 되어 천하를 경영하셔야 하옵니다."

석정 대사는 불법을 말하면서, 기실은 태왕의 덕치를 강조하고 있었다. 담덕은 그의 말 하나하나를 집중해서 들었다.

"대사, 불교의 법이 천상에 뜬 해라면, 덕은 지상을 고루 비추는 햇빛과 같은 것이로군요?"

어린 시절 스승 석정으로부터 불교의 교리를 접했던 담덕은 문득 그 시절을 떠올리며 감회 어린 눈길로 물었다. 그래서 질문도 왕자 시절의 학업 태도로 돌아간 듯, 조금은 구태의연해 보이기까지 했다. 그러나 그 시절 왕자로서의 질문과 지금 태왕의 질문은 그 격이 사뭇 달랐다. 지식에 대한 의문이 아니라, 그것을 어떻게 행하는 것이 좋을지를 묻고 있었기 때문이다.

"바로 그러합니다. 해는 진리의 상징이고, 햇빛은 그것을 풀어 행하는 것입니다. 즉 법의 진리를 덕으로 실천한다는 점에서 그 이치는 같습니다. 그러나 불교의 법은 아는 지식의 수준(즉, 知)에서 그치지 않고, 마음에 스며들어 느껴야 하는 것(즉, 感)입니다. 다시 말하여 몸속에서 완전히 체득이 되어, 그 진리를 실천하지 않으면 견딜 수 없는 단계에 이르러야 덕행도 가능해진다고 할 수 있사옵니다."

이 같은 석정의 말을 담덕은 바로 알아들었다. 태왕이 된 이후 끊임없이 고민해 오던 과제가 바로 '덕행의 실현'이었던 것이다.

담덕은 장자의 '큰 나무가 큰 그늘을 드리운다'는 가죽나무의 우화를 기억하고 있었다. 어린 나무일 때 아주 못생긴 관계로 누구나 하찮게 여겨 목수조차 도끼를 대지 않는 가죽나무지만, 수백 년을 자라 큰 나무가 되면 많은 사람들이 그 그늘에 와서 쉴 수 있도록 한다는 이야기에 크게 공감하고 있었던 것이다. 그는 바로 그와 같은 큰 나무가 되고 싶었다. 그것이 결국 덕치를 행하여 만백성으로 하여금 편안하고 행복한 삶을 영위케 하는 최상의 정치라고 생각했던 것이다.

"대사! 남화경의 가죽나무처럼 큰 나무가 되는 것이 바로 덕치 아니겠습니까?"

담덕은 지금까지 고민해 온 자신의 생각을 석정의 입을 통해 다시 한 번 정리해 보고 싶었다.

"폐하께서 남화경을 읽으셨군요. 장자의 우화들은 모두 상징화되어 있사옵니다. 큰 나무가 되어 큰 그늘을 드리우는 것이 덕치인 것은 맞습니다만, 폐하께선 가죽나무가 아니옵니다. 하늘의 명을 받고 태어나셨으니, 탄생과 함께 당연 우뚝한 나무입니다. 천손이므로 신단수, 즉 신목이옵니다. 신목 아래 이 세상 만물이 모여 화평을 이루듯이, 폐하의 마음속에 우뚝 선 큰 나무에게는 온누리의 생명들을 굽어 살피는 일에 성심을 다하는 무거운 책무가 주어져 있사옵니다. 나무관세음보살!"

석정은 담덕을 향해 합장을 했다.

그런 담덕과 석정의 이야기를 왕자 거련이 똘똘한 눈으로 바라보며 경청하고 있었다. 너무 어려서 두 사람이 나누는 선문답 같은 말의 의미를 알지는 못하겠지만, 머루처럼 유난히 검은 두 눈에서는 총기가 반짝거렸다.

"거련아! 너야말로 장차 큰 나무가 되어야 한다. 그것이 바로 이 아비가 클 거巨 자를 네 이름자 앞머리에 넣은 이유란다."

담덕이 문득 거련을 번쩍 들어 올려 가슴에 품어보며 말했다.

"왕자님 이름자를 보고 일찍이 폐하의 꿈을 능히 짐작할 수 있었사옵니다."

석정은 담덕의 품에 안긴 거련을 바라보았다.

"대사께서 무엇을 짐작하셨다는 말씀입니까?"

"클 거 자에는 태왕 폐하께서 크게 이루겠다는 야망이 들어 있음을 알았고, 이을 연連 자에는 거련 왕자가 그 유지를 받들어 큰 그늘을 드리우는 큰 나무처럼 고구려를 화평의 반석 위에 올려놓도록 하겠다는 의지가 담긴 것으로 읽혔사옵니다."

담덕은 석정의 말에 기분이 좋았다. 그는 팔에 안겼던 거련을 바닥에 내려놓아 왕후의 손에 인계한 후 말했다.

"자, 대사께서 차나 한 잔 대접해 주시지요. 방금 말씀하신 것과 무관하지 않은 일로, 긴히 부탁드리고 싶은 것도 있고 하니……."

담덕은 그러면서 법당을 나섰다. 석정은 곧 자신이 머물고 있는 요사채로 태왕을 안내했다. 태후와 왕후, 왕자 거련은 법당에 그대로 남아 기도를 더 올릴 모양이었다. 그것은 법당을 나서는 두 사람이 긴밀한 이야기를 나누게 하기 위한 배려의 마음이기도 했다. 태후가 먼저 왕후와 왕자를 향해 눈짓으로 법당에 남게 했던 것이다.

담덕과 석정 일행이 법당을 나서자, 가을색이 완연한 내불전 뜰에는 오래된 배롱나무가 홍자색의 꽃을 한창 피워 올리고 있었다. 두 사람은 약속이라도 한 듯 배롱나무 꽃으로 갔던 눈길을 들어 그 위를 쳐다보았다. 손으로 움켜잡으면 군청색 물감이 주르르 물이 되어 흘러내릴 정도로 유난히 파란 하늘이 거기 또렷이 있었다. 구름 한 점 없는 완벽한 가을하늘이었다.

3

　태왕 담덕과 노승 석정이 요사채에서 다탁을 가운데 두고 마주 앉았다. 때마침 미리 와서 요사채 앞에 대기하고 있던 태후 하 씨의 오라버니 하명재도 담덕의 옆에 자리를 잡았다.

　고구려를 대표하는 대상단을 이끄는 하명재는 미리 담덕이 마동을 보내 초청한 것이었다. 호위무사 마동과 수빈은 요사채 문 앞 양쪽에 기립해 있었다.

　담덕이 먼저 입을 열었다.

　"이렇게 두 분을 모신 것은 조만간 대역사를 벌이기 위해서입니다."

　다탁 위의 도자기 잔에 차를 따르던 석정이 담덕과 눈길을 마주쳤다.

　"대역사라 하시면?"

　"요동에 목탑을 세우려고 합니다."

　"요동성은 아직 후연이 장악하고 있질 않사옵니까?"

　하명재도 담덕과 눈길을 부딪치며 물었다.

　"그렇습니다. 요동성은 요하 동북쪽에 위치한 성곽 중에서 유일하게 우리 고구려가 아닌 선비족이 차지하고 있습니다. 우리 고구려의 입장에서 보면 요동성은 등에 난 종기 같은 곳입니다. 아무리 양손을 써서 긁어보려고 해도 손이 닿을락 말락 하는 곳. 그래서 오래전부터 '요동성'이란 등창 때문에 근질거려 죽을 지경이었습니다. 그동안은 남쪽의 백제를 공략하느라 참고 있었는데, 이젠 종기를 제거할 때가 됐다고 생각합니다. 이번에 요동성 산 중턱에 목탑을 높다랗게 세워 저들의 기를 찍어 누를 생각입니다."

담덕의 말을 석정은 곧바로 알아들었다.

"하하핫. 하! 기발한 군사 전략이십니다. 드디어 우리 태왕 폐하께서 불법으로 통치의 수레바퀴를 굴리는 전륜성왕이 되기로 작정하셨습니다그려!"

석정은 말을 끝내고도 한참 동안 반들거리는 삭발 머리를 끄덕거렸다. 조용히 그 빛나는 머리에 눈길을 주고 있던 하명재가 고개를 갸우뚱거리며 두 사람을 번갈아 바라보았다. 그리고 그는 누구에게랄 것도 없이 불쑥 물었다.

"요동성 산 중턱에 목탑을 세우는 일이 대역사인 건 맞습니다만, 그것이 군사 전략이라니요?"

"불법으로 크게 싸우지 않고 저들을 물러서게 하려는 것입니다. 피차 피를 흘리는 싸움은 양국 모두에 불이익만 주게 되므로, 소모적인 전쟁은 피해 가자는 전략이라 할 수 있습니다."

담덕이 말했다.

"과연 요동성 산 중턱에 목탑을 세우는 대역사로 후연의 군사를 스스로 물러가게 할 수 있을까요?”

하명재는 아직도 담덕의 말에 의문을 가질 수밖에 없었다.

“바로 이것입니다.”

담덕은 자신의 오른손을 몇 번 쥐었다 펴면서 만면 가득 웃음을 머금었다. 그 모습을 석정은 흥미로운 눈길로 바라보았다.

“흐흠! 재미있는 전략이 될 것 같습니다.”

석정이 말했고, 아직도 하명재는 대체 영문을 모르겠다는 듯 눈만 꿈쩍거렸다.

“요동성의 후연 군사들을 이 손으로 쥐락펴락하겠다는 말씀입니다. 그런 의미에서 요동성 공략 작전은 지금 이 순간부터 시작되는 셈입니다. 하대인께서는 예전에 부탁한 대로 태백산의 적송들을 압록강 부두에 많이 적재해 두고 있겠지요?”

“네, 폐하! 태백산 적송들을 뗏목으로 엮어 우리 대상단의 부두 인근에 쌓아두고 몇 년째 말리고 있는 중이옵니다.”

“이제부터 그것을 큰 상선 뒤에 묶어 발해를 통해 요하로 이송시키십시오. 요동성과 가까운 요하 동편에 터를 잡고 적송들을 쌓아두면, 군사들을 보내 지키도록 하겠습니다. 이번 적송 뗏목 작전은 적들도 바로 알 수 있도록 요란을 떨 필요가 있습니다. 요동성 산 중턱에 목탑을 세우는데, 이는 서북방 적들에게 손발이 저려 감히 무기를 들지 못하게 하는 데 목적이 있다고 소문을 내도록 해야 합니다. 원래 상술이 능한 대상들은 소문내는 데도 일가견을 갖고 있질 않습니까?"

담덕은 자신이 생각해도 조금 장난스럽다고 여겨진 듯 빙긋 웃음이 솟아나는 걸 애써 참지 않았다.

"허허, 헛! 손발이 저려 무기를 들지 못하도록 하겠다는 발상이 마음에 듭니다. 평양성에 아홉 개의 사찰을 지은 까닭이나 요동성 산 중턱에 목탑을 세우는 대역사가 바로 불법의 힘을 이용해 사방의 적들로 하여금 오금 저리게 만드는 일 아니겠습니까?"

석정의 말이 끝나고 나서야 하명재도 요동성 목탑의 대역사가 군사적으로 어떤 목적을 갖고 벌이는 일인지 비로소 깨닫게 되었다.

"이번에도 대사께서 목탑을 세우는 대역사의 책임을 맡아주셔야겠습니다. 평양성에 아홉 개의 사찰을 지으신 분이니, 목탑 또한 능히 건축하실 능력을 갖추고 계시질 않습니까? 이젠 연세가 있으셔서 건축 현장을 일일이 지휘할 수는 없겠지만, 그런 일들은 대목수에게 맡기고 대사께서는 가끔 장삼자락을 휘날리며 현장을 돌아보시기만 하면 됩니다. 요동성 목탑에는 전에 친견하신 적이 있는 범어로 된 아육왕의 석편을 안치할 생각입니다. 대사께서 그 석편과 함께 많은 불상을 제작해 모시는 일을 맡아주셨으면 합니다."

"평양성에 아홉 개의 사찰을 세운 것은 사방의 모든 적들을 물리치겠다는 뜻이 함유되어 있습니다만, 요동성 산 중턱에 세울 목탑은 몇 층으로 세우실 계획이신지요? 그에 따라 목재를 얼마만큼 실어가야 할지 결정해야 하니까요."

하명재가 담덕과 석정을 번갈아 바라보며 물었다.

"그것은 남쪽의 적들을 뺀 요하 건너 서북방의 적들을 물리치겠다는 의지의 표현입니다. 또한 요동성을 기단으로 하여 1층, 탑을 세울 언덕을 2층, 그리고 그 위에 7중목탑七重木塔을 건축하면 이것 역시 9층이 되지 않겠습니까? 그리고 적송은 목탑뿐만 아니라 그 인근의 숲속에 사찰도 하나 지어야 하니 충분히 실어 나르도록 하십시오."

담덕의 말에 석정과 하명재는 동시에 약속이라도 한 듯 크게 고개를 끄덕거렸다.

"허어, '칠七'이라는 숫자에 그런 깊은 뜻이 숨어 있었군요? '삼칠일'이라는 말도 있듯이, '칠'은 우리 고구려에서 아주 길하다는 의미를 지닌 숫자지요. 요동성과 언덕을 합치면 9층이 된다는 것 아니겠습니까? 이때 '구九'는 무한을 뜻하는 것이니, 과연 우리 고구려 태왕의 지혜가 놀라울 따름입니다."

석정이 말끝에 너털웃음을 빼어 물었다.

"굳이 태백산 적송을 가져다가 요동성 산 중턱에 7중목탑을 세우려는 폐하의 뜻은 무엇입니까?"

하명재가 물었다. 그것은 몇 년 전 태왕이 태백산 적송의 뗏목을 압록강 대상단의 부두로 실어 날라 적재해 두라는 명을 받을 때부터 가졌던 의문이었다. 그때는 단순하게 국내성을 증축할 계획인 모양이라고만 추측해 볼 따름이었다.

"태백산은 우리 민족의 성산입니다. 처음 환웅 할아버지가 태백산 신단수에 내려와 신시를 베풀었다는 바로 그곳에서 자란 적송입니다. 천손인 단군왕검이 개국한 조선이 이제는 갈라져 부여와 고구려, 그리고 남쪽의 백제·가야·신라로 나뉘었습니다. 태백산에서 나는 나무는 신목이고, 천손들은 마땅히 그 신목의 힘으로 다시 일어서야 한다고 생각합니다. 그러므로 태백산에서 나는 적송에 영험함을 부여하는 것은 매우 상징적인 의미를 갖고 있습니다. 따라서 태백산 적송으로 요동성 산 중턱에 7중목탑을 세우는 것은, 우리 민족의 긍지를 보여준다는 목적도 갖고 있는 것입니다."

이처럼 담덕은 애써 태백산 적송에 신목의 의미를 부여했다.

"허허허! 빈도가 방금 법당에서 법문할 때 태왕 폐하께서 말씀하신 큰 나무가 바로 신목 아니겠습니까? 그 신목으로 요동성 산 중턱에 7중목탑을 세우신다고 하니, 그것이 큰 나무의 진정한 의미를 상징하는 뜻도 되겠습니다."

석정이 감탄한 어투로 말했다.

"그렇습니다. 벌써 오래전 요동성 산 중턱에서 아육왕 탑의 석편을 얻었을 때부터 바로 그러한 신목에 대한 꿈을 꾸었습니다. 석편을 발견한 그 자리에 신목인 태백산 적송으로 7중목탑을 세우면, 요하는 물론 그 서쪽의 중원으로 통하는 광야가 훤히 바라다보일 것입니다. 중원에는 여러 갈래의 족속들이 시시때때로 패권다툼을 벌이고 있고, 언제 어느 때 우리 고구려 변경을 공격할지 모릅니다. 요하를 건너 우리 고구려를 향해 달려오던 적들이 까마득히 솟은 요동성 산 중턱의 7중목탑을 발견하면 저절로 기가 죽어 두 팔로 무기를 들 힘조차 없고, 두 다리가 저려 제풀에 주저앉고 말 것입니다. 그것이 바로 신목의 힘 아니겠습니까?"

담덕은 목울대가 씰룩이도록 침을 꿀걱 삼키며 석정과 하명재 두 사람을 차례로 바라보았다.

사실 담덕은 요동성 산 중턱에 7중목탑을 세우겠다는 구상을 할 때부터, 자칫 그것이 헛된 야망이나 치기 정도로 받아들여지지 않을까 염려되기도 했다. 그동안 아무에게도 이야기하지 않고 혼자서만 궁리를 거듭해 온 것은 바로 그러한 이유 때문이었다. 그는 자신의 계획을 지원사격해 줄 우군이 필요했다. 그 우군으로 선택한 사람이 바로 석정이었다.

"이미 폐하의 마음속에는 큰 나무가 밑그림으로 그려져 있습니다. 그것으로 됐습니다. 기본 바탕이 되어 있으므로 탑을 세우는 일은 그리 어렵지 않습니다. 마음속에 큰 나무를 키우는 일은 불법 정신에서 나오고, 탑을 세우는 행위는 사람이 하는 일이므로 그러합니다. 몸으로 행하기 전에 먼저 정신을 세우는 일이 더 중요한 것은 바로 그러한 이유 때문입니다. 태왕 폐하의 마음에 불법의 정신이 단단한 반석으로 들어앉았으므로, 이제 그 반석 위에 7중목탑을 세우고 부처를 만들어 안치하는 일만 남았군요. 즉, 폐하께서는 '덕'이라는 설계도를 만들어 놓으셨으니, 이제 소승이 그 정신을 '행'으로 옮기면 '덕행'이 실현되는 것 아니겠습니까? 백성들이 우러러보는 덕행의 군주, 비로소 성왕이 되시는 것이옵니다. 아, 이제야 고구려의 기상이 하늘을 찌를 때가 왔사옵니다. 소승은 요동성 산 중턱에 세워질 7중목탑을 마음속으로 상상하는 것만으로도 유쾌하고 즐겁습니다."

석정의 말에 담덕은 비로소 꽉 막혔던 체증이 쑥 빠져내려가는 기분이었다. 그가 생각했던 대로 석정은 우군이었던 것이다.

"좋습니다. 하대인께선 이제부터 압록강 부두에 적재된 적송을 해로를 통해 요하로 이송하는 일을 서둘러주시고, 대사께선 우리 왕당군과 함께 육로를 통해 요동성으로 진군토록 하십시다."

담덕은 석정을 우군으로 얻자, 갑자기 두 어깨에 새로운 힘이 실리는 기분이었다.

4

가을이 한창 무르익어 추수철로 접어들고 있었다. 역참이 잘 정비되어 있는 서북방으로부터 고구려 도성으로 새로운 소식이 날아들었다. 상산에서 오래도록 군사들의 발을 묶어놓고 있던 북위의 탁발규가 드디어 40만 대군을 출동시켜 후연의 도성 중산으로 진군하고 있다는 첩보였다.

'마침내 때가 왔다! 기다리고 있던 바다!'

고구려 태왕 담덕은 마음속으로 쾌재를 불렀다. 그는 오래전부터 탁발규가 중산으로 대군을 출동시킬 때를 기다리고 있었다. 그래서 서북방 요새의 각 성에서 군사들을 차출해 요동성 산 중턱에서 시위를 벌이도록 함으로써 탁발규에게 힘을 실어준 것이, 실상은 북위 군사들을 움직이게 하는 시발점이 되었다고 할 수 있었다. 담덕과 탁발규만이 알고 있는 장기의 양수겸장 전략이 먹혀든 셈이었다. 두 사람의 장기 두기는 북위와 후연의 참합피 전투 초기부터 효력을 발휘하기 시작했고, 그로부터 2년이 지난 후까지도 지속되고 있었던 것이다.

천고마비의 계절 가을이 담덕에게도 피부에 와닿을 만큼 어떤 근질거림으로 몸을 들뜨게 했다. 그동안 너무 도성을 지키며 움직이지 않아 뼈마디가 쑤시고, 근육이 욱신거리고, 피부가 가려웠었다. 다시 말을 타고 전장으로 달려 나가게 됐다는 것이 담덕에게는 그런 마음속의 근지러움을 단번에 해결할 수 있는 명약 처방과도 같았다. 그러니 가만히 앉아 있어도 웃음이 절로 나올 수밖에 없었다.

"폐하! 무엇이 그리 즐거우신지요? 갑자기 용안에 가을하늘처럼 신색이 도십니다."

호위무사 마동이 서북방으로부터 날아온 첩보를 보고하다 말고 태왕을 올려다보았다.

"천고마비의 계절이 아니더냐? 서북방의 흉노가 노략질을 하러 내려오기 좋은 계절이라, 이를 경계하기 위해 나온 말이다만……."

담덕은 여전히 웃음을 머금은 표정으로 잠시 말을 끊고 마동을 바라보았다. 두 사람은 어린 시절부터 오래도록 동가식서가숙하며 같이 지내 이젠 몸만 둘로 떨어져 있지 마음은 하나로 통하는 사이가 되었다. 그래서 얼굴 표정만 보고도 상대의 심리를 거울처럼 들여다볼 수 있었다.

"말을 타고 싶으신 거로군요?"

"그래. 이번에 한 번 저 서북방의 광활한 들판을 달려보자. 서북방 변경의 요새에 파발마를 띄워 각 성마다 군사를 차출해 요동성으로 집결토록 전하라. 요동성을 포위하되 공격은 하지 말고 다만 겁만 주라고 일러라. 특히 추수를 끝내고 요동성으로 들어가는 세곡을 철저히 막도록 하라."

담덕의 요동성 공략은 이미 며칠 전 노승 석정과 대상 하명재가 있던 자리에서 결정을 본 일이었다. 따라서 마동에게는 새삼스러울 것이 없었다. 이미 하명재는 태왕의 명을 받고 압록강 국내성 나루에서 상선 여러 척을 동원해 그동안 적재해 두었던 태백산의 적송 뗏목을 이끌고 발해만으로 출발했던 것이다.

"요동성에 주둔한 후연의 병사들을 굶겨 죽이실 셈이십니까?"

마동 역시 머리가 빠르게 돌아갔다.

"굶겨 죽이다니? 탁발규처럼 후연의 포로들을 아사시켜 백골탑을 만들고 싶지는 않다. 단지 겁만 줄 뿐이지. 어찌 되었든 요동 들판에서 농부들이 거두어들인 세곡이 성안으로 들어가는 것은 막아야 하지 않겠느냐? 이번 전투는 장기전이므로 우리 왕당군이 국내성을 출발할 때 군량미도 충분히 가져갈 수 있도록 해야 할 것이야. 왕당군 출진 준비는 잘되어가고 있겠지?"

"네, 폐하! 당장 내일이라도 출진 명령이 떨어지면 요동성으로 달려갈 준비가 되어 있습니다. 군량미도 이미 충분히 마련해 놓아 창고에 가득 쌓인 것을 수레에 싣기만 하면 됩니다."

"그럼, 사흘 후 왕당군 1만을 출동시킨다."

담덕은 정식으로 군대 출동을 명령했다.

고구려 태왕의 직속 부대인 왕당군은 일사불란하게 움직였다. 그로부터 사흘 후 고구려 국내성의 서문 앞 들판은 왕당군의 기치로 오색 물결을 이루었다. 붉은색 바탕에 검은 문양의 삼족오 깃발을 필두로 하여 청룡·백호·주작·현무의 사신도 깃발이 바람결에 푸른 가을하늘 위로 펄럭이는 소리를 내며 나부꼈다.

왕당군의 대장군은 우적이었고, 유청하가 선봉장이 되어 요동성 원정길에 올랐다. 전에 고국양왕 때 요하 전투에 참여한 적이 있던 당시 산동 해룡부의 일목장군 추수도 이번 요동성 원정에 자원하고 나섰으나, 태왕 담덕은 그로 하여금 국내성을 지키게 하였다.

추수가 국내성을 지키며 고구려 왕실을 보호해 준다는 것이 원정을 떠나는 태왕에게는 무엇보다 안심되는 일이었다. 관미성 전투에 나설 때 모후인 태후 하 씨가 반드시 그를 국내성으로 오게 하여 중임을 맡기라고 한 것이 참으로 혜안이었음을 다시금 깨달았다. 그가 국내성을 지키고 있는 한 담덕은 원정길에 올라 오래도록 도성을 비워도 안심할 수 있었다.

유청하가 왕당군의 선봉을 이끌고 출발하고 나서, 우적은 태왕 담덕과 함께 중군이 되어 왕당군 원정 행렬 전체를 지휘했다. 왕당군 중에서 특히 태극군은 오래전 산동반도에서부터 담덕이 조련시킨 고구려 유민 출신들로 이루어져 있었는데, 병법에 능통한 군사 이정국이 주도하여 이끌고 있었다. 담덕은 왕당군을 이루고 있는 세 개의 군단 중 특히 태극군을 이번 원정군의 중심으로 삼았다. 따라서 조의선인이 중심이 된 흑부군이나 말갈족으로 구성된 말갈군에서는 일부 병력만 차출하여 출진시키고 있었다.

이들 태극군을 주축으로 해서 이루어진 왕당군의 중군은 말 네 마리가 끄는 수레에 전날 요동성 언덕에서 발견한 아육왕탑 석편을 싣고 국내성을 출발했다. 그 수레에는 노승 석정이 동승해 목탁을 두드리고 염불을 외면서 앞으로 나아갔다. 그리고 이어서 담덕이 유난히 털빛깔이 흰 백마에 올라탄 채 좌우로 마동과 수빈의 호위를 받으며 진군했다.

원래 태왕은 석정이 탄 네 마리의 말이 끄는 수레를 이용하는 것이 원칙이었으나, 그보다는 오랜만에 말을 타고 싶어서 또 하나의 빈 수레가 바로 그 뒤에 따라붙도록 했다. 말을 타다 지루해지면 태왕이 수레를 이용할 수 있도록 호위무사 마동이 특별히 배려한 것이었다. 그 빈 수레의 좌우에도 말을 타고 도끼를 어깨에 멘 호위무사들이 배치되어 있었다. 왕당군의 후군으로는 원정군의 군량미와 말들에게 먹일 건초를 실은 수레들이 열을 지었는데, 거기에 요동성 언덕에 목탑을 세울 대목장들도 각종 건설에 필요한 장비들을 갖추고 뒤따랐다. 대목장들 무리에는 불상을 조성할 목공예 전문가들도 포함되어 있었다.

요동성 공략을 위해 국내성을 출발한 고구려 원정군의 행렬은 불과 1만의 병력이었지만, 그 여느 때보다 장려한 느낌을 주었다. 전날 대흥안령 너머의 거란 일족인 비려부 공격시 조별로 편성해 대상단으로 위장하고 급속하게 달려가던 때와는 전혀 다른 모양새였다. 그때는 비밀리에 급습하는 속도전에 무게를 두었지만, 이번 요동성 공략은 애써 소문을 내가면서 느린 속도로 진군해 가는 것이 담덕의 전략이었다.

그동안 담덕은 국내성에서 요동까지 산과 산 사이의 구릉과 하천을 이용해 지형에 알맞게 도로를 뚫어 대상들이 수레를 끌고 좌우로 길을 비껴가며 이동하기 편리하게 만들었다. 그 길은 곧 전쟁로로 활용되어서, 이번에 요동성을 공략하러 가는 고구려 왕당군의 원정은 곳곳에 있는 마을 백성들에게 좋은 구경거리를 제공하기도 했다.

"고구려 만세!"

"태왕 만세, 만만세!"

큰 도로의 양편에 나와 선 백성들은 두 손을 높이 쳐들고 만세를 외치며, 왕당군의 원정길을 축제 분위기로 만들어주었다. 이러한 백성들은 자연스레 소문의 전달자가 되어, 고구려 원정군이 요동성을 공략하러 간다는 말은 군사들의 진군 속도보다 빨리 퍼져나갔다.

전쟁에서는 군사의 이동이 기밀을 요하는 것임에도 불구하고 담덕의 전략은 미리 소문을 내어 요동성을 지키는 후연 군사들의 불안심리를 자극하는 데 목적을 두고 있었다. 그 허장성세와 같은 전략은 제대로 먹혀들었다.

원정군의 진군 속도보다 빨리 사람들의 입에서 번져나간 소문이 요동성에까지 알려진 것은, 후연의 요동성 태수가 곳곳에 심어놓은 세작들에 의해서였다. 고구려 서북 변방을 지키는 성들마다 군사를 차출하여 요동성을 포위하고 있었지만, 물 샐 틈 없는 경계에도 불구하고 세작들만 이용하는 비밀 통로가 있었다. 이는 숲과 암벽, 수로와 동굴 등 험악한 지대로 이어지는 길로 인근 지리를 잘 아는 사람들만이 왕래가 가능하였다.

"도무지 영문을 알 수 없는 소문만 무성하군. 발해만을 통해 요하로 범선들이 목재를 떼배로 만들어 끌고 온다고 하질 않나, 담덕의 원정군이 진군하면서 늙은 중에게 목탁을 두드리고 염불을 외게 한다질 않나! 이것 참 용성에 원군을 요청하려고 해도 고구려군이 사방을 포위하고 있으니 쉽지 않은 노릇이고……"

요동성을 지키는 후연의 태수 방연은 머리를 감싸 쥔 채 혼자 골몰하고 있었다. 오래전 모용농이 요동성을 급습해 탈취한 후 범양 출신의 방연을 태수로 삼은 후 중산으로 귀환하였던 것이다.

용성은 모용수의 동생인 노장 모용좌와 모용보의 서장자인 젊은 장수 모용성이 지키고 있었다. 요동태수 방연은 오래전부터 용성과 긴밀한 연락관계를 취하면서 국경수비에 만전을 기하였다. 이처럼 요하를 사이에 두고 있는 후연의 요서와 요동은 서북쪽으로 북위, 동쪽으로 고구려와 국경을 접하고 있었다. 따라서 용성과 요동성의 후연군은 일단 유사시에는 서로 군사적 지원을 아끼지 않는 상호 유동적 방어체계를 구축하고 있었다.

그런데 이번에는 달랐다. 특히 요동태수 방연이 용성에 원군 요청을 하지 못하고 절치부심하고 있는 것은, 북위의 탁발규가 후연의 도성인 중산을 경략하기 위해 40만 대군을 출동시키고 있었기 때문이다. 탁발규가 상산에서 몇 달간 군사를 주둔시키고 있다가 가을로 접어들면서 중산으로 출동하자, 후연의 제2도성이라고 할 수 있는 용성도 바짝 긴장하지 않을 수 없었다. 용성에서 중산으로 원군을 내고 싶어도 그 서쪽의 평성에서 한창 도성 재건을 하고 있는 북위 군사가 10만이나 되므로, 이러지도 저러지도 못하고 있는 실정이었다. 도성을 재건하는 북위 군사들은 연장 대신 무기만 들면 곧바로 용성을 칠 준비가 되어 있었다. 그것이 용성을 지키는 후연 군사들을 꼼짝 못하게 묶어두는 요인으로 작용했다.

이와 같은 용성의 사정을 잘 알고 있는 요동태수 방연은 더

더구나 고구려군이 사방을 포위하고 있는 상태에서 원군 요청을 할 생각조차 못하고 있었다. 따라서 요동성을 지키는 최선의 전략은 농성밖에 없었다. 농성을 하려면 장기전으로 갈 수밖에 없는데, 1만 5천의 병력이 비축하고 있는 군량미로는 채석 달을 버티기 어려웠다. 때마침 요동 벌판은 추수철이라 세곡을 거두어들여야 하는데, 고구려군이 성을 겹겹으로 포위하고 있으니 군량미 확보는 이미 물 건너간 일이 되고 말았다.

그로부터 며칠 후, 요동성 산 중턱에서 징소리가 들려왔다. 귀가 따갑게 들려오는 징소리가 요동성 안으로 시끄럽게 울려 퍼졌다.

"저게 대체 무슨 소리인가?"

요동태수 방연이 졸개들에게 물었다.

"고구려왕 담덕이 국내성에서 이끌고 온 원정군입니다. 굿이라도 할 모양인지 징소리뿐만 아니라 꽹과리에 북소리까지 요란하게 들려오고 있습니다."

"뭐라? 굿거리장단 소리란 말이렷다?"

방연은 직접 그 광경을 보기 위해 관아 밖으로 나왔다. 관아 마당에서도 요동성 북편 높은 둔덕은 훤히 올려다보였다. 고구려 군사들이 사방에서 경계를 서는 가운데, 산 중턱의 너른 평지에서는 흰옷 입은 사람들이 삼지창 같은 장대에 울긋불긋한 깃발을 매달고 하늘을 찔러대면서 징·꽹과리·북 장단에 맞춰 노랫가락을 읊조리고 덩실덩실 춤을 추고 있었다.

"저것이 대체 뭔 짓거리들인가?"

방연이 고구려 풍습을 잘 아는 졸개에게 물었다.

"아마도 지경다지기를 하는 모양입니다. 집을 지을 때 터를 닦는, 일종의 놀이마당 같은 것이지요. 저 여러 가닥의 줄로 맨 굵은 통나무를 들었다 놓으면서 땅을 단단하게 다지는 것을 지경다지기라고 합니다. 징과 꽹과리를 치고 북 장단에 맞춰 노래를 부르며 십여 명의 장정들이 줄을 당기면 굵은 통나무가 공중으로 붕 솟았다 떨어지면서 땅을 다지게 됩니다."

졸개의 설명을 듣고 나서 방연은 저절로 입안에서 신트림 같은 신음을 토해 냈다.

"흐흣, 소문대로 담덕이 저 산 중턱에 불탑을 세울 모양이군! 대체 원정까지 와서 저게 무슨 짓거리란 말인가? 더구나 요동성이 훤히 내려다보이는 산 중턱에 목탑을 세운다고?"

방연은 당장이라도 군사를 보내 언덕 위의 군상들을 요절내고 싶었지만, 사방을 고구려군에게 포위당한 입장이라 어찌해 볼 도리가 없었다. 고구려가 탑을 세우겠다고 터를 닦는 산 중턱에서 비교적 가까운 성루로 달려가 군사들로 하여금 화살을 쏘게 하려고 해도, 사거리가 너무 멀어 쇠뇌로 쏘는 화살로도 어림없는 일이었다. 발석거를 동원해 돌을 날려보고 싶어도 성루보다 산 중턱이 훨씬 높아 가능한 일이 아니었다.

태수 방연은 물론이고 요동성 군사들도 그저 멍하니 산 중턱을 올려다보고 있을 수밖에 다른 방도가 없었다. 그러다 보니 땅을 울리는 징소리가 그들의 다리를 저리게 하였고, 공기를 찢는 것 같은 꽹과리 소리가 귀를 마비시켰으며, 둔중한 북소리가 가슴을 울려 도무지 정신을 차릴 수 없게 만들었다. 성안 후연 군사들의 심리적 불안감이 그런 증상으로 나타났던 것이다.

5

요동성 산 중턱에서 목탑을 세우기 위한 지경다지기가 한창일 때 태왕 담덕은 대장군 우적, 군사 이정국과 함께 그 주변 산세를 면밀히 둘러보고 있었다. 특히 산 계곡으로 흘러내리는 하천이 지형지물을 따라 어떻게 물줄기를 이어가는지 유심히 살펴보았다. 계곡마다 물줄기가 각기 낮은 지형을 따라 구불구불 곡선을 그렸고, 그 여러 갈래의 흐름 중 한 줄기는 요동성 북동쪽으로 유입되고 있었다. 성벽 밑을 통과한 그 물길은 성안을 굽이돌아 다시 서쪽 성벽 밑으로 빠져 요하로 흘러들어갔다.

담덕은 산 정상에서 요동성을 내려다보며 성내로 통하는 물줄기의 유동 경로를 유심히 살펴보았다. 그러고 나서 마침내 옆에 있는 대장군 우적에게 넌지시 물었다.

"대장군께선 어찌 생각하십니까? 저 성내로 흐르는 물줄기가 요동성의 생명수 아니겠습니까?"

담덕이 태자였던 시절 우적은 그의 사부였다. 부여의 산채 도장에선 무명선사를 스승으로 모시고 같이 무술을 연마했으나, 하산해서는 우적이 무명검법을 전수해 주는 사부의 역할을 맡았던 것이다. 그러나 태왕이 된 이후에는 어엿한 군신 관계가 되어 그 격식과 법도가 달라질 수밖에 없었다. 따라서 그는 둘만 있는 사석에서는 우적을 '사부'로 대우를 했지만, 공석에서는 '대장군'의 호칭을 사용하고 있었다. 더구나 옆에 군사 이정국이 있어 군신의 격식을 차리는 것은 당연한 노릇이었다.

"폐하께선 성안의 후연 군사들을 굶주리고 목말라 죽게 만드실 참이십니까?"

우적은 이미 담덕의 그 한마디로 요동성 공격 전략을 읽어내고 있었다. 그러나 그 전략이 조금은 우려스러워 대장군보다는 사부의 입장에서 그렇게 일침을 놓듯 되물을 수밖에 없었다.

"지금 인면수심을 말씀하시는 겁니까? 요동성 산 중턱에 불탑을 세우는 입장이니, 언감생심 그런 생각은 추호도 갖고 있지 않습니다. 다만 저들이 제 발로 걸어서 성문을 열고 나와 요하를 건너가게 하려는 것입니다."

"그러시다면, 적이 최후까지 버티다가 도저히 견디지 못하게 될 경우 퇴로를 열어주시겠다는 말씀입니까?"

옆에서 침묵을 지키고 있던 군사 이정국이 의문스런 눈길로 담덕을 바라보았다.

"그렇습니다. 이번 전투는 피아를 막론하고 최대한 피를 적게 흘리면서 요동성을 우리 손에 넣는 전략을 구사할 생각입니다."

"허면 요동성 안으로 유입되는 물길을 돌릴 해자를 파겠다는 말씀이시군요?"

"바로 맞추셨습니다. 군사의 말씀대로입니다. 대장군께선 그 전략을 어찌 생각하시는지요?"

담덕이 이정국에게 말하고 나서 우적을 바라보며 입가에 주름을 잡았다. 그것이 우적에게는 과연 가벼운 미소인지 군건한 결심의 의지인지 구분이 잘 안 될 만큼 애매한 표정으로 읽혔다. 그래서 고개를 약간 옆으로 틀며 갸우뚱거릴 수밖에 없었다.

"그렇다면 장기전이 되지 않겠습니까? 저 물길을 돌리려면 험난한 대공사가 될 것 같군요."

우적은 문득 반대를 하고 싶었지만 담덕의 표정을 읽고 이미 확고한 결심이 선 듯하여, 그다음에 대한 걱정을 하지 않을 수 없었다. 군사들을 대대적으로 동원해야 하는 만만치 않은 노동력의 출혈을 생각하니 벌써부터 근심이 되었다.

"오래전부터 요동성은 우리 고구려와 선비 사이에 자주 주인이 바뀌는, 양국 모두에 아주 중요한 군사요충지입니다. 고구려는 요서로, 선비는 요동으로 진출하기 위해 반드시 먼저 차지해야 할 교두보 역할을 하는 곳 아니겠습니까? 따라서 요동성 인근에서 농사를 짓는 백성들은 주인이 바뀔 때마다 많은 혼란을 겪어오면서, 삶은 물론이고 정신적 피폐도 심각한 상태에 있습니다. 피아를 막론하고 성을 탈취하면 성곽 보수와 군량미 확보를 위해 과도한 노역과 세곡의 요구가 작심했기 때문입니다. 그래서 이번에 요동성 공략에 성공하면 이 지역을 영원히 고구려 땅으로 만들어놓을 생각입니다. 지금 성 밖에 해자를 두르고 있지만, 그 형식적인 해자 밖에 더 커다란 해자를 만들어 물길까지 돌리는 방어체제를 완벽하게 구축할 필요가 있습니다. 조금 힘이 들더라도 이번 기회에 우리 군사들은 물론이거니와 성 밖에 사는 백성들까지 노역으로 동원해 새로운 해자를 깊이 파서 다중의 용도로 쓰일 수 있도록 할 생각입니다. 대신 노역에 동원되는 백성들에게 조세를 면제해 주면 큰 불만이 없을 것입니다. 다중의 용도란 군사적 목적 이외에 백성들이 가뭄을 겪을 때는 새로 판 해자에 가두어두었던 물을 농수로 활용할 수 있도록 하겠다는 뜻입니다. 기왕에 새로 해자를 파는 마당이니, 곳곳에 저수지와 수문까지 만들어놓게 되면 농사철에 유용하게 쓰이지 않겠습니까? 그렇게 해서 이 기회에 변경의 농부들을 확실하게 우리 고구려 백성으로 합류시켜야 합니다.”

이와 같은 담덕의 말을 듣고 나서야 우적은 국내성에서 왕당군이 원정에 나설 때 충분한 군량미를 싣고 가도록 조처한 이유를 알 것 같았다.

“새로 해자를 파는 대공사를 하게 되면 요동성 안의 후연군에 대한 경계를 철저히 해야겠군요. 적들이 방해공작을 놓을 것이 불을 보듯 뻔하니까 말입니다.”

군사 이정국이 말했다.

“물론입니다. 군사께서 요동성의 적군을 묶어둘 방도를 찾아보시지요. 사실상 며칠 전부터 그것을 걱정해 오던 참이었습니다. 대장군하고 두 분께서 좋은 계책을 짜보시기 바랍니다.”

담덕은 고개를 좌우로 돌려 이정국과 우적을 번갈아 바라보았다.

전쟁으로 인해 자주 통치 주체가 바뀌는 변경은 어느 나라 백성이라고 말하기도 어려워, 늘 민심의 동요가 일어나기 쉬운 지역이었다. 태왕 담덕은 지난날 백제와의 전투에서 변경에 사는 농민들의 애환을 눈으로 보고 느끼면서 내심 많은 생각을 하게 되었다. 변경의 백성들이 원하는 것은 강력한 통치 체제가 들어서서 더 이상 전쟁이 일어날 염려가 없는 평화로운 세상에서 사는 것이었다. 전쟁과 평화는 계란의 흰자위와 노른자

위처럼 경계를 두고 있지만, 잘못 다루면 뒤섞여버릴 위험성을 다분히 안고 있었다. 계란이 곯으면 사람도 먹지 못하고 생식기 능도 잃어버리듯이, 변경 백성들의 혼란만 가중되는 것이 자주 번복되는 전쟁과 평화의 속성이었다. 평화를 찾으려면 전쟁을 일으켜야 하고, 전쟁이 나면 그나마 존속하던 평화마저도 깨 지고 마는, 마치 장마전선의 불규칙한 기류변화와도 같다고 볼 수 있었다. 한여름 가뭄이 질 때 비는 안 오는데 마른번개와 천 리 밖 천둥소리에도 민감한 반응을 보이는 농부들의 심정처럼, 변경의 백성들은 전쟁과 평화라는 두 가닥의 줄 위에서 재주부 리는 광대와도 같은 불안을 늘 붙안고 살아갔다.

사실상 담덕은 태왕이 되고 나서 곧바로 요동 원정에 나서 고 싶었다. 그가 왕자이던 시절 부왕은 오랜 숙원이던 요동성 공략에 성공하고, 이어서 요하를 건너 현도성까지 함락시킨 바 있었다. 그러나 고구려는 불과 다섯 달 만에 모용농에게 현도 와 요동 두 성을 내준 이후 다시 회복하지 못하고 있었다. 당시 모용농이 쉽게 두 성을 공략할 수 있었던 것은 결과적으로 고 구려가 완벽하게 그 지역의 백성들에게 평화를 보장하는 확실 한 믿음을 심어주지 못했기 때문이었다. 더구나 고국양왕 당시 현도와 요동 공략을 통해 사로잡은 1만의 포로를 국내성으로 호송하는 과정에서 그 지역 백성들의 감정이 고구려에 대한 이 반 현상을 가져왔던 것이다. 포로들 중에선 그들의 가족도 포함되어 있었기 때문이었다. 결국 채 반 년도 지나기 전에 모용농에게 요동성을 내준 것은 민심의 이반이 후연 쪽으로 기울었기 때문이라고 볼 수 있었다.

왕자 시절부터 이러한 생각을 해온 담덕은, 태왕이 되고 나서 당장 급한 남쪽 변경의 백제를 공격하면서 그 지역의 백성들 삶을 더욱 면밀하게 살펴볼 수 있었다. 그러한 과정에서 특히 인삼재배단지인 부소갑과 갑비고차를 고구려 지배권으로 확보하면서 변경인들의 고충이 얼마나 심한지 알게 되었다. 그들은 고구려나 백제 어느 나라든 그 지역을 경영해도 좋았지만, 오래도록 평화의 날이 보장되어 삶의 기복 없이 안정적인 가정생활을 꾸릴 수 있기만을 바랐다. 변경인의 경우 지역 여건상 그만큼 국가관이 부족한 반면, 혈연 중심의 가족을 책임지는 생활인으로서의 강인함은 더욱 강화되어 있었던 것이다. 자주 겪게 되는 전쟁의 상처가 마치 나무의 비대생장처럼 그들의 생활 여건 속에서 자연적으로 방어적인 형태로 나타났던 것이다.

그래서 담덕은 백제의 관미성을 공략하고 나서 곧바로 요동으로 원정을 나서고 싶었으나 애써 참으며 오랜 세월 동안 장고를 거듭했다. 변경인의 삶을 객관적으로 들여다보는 시각을 갖게 된 것도 그러한 고심의 결과였다. 전쟁과 평화, 그것이 변경인들의 삶을 가장 피폐하게 만드는 이율배반이자 자가당착적인 모순 관계라는 것을 확연하게 알 수 있었다. 따라서 국경을 가르고 있는 두 나라는 변경인들에게 명확한 피아의 구분을 결정짓게 할 수 없었다. 엄밀한 의미에서 변경인들은 어느 나라 백성들이라고 딱히 규정하기 어려웠다.

담덕이 요동성 공략에 뜸을 들인 이유는 어떻게 하면 변경인들에게 평화로운 세상을 만들어줄 것인가 고민하는 시간이 필요했기 때문이었다. 전쟁이 없는 평화로운 세상, 그것이 가능하기 위해서는 한 국가의 통치체제가 주변 나라보다 월등히 강해 함부로 넘볼 수 없어야만 했다. 그런 세상을 만들려면 통치자로서의 자신감이 우선되어야만 가능한 일이었다. 백제 한성을 경략하고 나서 담덕이 깨달은 새로운 통치철학의 확립은, 바로 그런 자신감의 군건한 의지에서 나왔다고 볼 수 있었다.

이처럼 담덕이 장고를 거듭하면서 새로운 통치철학을 세우고 있던 중 북위의 탁발규가 후연의 도성 중산으로 대군을 진군시켰다는 첩보가 들어왔다. 은인자중하며 이때를 기다리고 있던 그는, 곧바로 요동성 경략에 나서게 된 것이었다.

"군역을 조발하는 대신 세수를 거두지 않는다는 것은 매우 현명하신 판단이라 생각됩니다. 폐하께서 아주 오래도록 요동 경략 준비를 해오신 것임을 이제야 알겠습니다. 곧 해자 밖의 해자 건설에 착수토록 하겠습니다."

우적도 담덕의 전략에 큰 힘을 실어주었다.

"군역 조발을 할 때 해자 건설의 필요성에 대해 백성들이 잘 알아들을 수 있게 설득시키도록 해야 할 것입니다. 즉 해자는 요동성 방위보다 가물 때 성 밖의 너른 들판에 물을 대는 농수로 역할을 한다고 강조하면 백성들도 군역에 자발적으로 참여하려 들 것입니다. 때마침 추수철도 끝나고 일손이 놀 때이니 군민합동으로 해자 건설을 하기에 좋은 시절 아니겠습니까?"

담덕은 스스로도 만족할 만큼 이번 요동성 공략 작전에 자신감을 갖고 있었다.

요동성 밖의 해자 건설은 대공사였다. 성안으로 들어가는 물길을 끊고, 다른 갈래의 물길도 인공 수로를 뚫어 하나로 연결해야만 하기 때문이었다. 더구나 요동성에서 화살의 사거리를 벗어난 거리에 새로운 물길을 만들어야 했으므로, 그 공사 구간이 매우 길었다. 인공 수로의 물길이 때론 언덕을 만나기도 하고 높은 구릉이나 절벽과 맞닥뜨리기도 하여 난공사 지역도 예상 외로 늘어났다.

해자 공사에 동원된 병력은 그 지역 정서를 체득하고 있는 서북 변경의 성에서 차출된 군사들이었다. 그리고 군역은 수로가 지나는 마을 곳곳 백성들이 바로 그들의 농사를 짓는 구간을 맡음으로써, 정서적으로 서로 공감대를 형성한 군사와 백성이 협심하여 공사를 진행토록 했다. 한편 국내성에서 원군으로 온 왕당군은 요동성 안의 후연 군대가 공사 현장을 급습하지 못하도록 구간마다 나누어 경계 임무를 철저히 수행토록 하였다. 그 전략을 군사 이정국이 주도해서 진행하였다.

왕당군은 요동성 내의 후연 군사들에게 겁을 주기 위해 갑자기 새벽에 공격을 시도하기도 하고, 밤에 기습 작전을 펴기도 했다. 고구려군은 공격을 하는 척하면서 소리만 요란하게 지를 뿐, 실제로 성을 탈취할 생각은 하지 않았다. 이는 태왕 담덕이 피아 공히 피를 흘리는 싸움이 되지 않도록 하라는 특명을 왕당군에게 내렸기 때문이다. 그래서 치고 빠지는 작전으로 일관하여 성을 방어하는 후연의 군사들에게 혼란만 가중시키는 전략을 구사했던 것이다.

요동성 후연 군사들의 사기가 지극히 저하된 것은 후연 제2의 도성인 용성으로부터 날아든 비보를 접한 직후부터였다. 북위의 탁발규가 40만 대군으로 후연의 도성 중산을 공격하자, 그 어지러움을 틈타 모용린은 반란을 주도해 모용보를 살해하려다 실패하였다. 이때 모용보는 모용린의 반군을 피해 시급히 도성을 중산에서 용성으로 옮겼다.

이렇게 되자 어떻게 해서든 용성에 원군을 요청하려던 요동 태수 방연은 움치고 뛸 수도 없는 지경에 이르렀다. 사방이 고구려군에게 막혀 독 안에 든 쥐 꼴이 되고 만 것이었다. 그런데다 곧 닥쳐올 동절기에 임하여 북쪽으로부터 찬바람이 불기 시작하면서, 이미 고구려의 군민합동 해자 공사도 많이 진행되어 요동성으로 유입되던 물길까지 끊겼다. 후연군은 초조해지기 시작했다. 따로 식수를 구할 방법을 찾지 않으면 성안의 군사들이 모두 목말라 죽게 될 판이었다.

"곳곳에 우물을 깊게 파라!"

다급해진 방연은 군사들에게 명령을 내렸다.

그러나 고구려 군사들과 요동 들판에서 농사를 짓는 백성들이 군민합동으로 판 해자로 지하수가 빠져나가 웬만큼 우물을 깊게 파지 않고서는 식수를 얻을 수가 없었다. 새롭게 해자를 깊게 파내려간 수로의 낮은 지역으로 요동성의 지하수가 빠져나갔기 때문이다. 졸지에 지하수의 물길이 바뀌어버린 것이었다.

"핫하하 핫, 탁발규가 중산을 치면서 후연에서 반란까지 일어났구나. 아직 중산을 격파하진 못한 것 같은데, 모용보가 용성으로 쫓겨 온 것을 보면 모용수가 죽은 이후 후연의 모양새가 깃털 빠진 수탉 꼴이 되어버린 것 아니겠나?"

담덕은 이렇게 혼잣소리로 중얼거렸다.

후연의 반란 소식을 접하고 나서 담덕은 중원의 위상 변화에 주목하지 않을 수 없었다. 반란에 실패한 모용린이 달아나고 나서 모용보가 용성으로 도성을 옮긴 이후, 그나마 남은 군사들을 끌어 모은 모용상이 중산을 지켰다. 그러나 모용황의 증손인 모용상은 북위군의 공격에 대항하려고 노력하였으나,

성격이 포악하고 술을 좋아해 민심을 잃어 일대 위기에 처하였다는 소문이 들려왔다.

정월 초하루 설날을 기하여, 담덕은 또 하나 기발한 전략을 발표했다. 제장들로 하여금 바람을 잘 타는 큰 방패연을 만들도록 하여 군사들에게 연날리기 시합을 하도록 한 것이었다. 연에는 후연 군사들에게 항복을 권유하는 글을 적은 종이뭉치를 묶어 매달아, 그것을 하늘 높이 띄워 연실을 끊을 경우 요동성 안 곳곳으로 떨어지도록 했다. 일종의 심리전술이었다.

"연날리기는 우리 고구려가 정초에 즐기는 풍습입니다. 사실상 요동성 안에는 후연의 선비족들만 있는 것이 아니라 대다수는 고구려 유민들이라고 할 수 있습니다. 그들로 하여금 고국에 대한 향수에 젖게 하여 스스로 성을 탈출해 귀순하도록 유도하는 것이 이번 연날리기 전략의 목적입니다."

담덕은 백성들의 정서상 무력보다 문화의 힘에 더 마음이 움직인다는 것을 알고 있었다. 무력은 상대의 체력적 허술함을 공격하여 피아간에 피를 흘리는 전투를 치러야만 하지만, 문화는 백성들의 마음을 파고들어 비어 있는 정신적 허약성을 메워주는 역할을 하기 때문에 더 좋은 효과를 얻을 수 있다고 판단했던 것이다. 그것은 비단 백성들뿐만 아니라 군사들 역시 마찬가지로 통하는 부분이었다.

역시 담덕의 그러한 판단은 옳았다. 야밤을 이용해 성을 탈출해 고구려군에 투항하는 후연 군사들이 날로 늘어갔다. 그 대부분이 역시 고구려 유민의 자제들이었다.

이렇게 되자 요동태수 방연은 더 이상 버티기 어렵다고 판단했다. 결국 성루에 백기를 걸어 항복을 청했고, 담덕에게 따로 사신을 보냈다. 후연의 사신이 가지고 온 것은 요동태수 방연의 항복문서였는데, 군사들을 이끌고 요하를 건너 물러갈 테니 퇴로를 열어달라는 것이었다. 만약 그 조건을 들어주지 않는다면 성벽에 뼈를 묻을 각오로 싸울 수밖에 없다는 단서를 달았다.

담덕이 원하던 바였다. 그는 흔쾌히 요동태수 방연의 조건을 들어주었다.

"제장들은 후연군이 성문을 열고 나와 요하를 건널 때 고이 보내주도록 군사들에게 지시를 내리시오. 후퇴하는 후연 군사들을 단 한 명도 다치게 해서는 안 될 것이오."

담덕의 말에 제장 중 하나가 이의를 제기했다.

"폐하! 하지만 저들을 모두 살려 보내면 언젠가는 또다시 요하를 건너 요동성을 공격해 올 것입니다. 이 기회에 두 번 다시 요하를 건너지 못하도록 혼찌검을 내줘야 하지 않겠사옵니까?"

"항복하고 물러가는 군사들이오. 더구나 비록 적이지만 저들 또한 군사이기 이전에 한 나라의 백성이오. 변경의 속성상 적국의 백성도 언젠가는 아국의 백성이 될 수 있는 것 아니겠소? 창칼을 겨누지 않는 적군에게 비열하게 등 뒤에서 창칼을 들이댈 수는 없는 법이오. 그러니 설사 다시 저들이 요하를 건너올 것이라 하더라도 지금은 조용히 보내주는 것이 옳다고 생각하오. 장기적으로 볼 때 그것이 바로 승리를 굳히는 길임을 제장들 모두 유념해야 할 것이오."

이와 같은 태왕 담덕의 말에 더 이상 이의를 다는 장수들은 없었다.

다음날 후연군은 요동성 서문을 열고 나와 대열을 이루어 차례로 배를 나누어 타고 요하를 건너 용성으로 퇴각했다.

6

새벽마다 요동성 산 중턱 7중목탑 불탑지에서는 딱따구리가 나무 구멍을 뚫는 듯한 목탁 소리가 삽상한 공기를 가르며 들려왔다. 목탑 조성 공사가 한창인 그곳에서 노승 석정은 하루도 거르는 법 없이 매일 새벽 예불을 드리고 있었다.

목탁 소리는 요동성을 둘러싼 산과 들의 자연을 깨우고, 잠자리에 들었던 사람들을 눈뜨게 함으로써 하루 일과의 시작을 알렸다. 그 무렵이면 밤새 요하의 수면에 납작 엎드려 있던 안개가 스멀스멀 피어올라 강둑을 덮고, 나무와 숲을 가리고, 마침내 산야 전체를 회색빛으로 물들였다.

아침저녁으로 일교차가 심한 봄이 되면서 안개가 복병처럼 기습을 감행해 삽시간에 요동성을 둘러싸곤 했다. 그러나 동녘 하늘이 붉게 물들기 시작하면 안개는 어느 사이 공기 속으로 스며들어 자취를 감추었고, 그 무렵부터 요하 동쪽 둔덕 치목장治木場에서는 둔탁한 망치 소리가 들려왔다. 강변의 둔덕에는 대상 하명재의 범선이 뗏목을 만들어 이끌고 온 태백산 적송들을 쌓아둔 적목장이 있었고, 바로 그 곁의 치목장에서 대목장과 목수들이 부지런히 손을 놀려 목재를 다듬고 있었던 것이다. 그들은 전에 평양성에 아홉 개의 사찰을 세울 때의 경험을 살려 각자 맡은 일들을 하기 위해 일사불란하게 움직였다. 물론 요동성 7중목탑 건설의 책임을 맡은 노승 석정이 자주 작업 현장을 둘러보며 독려했지만, 목수들이 그보다 먼저 자발적으로 일을 서두르면서 그 어깨에는 절로 신바람이 실려 있곤 했다. 새벽 예불을 올리는 목탁 소리에 눈을 뜨면 작업을 시작했고, 저녁 어스름이 지면서 요하의 강물이 노을빛에 붉게 취할 때쯤 연장들을 갈무리했다.

어느 날 오후 태왕 담덕은 노승 석정과 함께 치목장을 둘러보면서 목수들의 어깨에 얹힌 신바람의 실체를 눈으로 확인할 수 있었다. 망치로 두드리고, 도끼로 내리찍고, 톱질과 대패질을 하는 목수들의 어깨에는 각기 그 장단과 어울리는 신명이 실려 있었다. 그는 문득 어린 시절 외가인 하가촌 무술도장에서 스승 을두미로부터 들었던 말을 떠올렸다.

'신명이야말로 우리 고구려의 힘이 아니겠습니까?'

무술도장 인근의 압록강 북편 언덕에 서서 을두미가 아리랑 노랫가락에 맞춰 어깨 근육을 움직이며 노 젓는 뗏목꾼들에게 눈길을 던진 채 말하던 그 '신명'을, 담덕은 요하 동편 언덕 치목장 목수들에게서 다시금 느꼈던 것이다. 감회가 남다를 수밖에 없었다.

"대사께선 우리 고구려의 힘이 무엇이라 생각하십니까?"

목수들의 일하는 모습을 바라보던 담덕이 짐짓 고개를 돌려 노승 석정을 바라보았다.

"폐하! 요즘 요동 들판에 나가보셨는지요?"

석정이 되물었다.

"나가 보았습니다만, 그건 왜 물으시는지요?"

"농부들이 밭을 갈고 씨앗을 뿌리는데 모두들 흥에 겨워 있더군요. 겨우내 가뭄이 들었는데, 아직 완공된 것은 아닙니다만 작년 가을부터 파기 시작한 해자에 가두어둔 물을 밭으로 끌어들여 제때에 파종할 수 있게 되었기 때문입니다. 그것을 농부들은 모두 폐하의 공덕이라 치하하고 있사옵니다."

"대사께선 은근히 사람을 무안스럽게 만드는 기술이 있으시군요."

담덕은 석정의 공덕 운운하는 말에 문득 부끄러운 생각이

들었다.

"그렇게 들으셨다면 빈도가 오히려 송구스럽습니다. 빈도는 폐하의 공덕이 아니라 농부들의 신바람을 얘기하고 싶었던 겁니다. 우리 고구려의 민족성은 바로 신바람에 있습니다. 멍석을 깔아주면 절로 어깨에 신명이 실리지요. 마당이 기울어졌어도 춤은 바로 추라는 말이 있습니다만, 여건이 마음에 흡족할 정도로 갖추어져 있지 않다 하더라도 흥에 겨울 조건만 제공하면 백성들은 절로 춤을 추게 되지요. 그 멍석이란 조건이 바로 작년에 군민합동으로 판 해자 아니겠습니까? 하여 겨우내 계속된 가뭄이 기울어진 마당이라고 할 때, 농부들이 밭을 갈고 씨를 뿌리며 흥겨워하는 것은 각자의 어깨에 신명이 실렸기 때문이지요."

석정도 이야기를 하면서 신바람이 나 있었다.

"바로 대사로부터 그 '신명'이란 말을 듣고 싶었던 겁니다. 대체 그 '신명'이라는 것은 어디서 오는 것일까요?"

"폐하께선 애마를 무청과 채찍으로 다루지 않고, 마음으로 다독이시지 않습니까? 주인과 말은 혼연일치가 되었을 때 비로소 한 몸처럼 자유자재로 달리고 멈추고 방향을 틀 수 있는 것이지요. 요동 들판의 농부들이 비록 해자에 가두어놓은 물을 밭으로 끌어들이기 위해 물길을 내는 고된 작업을 하면서도 저마다 흥에 겨워한 것은 폐하의 마음을 읽고 있었기 때문입니다. 폐하께선 요동의 농민들로 하여금 이번 기회에 완벽한 고구려의 백성이 되어주길 간절히 원하고 계십니다. 이번에 요동의 백성들은 큰 전쟁이 일어날 줄 알았습니다. 그런데 전쟁 한 번 제대로 하지 않고 후연의 군사들이 패주하여 요하로 건너갔습니다. 그것을 직접 눈으로 보고 몸으로 겪은 농민들은 이제부터 요동에 제대로 된 평화가 정착되리라고 기대하고 있습니다. 그러니 겨울 가뭄으로 고생을 했으면서도 농부들의 어깨에 절로 신명이 얹히는 것 아니겠사옵니까? 폐하의 마음이 요동 백성들의 염원과 일치했다는 증거지요."

"하하하. 핫! 대사께서 그렇게 판단하신다니 적이 안심이 됩니다. 허면. 저 목수들의 어깨에 얹힌 신명은 어떻게 해석하시겠습니까? 그건 아무래도 대사의 공덕 아니겠습니까?"

담덕이 석정을 향해 의미 있는 눈길을 던졌다.

"허헛! 폐하께서 곧바로 화살을 돌려 빈도를 공격하시는군요."

"대사를 공격하다니요? 그럴 의사는 전혀 없었습니다."

"심히 부끄럽습니다. 사실상 저 대목장과 목수 들은 평양성에 아홉 개 사찰을 지을 때 빈도가 공력을 들여 사찰건축의 전문가로 키운 기술자들입니다. 저들에게는 할 일이 있다는 것만으로도 즐겁지 않을 수 없습니다. 평양성에서 사찰건축을 끝낸 후 각자 돌아가 성루 보수도 하고 주택 개량도 하고 때로 귀족의 저택도 짓곤 했을 것입니다. 그러나 제대로 된 기량을 발휘하기 위해서는 저들 역시 사찰건축에 참여하는 것을 진정으로 원하고 있었겠지요. 폐하께서 요동 산 중턱에 7중목탑을 세우는 것은, 바로 저들에게 멍석을 깔아준 일에 다름 아닙니다. 저절로 어깨에 신명이 실릴 수밖에요."

"허헛, 참! 대사께서 너무 말씀을 잘하시니, 그 공격의 화살이 다시 이쪽으로 넘어왔군요. 그건 그렇고, 7중목탑 얘기가 나왔으니 물어보겠습니다. 언제쯤 이 탑을 완성시킬 수 있을까요?"

담덕은 자신이 가장 궁금해 하던 것을 묻지 않을 수 없었다. 언제까지고 탑이 완성될 때까지 요동성에 머무를 수는 없는 입장이었기 때문이다.

"워낙 중요하고 큰 공사라서 짧은 시일 내에 끝낸다는 것은 무리이고, 적어도 내년 봄까지는 가야 되지 않을까 싶습니다. 다행히도 목탑에 쓸 적송이 제대로 마른 상태여서 목수들이 곧바로 톱으로 켜고 도끼와 자구로 다듬어 기둥과 각종 보와 서까래 등 치수에 맞게 준비를 하고 있으니, 건축 기간을 그만큼 앞당길 수 있게 된 것이지요."

"우리 원정군은 이제 곧 국내성으로 돌아가야 합니다. 탑이 완성 될 때 다시 이곳에 올 수 있을지 모르지만, 대사께서 끝까지 심혈을 기울여 주셔야겠습니다."

"그렇지 않아도 폐하께 빈도의 소원을 말씀드리고 싶었사옵니다."

"어떤 소원이신지요?"

"빈도는 고구려 땅에서 태어났으나 모용황 때 후연의 도성이었던 용성에서 자라났습니다. 용성의 성곽 보수공사에 끌려갔다가 장안으로 탈출해 승려가 되었지만, 그 시절 고구려 유민들의 피폐하고 고단한 삶을 한시도 잊은 적이 없사옵니다. 하루가 멀다 하고 성곽 공사를 하다 부지기수로 죽어간 유민들의 원귀는 아직도 저 요하 건너에서 떠돌고 있사옵니다. 그들의 극락왕생을 비는 일이 빈도의 마지막 소원입니다. 요동 산 중턱에 7중목탑이 완성되면 저 요하를 건너다보며 불공을 드려 원한에 사무쳐 죽은 고구려 유민들의 고혼을 달래주고 싶사옵니다."

석정은 담덕을 마주 바라보며 합장을 했다.

"대사께서 그런 생각을 가지고 계셨군요. 허면 7중목탑만 가지고는 안 되겠습니다. 저 산 기슭에 터를 잡아 대사께서 주석하실 그럴듯한 사찰도 짓도록 하지요. 그곳에 몇몇 비구들을 두어 오래도록 7중목탑 관리도 할 수 있도록 말입니다. 국내성으로 돌아가면 사찰을 짓고 요동 벌판뿐만 아니라 저 멀리 요서까지 울릴 수 있는 범종을 만들 재원도 확보해 보내도록 하겠습니다."

"성은이 망극하오이다. 요하 건너 요서 들판까지요?"

"종소리가 거기까지 들리도록 하려면 크게 만들어야겠지요? 만 근의 청동은 필요하겠군요."

담덕은 종소리의 의미를 남다르게 생각하고 있었다. 그것은 요하 저쪽 중원으로 통하는 벌판으로 울려 퍼져, 언제 다시 쳐들어올지 모를 외적들의 간담을 서늘하게 해줄 필요가 있었기 때문이다.

"폐하, 무슨 말씀인지 잘 알겠습니다. 외적들이 종소리만 듣고도 손발이 저리고 가위에 눌리도록 하기 위함 아니겠습니까? 빈도는 거기에 더하여 고구려 유민들의 원혼이 종소리를 듣고 극락왕생의 길로 인도되기를 빌겠사옵니다."

"아무튼 대사께 7중목탑을 세우는 일을 맡기고 우리 왕당군은 곧 국내성으로 회군해야 합니다. 군주가 오래도록 도성을 비워둘 수는 없는 일 아니겠습니까?"

"맞는 말씀이옵니다. 허면, 서둘러 7중목탑 심주석心柱石부터 안치해야겠습니다. 폐하께서도 심주석 밑에 안치할 아육왕탑 석편 봉안식 행사에는 참여를 하셔야 하지 않겠습니까?"

"그럼 서둘러 주시지요."

태왕 담덕도 7중목탑 공사 시작만큼은 직접 보고 국내성으로 회군할 생각이었다.

"이미 석공으로 하여금 사리공舍利孔을 만들어놓도록 했으니,

날을 잡아 제대로 격식을 갖추어 아육왕탑 석편 봉안식 행사를 거행토록 하겠습니다. 원래 사리공에는 부처님의 사리가 들어가야 하나, 이번에 세우는 7중목탑에는 아육왕탑 석편이 들어갈 것입니다. 석편 봉안식이 끝난 후 본격적으로 7중목탑을 올리는 공사가 진행되겠지요. 폐하께서는 사리공에 석편을 봉안할 때 사리장엄구舍利莊嚴具로 들어갈 각종 보물들을 준비토록 해주시기 바랍니다."

석정은 사리장엄구에 어떤 보물들이 들어가야 할지 세세하게 명목을 적어 태왕에게 전했다.

사리봉안기는 석정이 금동판에 정성들여 썼다. 태왕 담덕이 아육왕탑 석편을 얻게 된 과정과 그것이 발견된 자리인 요동성 산 중턱에 탑을 세우는 이유에 대해 기록했으며, 7중목탑의 건자재를 모두 태백산에서 가져오게 된 내력도 소상하게 기록했다. 고구려는 천손의 나라이고, 7중목탑은 성왕인 태왕 담덕이 태백산 신단수를 상징하는 또 다른 의미의 신목을 요동 땅에 심는 것과 같다는 것을 특별히 강조하였다.

마침내 하늘이 맑은 날 아침, 요동성 산 중턱에서 7중목탑 사리봉안식이 거행되었다. 태왕 담덕은 국내성에서 가져온 불꽃 무늬의 금동관, 해를 상징하는 문양의 금동장식, 금귀걸이, 옥가락지 등을 사리봉안기와 함께 사리공 안에 넣었다. 마지막으로 그 위에 심주석을 올려놓음으로써 7중목탑의 아육왕탑 석편 봉안식은 끝났다.

"이제부터 본격적으로 7중목탑 건립 공사를 시작할 것이옵니다. 치목장에서 각 층에 맞는 각종 기둥과 보, 지붕에 쓰이는 치미, 난간 재료 등을 깎아놓았으므로 1층부터 조립을 하면 됩니다. 외부 공사가 끝나면 내부공사도 진행해야 하는데 불단 조성과 불상들, 각 층을 오르는 계단 재료 등을 또한 만들어야 합니다."

석정은 앞으로 세워질 7중목탑의 상상도를 마음속에 그리며 설명을 하는 데 열을 올렸다. 태왕 담덕은 그런 설명을 들으며 치목장 목수들만이 아니라 석정의 어깨 위에도 신명이 얹혀 있다는 생각을 하며 빙그레 웃었다.

"대사님 이야기를 들으니, 요동성 산 중턱에 높이 솟은 7중목탑이 눈앞에 보이는 듯합니다."

담덕은 석정에게 다시 한 번 수고해 줄 것을 부탁했다.

7중목탑 사리봉안식이 끝나고 난 직후였다. 국내성에 있다가 사리봉안식에 맞춰 목재를 실은 범선을 타고 요동성으로 온 대상 하명재가 태왕에게 알현을 청했다.

"태왕 폐하! 국내성에서 파발을 띄울까 하다가 직접 전달해 드리는 것이 옳다고 생각되어 이렇게 따로 뵙자고 한 것이옵니다."

"오, 외숙께서 긴히 할 말씀이 있으셨군요? 파발을 띄울 정도로 중요한 사안이란 무엇입니까?"

담덕은 하명재의 심각한 표정을 보고 내심 긴장했다.

"하가촌 종마장에서 저 초원로를 왕래하며 대원의 말 교역을 하던 대행수 호자무가 전해 온 바에 의하면, 이번에 대원의 말을 대량으로 구입해 귀국하던 중 초원로 북동쪽에 사는 숙신족에게 빼앗기고 말았다 하옵니다. 초지를 찾아 옮겨 다니며 순록과 양 떼들을 기르던 숙신족은 오랜 가뭄으로 인해 가축들이 죽어나가자 생명의 위협을 느껴 말까지 잡아먹을 지경에 이르렀는데, 우리 종마장의 대행수 호자무가 이끌고 오던 말들도 마적 떼로 변한 그들에게 탈취당하고 말았던 것이옵니다."

"허어? 얼마나 많은 말을 숙신족에게 빼앗긴 것이오?"

"5백 두 중 2백 두 가까이 잃어버렸다 하옵니다. 숙신의 마적 떼가 공격하는 바람에 5백 두나 되는 말이 여기저기 흩어졌는데, 사태를 수습하고 나서 보니 3백 두밖에 남지 않았다는 것이옵니다. 2백 두는 마적 떼가 끌고 갔거나 초원 어딘가로 도망치고 만 것이지요."

"그런데 어찌하여 파발을 띄우지 않은 것입니까?"

갑자기 담덕의 언성이 높아졌다. 사실상 대상 하명재에게 대원의 말을 구해 오라고 부탁한 것은 태왕 자신이었다. 대원의 키가 크고 다리가 긴 말을 대량으로 들여와서 종마장에서 고구려 지형에 맞는 말로 개량해 철갑기병의 전투력을 강화할 목적을 갖고 있었다. 고구려 토종말은 산악 지형에 강해 가파른 언덕도 잘 뛰어넘지만, 들판에서 자라난 대원 말은 잘 달리지만 산비탈을 오르는 데는 취약한 편이었다. 따라서 대원의 말과 고구려 토종말을 교배시켜 산악과 들판 가리지 않고 잘 달리는 말을 개량하면 철갑기병의 전투력 향상에 큰 도움이 되리라 생각했던 것이다.

"말을 탈취해 간 숙신 문제보다는 7중목탑 건설이 더 중요하다고 생각했기 때문이옵니다."

하명재의 말에 담덕도 조용히 머리를 끄덕거렸다.

다시 혼자 남게 되었을 때 담덕은 장고를 거듭했다.

'⋯⋯숙신이라?'

태왕 담덕은 한동안 말없이 마음속으로 되뇌면서 문득 어린 시절 백제의 대상 사기와 함께 서역으로 말을 구하러 갔던 기억을 떠올렸다. 그때도 마적 떼를 만나 말을 빼앗길 뻔했는데, 어디선가 나타난 장안의 대상단 조환을 만나 위기를 모면할 수 있었다.

'고구려에서 서역까지 가려면 사막보다는 초원이 훨씬 수월하겠지. 더구나 사막로는 중원을 거쳐 가야만 서역과 교역이 가능하므로 고구려는 중개무역을 통한 교역밖에 할 수 없는 처지다. 따라서 초원로를 통한 직접 교역을 활성화해야만 하는데, 북방 초원의 곳곳에는 숙신 세력들이 막고 있다. 숙신뿐만

이 아니라, 한나라에 흉노가 멸망한 후 중원 북쪽의 초원 지대 동북으로 퍼져 있는 각종 부족들도 고구려가 서역과 물산 교류를 하는 데 방해꾼이 되고 있다.'

이렇게 밤새 장고를 거듭하던 담덕은, 다음날 일단 원군을 이끌고 국내성으로 회군하기로 했다. 이때 왕당군 선봉을 이끌던 유청하를 성주로, 태극군 군사 이정국을 군사 고문으로 임명해 요동성 방위에 전력을 다하도록 하였다. 따라서 그가 이끌던 왕당군 선봉대와 태극군 중 고구려 유민으로 구성된 군사들 일부도 요동성에 남게 되었다. 고구려 서북 변경의 각 성에서 차출해 온 군사들도 일부는 돌아가게 하고, 나머지는 요동성 방위 병력으로 활용토록 조처하였다. 요동 인근 백성들 사이에서도 젊은이들을 모병해, 이들 군사들을 다 합쳐 1만 5천의 병력이 되었다.

제6장

대동세상의 꿈

1

　사계절 중 봄은 말들에게 푸른 초원을 선사하는 으뜸 계절이라 할 수 있었다. 겨우내 건초만 먹다가 싱그러운 풀을 뜯게 된 말들은 모처럼 뛰는 네 발에 한껏 경쾌함을 실어 초원을 달렸다. 말의 다리는 다른 동물들보다 자유로웠다. 네 발을 자유자재로 놀려 들판을 지나가는 바람소리와 계곡의 물소리에도 제법 장단을 맞출 줄 알았다. 오래도록 한 몸이 되었던 주인의 마음까지 읽고, 거기에 맞게 호흡을 가다듬어 보폭의 간격을 조정하는 지혜도 놀라웠다. 날리고, 멈추고, 건너뛰고, 머리를 틀어 진로를 바꾸는 재주는 다른 어떤 동물도 흉내 내기 어려운 말들만이 가진 특수한 능력이었다.

　발굽 소리도 경쾌하게 싱그러운 초록의 잔디 위를 걷거나 혹은 뛰고 있는 말들을 바라보며 아직기阿直岐는 입술 사이로 한숨을 빼어 물었다. 자신도 모르는 사이에 가슴을 밀고 올라온 한숨소리를 듣고 정작 놀란 것은 그 자신이었다.

왜국 왕궁 후원의 너른 뜰에서는 대왕 오진應神의 왕자들이 한창 승마를 즐기고 있었다. 오진에게는 왕후를 포함하여 7명의 비가 있었는데, 무려 9남 11녀의 자식을 두었다. 백제 출신의 아직기는 그 아홉 명의 왕자들에게 승마술뿐만 아니라 한자를 가르쳐 유교 경전 학습까지 담당하는 사부 역할을 맡고 있었다.

백제 근초고왕 24년이 되던 해인 369년에, 아직기는 당시 태자 수의 명을 받아 왜국으로 가는 사신단의 일원으로 파견되었다. 그는 왕실의 말을 기르고 관리하는 사육사이자 백제 왕자들에게 말 타는 법을 가르치는 승마 교사로 있었다. 중원을 통해 서역에서 들여온 명마는 사육도 힘들 뿐만 아니라 말을 길들이는 일도 매우 까다로웠다. 왕실에서도 특히 명마를 소중하게 생각했으므로, 승마 교사인 그는 동진으로 가는 사신단에게 부탁하여 말을 기르고 승마기술이 적힌 서적을 어렵게 구할 수 있었다. 한자로 된 서적이었는데, 그는 오직 그것을 읽기 위하여 밤새워 공부를 했다. 어려서부터 총명하다는 소리를 들었던 그는 독학으로 한자를 터득하였고, 그 덕분에 명마에 관한 지식을 가진 백제 최고의 인물로 부각되었다. 특히 춘추시

대 때 상마가相馬家로 잘 알려진 백락伯樂이란 인물에 빠져, 그의 기록이 전해지고 있는 고전인 『열자列子』나 『회남자淮南子』 등을 탐독하면서 학문의 깊이를 더해갔다.

아직기의 그러한 능력을 가장 잘 알아준 인물은 백제 근초고왕 시절 태자 수였다. 당시 태자는 부왕의 명을 받아 그가 중원에서 데려온 흉노 출신 야철장들로 하여금 명문이 새겨진 칠지도를 제작케 하였고, 그의 명의로 왜국왕에게 선물하기 위해 사신을 파견하였다. 그때 말 두 필도 가져갔는데, 아직기가 사신단에 포함된 것은 왜국에 명마의 사육법과 승마기술을 전수해 주기 위해서였다.

아직기는 왜국 왕실의 자제들에게 열심히 승마기술을 가르쳤는데, 그러다 보니 자주 한자로 된 책을 펼쳐 읽게 되었다. 왕실 자제들에 의해 그 이야기가 자연스럽게 오진에게까지 전해졌다. 진구 왕후가 섭정을 할 때였으므로, 그 아들 오진은 실권이 없었다. 그러나 자식들에게 학문을 가르치고자 하는 열망은 대단하였다. 당시만 해도 왜국에는 한자로 된 서적이 드물었고, 그것을 읽을 줄 아는 사람은 더더구나 찾기 어려웠으므로 오진은 아직기를 특히 눈여겨보게 되었다. 그래서 왜국왕에게 칠지도를 전해 준 백제 사신단은 곧 귀국길에 올랐으나, 그중 아직기만은 특별히 오진의 부탁으로 명마 사육법 전수와 아울러 왕실 자제들에게 승마기술을 가르치기 위해 혼자 남을 수밖에 없었다. 그런데 해를 넘기면서까지 그 두 가지를 완벽하게 전수해 준 후 귀국하려고 하자, 오진이 끝내 그의 발목을 잡았다.

"우리 왕실 자제들에게 한자를 가르쳐주시오. 그대를 승마교사 겸 유교경전을 가르치는 대부로 삼겠소."

당시 왜국은 멀고 먼 바다 건너에 있는 중원과 직접 교역하는 데 어려움이 많아, 백제를 통해 간접적으로 각종 물산과 문화를 받아들일 수밖에 없었다. 오진은 섬나라 왜국의 고립된 문화에 한계를 느껴 은근히 마음속으로 대륙에 대한 꿈을 키워가고 있었다. 아직기를 애써 왜국 땅에 묶어둔 것도 그런 실오라기 같은 소망을 실천하기 위한 첫걸음이라고 할 수 있었다.

결국 아직기는 백제로 돌아가는 것을 포기한 채 왜국에 정착할 수밖에 없었다. 왜국 왕실에서 정해 주는 여자와 결혼해 자식까지 낳았고, '아직기'도 한자를 음사하여 왜국 이름으로 고쳐 '아치기'로 불렸다.

진구 왕후 사후 왕위에 오른 오진은 정비 나카츠히메 노미코토仲媛命의 소생이 아닌 후비 미야누시야 카히메宮主宅媛의 소생 우치노와 키이로치코菟道稚郎子를 태자로 삼았다. 이때 아치기를 대부에서 태부太傅로 승격시켜주었다. 당시 왜국 태자는 대왕의 여러 아들 중 나이가 어린 편에 속했다. 환갑이 넘은 나이에 젊은 후비에게서 얻은 아들을 귀여워한 나머지, 오진은 정비의 아들을 놔두고 후비의 아들을 태자로 삼았던 것이다.

이젠 누구나 백제인 '아직기'를 왜국 태자의 스승 '아치기'로 알아주었다. 물론 그 전에 하던 대로 왕실 자제들에게 승마를 가르치고 경서 학습을 시키는 일은 변함이 없었으나, 태자의 스승인 태부는 그 격이 대부보다 한 차원 높아졌다고 할 수 있었다.

아치기도 어느새 백제 사신으로 와서 왜국에 정착한 지 꽤나 오랜 세월이 흘렀다. 27세 때 백제를 떠나 28년이 지났으니, 그의 나이 55세가 된 셈이었다. 머리도 희끗희끗 백발이 성성했고, 나이가 들자 고향이 그리워 백제로 돌아가고 싶은 마음이 간절했다. 그러나 그는 이미 왜국 여인과의 사이에 낳은 자식들까지 청장년이 되었으므로, 가족을 버리고 귀국할 수도 없는 노릇이었다.

궁궐 후원에서 왜국 왕실의 자제들이 승마 연습을 하는 장면을 바라보던 아치기는, 문득 서북쪽 하늘에 떠가는 흰 구름으로 시선을 보냈다. 그 하늘 밑 어디쯤에 고국인 백제의 땅이 있을 것이었다.

'저 구름이라도 잡아탈 수 있으면 고향에 갈 수 있을 터인데…….'

아치기는 자신도 모르는 사이에 한숨을 빼어 물었다. 그는 나이가 들수록 향수가 뼈에 사무쳐 나날이 한숨만 늘어갔다.

어린 시절을 보낸 고국산천이 눈에 잡힐 듯 어른댔던 것이다.

"대왕 폐하께서 부르십니다."

등 뒤에서 들리는 소리에 문득 고개를 돌리니, 거기 왕궁의 내관이 서 있었다.

"대왕 폐하께옵서?"

"그러하옵니다."

내관은 곧 아치기를 편전으로 안내했다.

아치기는 편전에 들어가 대왕 오진과 독대했다.

"우리 태자를 가르치느라 수고가 많소. 태부의 경학을 태자가 제대로 따라가고 있는지 모르겠소."

오진은 아치기보다 20여 세 나이가 많았다. 그러나 태자의 스승으로서 그를 특별히 우대하였다.

"이미 태자 전하는 소신의 학문을 넘어섰사옵니다. 소신의 학문이 워낙 짧아 더 이상 가르칠 것이 없나이다."

아치기로서는 솔직한 답변이었다. 백제에 있을 때 경서를 제대로 익힌 것이 아니라, 말 기르는 법을 배우기 위해 한자 공부를 하다 보니 사서오경을 주마간산으로 섭렵한 것이 전부였다. 그러므로 경서의 한자와 뜻을 겨우 이해하고 있을 뿐, 학문의 깊이에 있어서는 그 역시 자신감을 가질 수 없었다. 우물을 팔 때 그 지하수의 깊이를 좀처럼 헤아리기 어려운 것처럼, 유학은 파면 팔수록 끝을 모를 정도로 매우 웅숭깊은 데가 있는 학문이었다.

"허허, 헛! 태부께선 겸양이 너무 지나치시오."

오진은 입으로 그렇게 말했지만, 마음속으로는 은근히 기쁨이 샘솟았다. 이제 겨우 청소년기를 지난 태자가 스승의 가르침을 받지 않아도 될 만큼 학문이 출중하다는 이야기를 들으니 저절로 만면에 미소가 번졌다.

"아니옵니다. 청출어람이라는 말도 있지 않사옵니까? 소신은 그저 한자를 깨우쳐 경서를 읽는 수준에 지나지 않사옵니다. 백제에는 깊이 있게 경서를 공부해 무불통지의 경지에 오른 오경박사가 있다 하옵니다. 그에 비하면 소신의 학문은 그저 조족지혈에 불과할 뿐이옵니다."

아치기는 연전에 밀사의 성격으로 왜국에 다녀간 사두로부터 들은 이야기가 있어, 문득 기억에 떠오르는 대로 말했다. 그런데 그것이 또 다른 족쇄가 될 줄은 꿈에도 몰랐다.

"오, 짐도 백제에 고매한 경지에 이른 오경박사가 있다는 이야기를 들은 바 있소. 그런데 이번에 백제의 태자를 따라온 일행들 중에 역易박사, 의醫박사, 와瓦박사는 있으나 학문과 지혜를 겸비한 오경박사는 오지 않은 것 같소이다."

오진의 깊은 눈길이 아치기에게 가서 꽂혔다. 사실상 백제 태자를 초청한 것은 오경박사까지 함께 오게 해서 자기 소생의 왕자들에게까지 그 유학 경전을 전수시켜주길 바라는 마음에서였다.

"백제 태자의 학문을 가르칠 태부의 역할을 맡은 역박사가 함께 온 것으로 압니다만……. 주역은 경서에 통달할 정도로 학문의 깊이가 있어야만 연구가 가능한 분야라 생각하고 있사옵니다."

아치기는, 대왕 오진이 무슨 뜻으로 자신을 추궁하는지 몰라 짐짓 머뭇거릴 수밖에 없었다.

"물론 백제의 태자는 아직 어리니 학문을 가르칠 태부로 역박사도 가능하겠지요. 그러나 우리 태자는 이미 이팔(16세)의 나이에 들어섰고, 깊이 있는 학문 연구를 해야 할 때라고 생각하오. 해서, 말인데……."

여기서 오진은 잠시 뜸을 들이며, 지나가는 눈길로 슬쩍 아치기의 표정을 살폈다.

"……."

아치기는 말없이 오진의 입만 바라보았다. 그 입에서 무슨 말이 흘러나올지 알 수 없었기 때문이다.

"태부께서는 과연 백제에서 무불통지의 경지에 오른 오경박사가 누구인지 알고 계시오?"

문득 아치기는 긴장하지 않을 수 없었다. 그 순간, 자신에게 어떤 중요한 역할이 맡겨질 것임을 직감했기 때문이다.

"폐하께서도 잘 아시다시피 왜국 땅에 오래 살다 보니 조국의 소식은 잘 모르옵니다. 하여, 백제의 근황은 잘 알 수 없사옵니다. 다만 연전에 백제에서 밀사로 파견된 바 있는 사두에게 들으니, 그와 동문수학한 왕인王仁이란 오경박사가 월출산 석굴에서 홀로 학문도야에만 전력을 다하고 있다 하더이다."

아치기는 자신을 30년 가까운 세월 동안 왜국 땅에 묶어둔 대왕 오진에 대한 서운함도 은근히 내비치며, 혹시 자신에게 맡겨질 또 다른 책무도 비켜가고 싶었다.

그러나 오진은 상대의 그런 심리를 무시한 채 오직 자신의 결심을 밝힐 뿐이었다.

"해서 말인데, 태부께서 직접 백제에 가서 그 왕인 박사를 모셔오면 좋을 듯싶소. 이번 기회에 겸사겸사해서 고향에도 다녀오면 되지 않겠소?"

오진은 전에 몇 번 아치기가 잠시 귀국해서 고향에 다녀올 기회를 달라고 청했던 일을 거론한 것이었다.

"하오나, 소신은 왕인 박사를 한 번도 만난 적이 없는지라……."

아치기는 귀국하여 고향에 다녀올 수 있는 좋은 기회이기는 하나, 왕인에게 왜국으로 같이 가자고 설득할 자신이 없었다.

사두에게 들은 이야기로는 왕인의 고집이 여간 센 것이 아니라고 했다. 한 스승 밑에서 공부를 한 사이지만, 그가 같이 하산하여 나라를 위해 일하자고 했을 때 일언지하에 거절했다는 것이다.

"태부께서도 잘 아시겠지만, 저 중원의 한나라 시절 장건이 죽음을 무릅쓰고 오랜 시일에 걸쳐 서역을 두 차례나 다녀온 것은 무엇 때문이었겠소?"

오진은 한나라 사신 장건을 빗대어 백제 사신 아치기의 이야기를 하고 있었다.

아치기는 오진의 말을 곧바로 알아차렸다.

역사 기록에서 전하는 바에 의하면, 한무제는 중원과 서역 사이를 가로막고 있는 흉노 세력을 제거하기 위해 장건의 사신단을 서역의 대월지에 보내 협공 작전을 구사하기로 했다고 한다. 그러나 장건은 서역까지 가기도 전에 흉노에게 붙잡혀 13년 간 인질이 되어 머물렀다. 당시 흉노 선우는 인질을 묶어두기 위해 장건을 흉노 여인과 결혼시켜 자식까지 낳게 만들었다. 그러나 장건은 가족을 남겨두고 가장 믿을 만한 수행원 한 명만 데리고 도망쳐 귀국함으로써 사신으로서의 임무를 끝까지 수행하였다. 그것도 목숨까지 걸고 두 번에 걸친 서역사행을 마다하지 않았던 것이다.

바로 대왕 오진이 장건의 이야기를 꺼낸 것은, 아치기 역시 인질로 왜국 땅에 머물고 있음을 각인시켜 주기 위한 것이었다. 노련한 책략가의 기질이 돋보이는 대목이었다.

아치기는 부르르 진저리를 쳤다. 백제의 사신으로 파견되어 왜국 땅에 머물러 가정까지 이루고 사는 동안, 그는 단 한 번도 자신이 인질이란 생각을 해본 적이 없었다. 다만 선진 문명을 가진 백제에서 바다 건너 섬나라인 왜국에 문화를 전달하는 임무로 족하다는 생각만 하고 있었다. 그런데 대왕 오진의 입을 통해 장건 이야기를 들으면서, 그러한 단순한 자신의 생각이 엄청난 착오였음을 인식하게 되었다. 바로 순간, 그는 저절로 자신의 몸이 떨려오는 것을 어쩌지 못했다. 그것은 왜국 대왕에 대한 분노이자 자신을 향한 뼈아픈 질책이기도 했다.

"하오나, 폐하……!"

아치기는 거절의사를 표하고자 하였으나, 거기서 그만 말문이 막히고 말았다. 그에게는 대왕 오진의 청을 거절할 뚜렷한 명분이 없었던 것이다. 말로는 청하는 형식을 취했으나, 그것은 곧 대왕의 명령이었다. 그는 자신이 인질임을 뒤늦게 새삼 깨닫게 된 입장이므로, 더더욱 대왕의 명을 거절할 용기가 나지 않았다.

"아국은 지금 백제에 원정군을 보내기 위해 도래인들을 규합하는 한편, 연일 군사 훈련에 정진하고 있소. 그러나 국정을 운영하는 데 있어서는 강한 군사만 기른다고 다 되는 것이 아니라 생각하오. 국가이념을 확립하기 위해서는 큰 스승이 필요하오. 국사가 있어 정신적 지주 역할을 해주어야만 나라 기강이 바로 설 수 있소. 지금이야말로 제각기 성을 차지하고 있는 도래인의 무장 세력들을 다독여 하나로 뭉쳐야만 할 때라 생각하는 바이오. 아국과 백제는 형제국이나 다름없는 만큼, 두 나라의 동질성이 확립된다면 그보다 큰 우군은 없지 않겠소?"

이미 오진은 작심을 하고 백제로부터 오경박사를 초청하기로 결정해 놓은 마당인 듯했다. 그 말 속에는 아치기가 거절할 수 있는 빈틈조차 없어보였다. 그만큼 거의 강압에 가까운 말투였다.

대왕 오진이 백제에 보낼 원정군을 들먹이기까지 하는 것은, 아치기로 하여금 애국심을 발휘하여 사신으로서의 임무를 완벽하게 수행해 주길 원하기 때문이었다. 그것은 부탁이 아니라 거의 강요에 가까운 지엄한 어명이라고 할 수 있었다. 만약 아치기가 사신의 임무를 띠고 가서 왕인과 함께 왜국으로 오지 않는다면, 오진은 백제에 원정군을 보내지 않을 수도 있다는 엄포를 은연중에 내비치고 있는 것이었다. 선택의 여지가 없었다.

"기꺼이 폐하의 명을 받들어 오경박사 왕인을 왜국으로 초청토록 하겠나이다."

아치기는 오진 앞에 부복하여 머리를 깊이 숙였다.

고개를 숙인 아치기는 바로 얼굴을 들지 못했다. 갑자기 눈물이 흘러 바닥으로 떨어질 것 같았다. 그는 오래도록 왜국 땅에 머물다 보니 자신의 국적이 어느 나라인지 구분이 잘 안 갔었는데, 그 순간만큼은 그래도 백제가 자신의 나라임을 깊이 인식하게 되었던 것이다.

2

아치기는 대왕 오진이 자신을 백제에 밀사로 파견하는 일에 대해 조급하게 서두르는 이유를 알 수 없었다. 그 역시 가능하면 빨리 조국 땅을 밟고 싶었으나, 너무 갑작스런 일이므로 마음의 여유가 없어 깊이 생각할 시간이 필요하다며 차일피일 미루고 있었다. 정식 사신단이 아닌 밀사이므로 비밀을 요하기 위해 왜국 선박을 이용하지 않고, 백제에서 온 상선이 귀항 길에 오를 때 승선하기로 했다. 그러나 당시 백제 상선은 드물게 왜국과 교역을 하였으므로, 언제 그 기회가 올지 장담하기 어려웠다.

그때 마침 대마도(쓰시마) 도주가 왜국 본토에 와서 은을 공물로 바쳤다. 대마도는 평지가 거의 없고 높은 산지로 이루어져 있어 농업보다 어업이 발달했는데, 흉어기에 대비하여 광산에서 나오는 은을 왜국 본토에 공물로 바치고 식량이 될 만한 각종 먹거리를 바꾸었던 것이다.

아치기는 대마도주 아비루阿比留의 배가 나가사키 항구에 정박해 있다는 소식을 들었다. 백제로 가는 밀사의 역할을 맡은

그는 백제 출신의 도래인으로 아라타와케荒田別, 카무나기와케
巫別 등 10여 명과 함께 일단 아비루의 범선에 승선할 수 있었
다. 대왕 오진이 특별히 아비루로 하여금 대마도를 거쳐 백제의
상대포구까지 안전하게 갈 수 있도록 안내하라는 명령을 내렸
던 것이다.

대마도주 아비루는 감히 대왕 오진의 명령을 거역할 수 없었
다. 아치기의 임무가 밀사라는 것은 비밀로 하였지만, 급한 일
이니 서둘러야 한다는 바람에 예정된 날짜보다 앞당겨 범선을
출항시켰다.

곧 추수기로 접어들기 전이었으나, 아비루는 남쪽으로부터
태풍이 올라오는 계절이라 출항 시기를 늦추고 있었다. 태풍도
피하고 추수가 끝나 햇곡이 나오면 받아가고 싶은 욕심으로 출
항을 차일피일 미루고 있었던 것이다. 그러나 오진의 명령이 떨
어지자 감히 출항을 늦추는 데 대한 변명조차 하지 못하고 서
둘러 범선의 돛을 올렸다.

아비루로선 대왕 오진을 향해 감히 고개 들어 눈을 마주치
지도 못할 정도로 신분의 차이가 크므로, 명령이 내려졌을 때
말대꾸를 한다는 것은 엄두도 내지 못할 일이었다. 그만큼 곡
물을 구하는 일에 목숨을 걸 수밖에 없었다.

대마도는 백제·가야·신라와도 가까웠다. 그래서 왜국에서
조공무역으로 곡물을 구하기가 어려울 경우 창칼을 들고 서북

쪽으로 배를 몰아 세 나라에서 마구 약탈을 일삼았다. 그들에게 만만하기는 가장 가까운 신라 땅으로, 자주 동래포구에 배를 대고 상륙해 약탈을 일삼곤 했다. 심지어는 서해 뱃길을 이용하여 고구려까지 가서 곡물을 구하기 위해 도적 떼로 돌변하곤 했다. 그들이 바로 대륙의 나라들이 흔히 말하는 '왜구倭寇'였다.

이러한 왜구들이 사는 대마도는 서북쪽의 반도를 긴 대륙과 남동쪽의 섬나라 왜국 중간에 있었으므로, 그들은 어느 방향이든 뱃길에 밝았다. 대왕 오진이 아비루로 하여금 밀사 아치기가 백제까지 무사하게 갈 수 있도록 하라는 특명을 내린 것도 바로 그런 이유 때문이었다.

대마도의 주민들 중 많은 수가 아비루의 성을 쓰고 있었다. 대마도주 아비루는 바로 그 성씨를 따온 것인데, 너무 오랜 세월이 흘러 몇 대 도주인지 알 수 없을 정도였다. 도주는 세습으로 이어져, 아비루 성씨를 쓰기 시작한 초기부터 장자의 혈통으로 내려오고 있었다.

아비루와 범선을 타고 일단 대마도를 향해 바다로 나설 때, 아치기는 궁금하던 것부터 묻지 않을 수 없었다.

"도주께선 '아비루'란 성씨를 쓰는데, 문득 그 내력을 알고 싶습니다. 시생도 '아치기'란 아阿 씨의 성을 쓰고 있어 처음 도주님을 만났을 때 매우 반가웠습니다. 시생은 백제에서 '아직기'

로 불렀습니다만."

"반갑습니다. 대왕 폐하로부터 태부께서 반도인이라는 이야기를 듣고 놀랐습니다. 우리 쓰시마에는 아비루란 성씨가 많이 살고 있습니다. 반도에서는 대마도라고 부르는데, 그곳에 정착한 사람들은 거의 대륙에서 건너온 씨족들입니다. 저 오랜 옛날부터 신라 땅의 아사달과 아사녀가 대마도를 거쳐 섬나라 왜국까지 가면서 씨족을 퍼뜨렸고, 백제의 비류 왕자 세력이 또한 바다를 건너와 곳곳의 섬에 정착하였지요. 대마도 정착민들은 조상들을 잊지 않기 위해 성씨를 소중하게 생각했는데, 반도에서 부르는 발음대로 아 씨와 비류比留 씨가 존속한 것도 그런 이유 때문이란 생각이 듭니다. 주로 결혼도 아 씨와 비류 씨 사이에서 이루어져 결국 '아비류'란 씨족이 널리 퍼지게 되었지요. 그것이 복성複姓을 쓰게 된 이유입니다. 우리 쓰시마에선 반도에서 쓰던 '아비류'란 성씨를 '아비루'라고 발음하지요."

이 같은 도주 아비루의 말에 아치기는 고개를 끄덕거리며 동조의 눈빛을 보냈다.

"그렇군요. 바로 '아비류'란 성씨에 대마도 역사가 숨 쉬고 있었네요. 시생 역시 아직기란 이름을 버릴 수 없어 왜국 발음으로 '아치기'라 쓰고 있습니다. 자식들에게도 조상을 잊지 않게 하려고 '아치기'란 성씨에 별도의 이름을 붙여 사용하고 있습니다."

"왜국에는 반도인들이 많습니다. 복성을 쓰게 된 이유가 바로 고국을 잊지 않겠다는 의도가 숨어 있는 것 아니겠습니까? 그래서 성씨에 조상과 고향의 지명을 따다 복성을 만들기도 한 것이지요."

아비루 역시 그의 조상이 반도인임을 믿고 있었다.

배는 검푸른 바다를 헤쳐 나가고 있었다. 바다 가운데로 나오자 물결이 제법 거칠어졌다. 나가사키 항구를 떠날 때는 날씨가 좋았다. 그러나 여러 날 항해를 하면서 점차 날씨가 흐려지더니 하늘에 먹구름이 드리우기 시작했다.

갑판에 나와 자주 이야기를 나누던 아비루와 아치기는 어느 날 문득 잔뜩 찌푸린 하늘을 올려다보았다. 범선의 돛에 실리는 바람이 동북 방향으로 불고 있었다. 역풍이었다. 대마도로 향하는 배가 더딘 이유는 항해하는 쪽의 역방향으로 바람을 받고 있기 때문이었다.

"바람이 심상치 않습니다."

아치기가 걱정되는 눈빛으로 말했다.

"이 정도 바람이라면 돛을 내리고 노를 저어 갈 수 있겠지만, 더 바람이 세게 불면 아마도 고생 좀 해야 할 것 같습니다. 이때가 태풍이 자주 부는 철이거든요. 그래서 이 시기를 지나 출항하려고 했는데, 대왕 폐하의 명을 거절할 수 없어 배를 띄울 수밖에 없었지요. 각오는 하고 있었으니 태풍과 싸워봐야지요.

갑판은 위험하니 선실로 내려가시지요."

아비루는 서둘러 아치기의 소매를 이끌었다.

두 사람이 선실로 내려갔을 때, 각자 노를 잡은 선원들은 모두 겁먹은 얼굴로 웅성대고 있었다.

"역풍이 불기 때문에 배의 운항 속도가 느리다. 바람 때문에 돛을 내렸으니, 힘껏 노를 저어라. 태풍 영향권에 들기 전에 가까운 항구부터 찾아야 한다."

선장이 선원들을 향해 소리쳤다.

파도는 점점 거칠어지고 있었다. 벌써 배가 좌우로 기우뚱거려 손으로 기둥을 잡지 않으면 몸을 가누기 어려울 지경이었다. 그런데 물결이 거세지면서 배가 좌우로만 요동치는 것이 아니라 앞뒤로도 변덕을 부려 양팔로 기둥을 꽉 끌어안고 매달려야만 경사진 바닥에서 미끄러지지 않고 견딜 수 있었다. 선반이며 선실 바닥에 놓여 있던 물건들이 공중에서 떨어지고 이리저리 바닥에서 쓸려다니며 사람들의 몸에 부딪쳤고, 그때마다 여기저기서 비명소리가 터져 나왔다. 갑판으로 들이친 물이 그 아래 선실로 스며들어 바닥은 더욱 미끄러웠고, 붙잡고 있던 기둥을 놓친 사람들은 마치 미끄럼질을 치듯 경사가 낮은 곳으로 쓸려갔다. 배의 요동에 따라 이리저리 쏠리면서 물건과 사람이 한 무더기를 이루어 아수라장을 방불케 하였다.

"절대 노를 놓치지 마라! 있는 힘을 다해 노를 저어라!"

어디선가 목이 터져라 외쳐대는 선장의 목소리가 들려왔다.

만약에 선원들이 각자 잡고 있는 노까지 놓쳐 이리저리 굴러다니는 물건들과 함께 쏠리게 되면 배가 전복될 위험이 있음을 선장은 경고하고 있었다. 돛은 완전히 내렸지만, 노를 계속해서 젓지 않으면 물결에 따라 요동치는 배의 균형을 잡기가 쉽지 않은 위급한 상황이었다. 배가 중심을 잃으면 그대로 깊은 물속으로 곤두박질쳐 수장되기 십상일 터였다.

요동치는 것은 범선의 선체만이 아니었다. 아치기는 두 팔로 기둥을 꽉 끌어안은 채 울렁거리는 뱃속을 다스릴 길이 없어 마침내 구토를 하기 시작했다. 위장을 가득 채우고 있던 음식물 찌꺼기들까지 모두 토해 낸 뒤에도, 계속 헛구역질을 해댔다. 나중에는 쓴물까지 다 토해 낸 뒤에 기진한 채 늘어져 정신을 잃었다.

노를 잡은 선원들이라고 제정신일 리가 없었다. 그들 또한 인내심이 한계점에 도달하자 노를 젓는 일도 포기한 채 몸을 늘어뜨렸다. 겨우 그들의 몸을 지탱하고 있는 것은 노 하나뿐이므로, 두 손으로 그것을 움켜쥔 상태에서 기진해 버리고 말았다. 이때 이미 작은 막대에 불과한 노가 그들의 생명을 지켜주는 유일한 버팀목이 되었다.

얼마나 시간이 흘렀는지 몰랐다.

"여보시오. 정신들 차리시오."

어디선가 외치는 소리가 들려왔다. 그러자 여기저기서 기침을 하는 기척이 있더니 사람들이 하나둘 정신을 차렸다. 선실로 들어선 몇몇 낯선 사람들이 기절한 선원들의 어깨를 흔들어 깨우고 있었던 것이다.

아치기도 그런 수런거리는 소리에 겨우 눈을 떴다. 그는 그때까지도 두 팔로 선실 속의 기둥을 꽉 끌어안고 있었다.

"이젠 안심해도 되니 기둥을 놓고 선실 밖으로 나가시오."

낯선 사람들이 아치기의 어깨를 흔들며 소리쳤다.

"여, 여기가 어디요?"

"무인도입니다. 태풍으로 배가 표류해 무인도 해변까지 쓸려 왔습니다."

아치기는 낯선 사람 하나의 부축을 받으며 선실 밖으로 나왔다. 아직 바람이 불었지만 섬의 해안 자락에 안긴 배가 밧줄로 고정되어 있어 뭍으로 나오는 데 큰 어려움은 없었다. 해안 모래사장을 지나자 동굴이 하나 보였다. 꽤나 깊고 널찍한 동굴이 짐승처럼 크게 입을 벌리고 있었다.

먼저 구출된 선원들은 그 동굴 안에 모여 웅성대고 있었다. 아치기가 동굴 안으로 들어서자 때마침 먼저 자리를 잡고 앉은 도주 아비루가 반갑게 손을 뻗어왔다.

"살아 계셨구려. 참으로 천만다행입니다."

어느 사이 널찍한 동굴 안에는 모닥불이 피워져 있었다. 한

여름인데도 이가 딱딱 부딪칠 정도로 한기가 몰려왔다.

"언제 모닥불까지 피워놓으셨군요."

아치기는 기운이 없는 가운데도 그중 모닥불이 가장 반가웠다. 온통 물에 젖어 옷이 몸에 착 달라붙었다.

"이건 낚시꾼들이 피워놓은 겁니다. 우리들을 선실에서 이곳까지 부축해 온 사람들이 바로 낚시꾼들이었습니다. 이곳은 대마도 인근의 무인도로, 낚시꾼들이 어선을 타고 와 자주 고기를 잡는 낚시터지요. 다행스럽게도 태풍이 우리 범선을 이곳으로 데려다주어 구사일생으로 살아남을 수 있었습니다."

아비루의 설명을 듣고 나서야 아치기는 겨우 상황파악을 할 수 있었다. 낚시꾼들도 갑자기 태풍이 몰려오자 이곳 동굴로 피신하여 모닥불을 피워놓고 몸을 말리다가 해변으로 쓸려온 범선을 발견하자 곧바로 인명 구조에 나섰던 것이다.

범선에 탔던 사람들을 점고點考하고 보니 10여 명이 부족했다. 선원 예닐곱 명, 그리고 아치기와 동행한 사신단 서너 명이 태풍에 휩쓸려 실종된 것이 틀림없었다. 그들은 기둥이나 노를 놓쳐 선실 들창을 뚫고 배 밖으로 떨어져 수중고혼이 되었다고밖에 달리 예측할 길이 없었다. 그래도 간혹 나무 조각이라도 붙잡고 파도에 실려 구명을 기다리고 있지나 않을까 해서, 몸을 말린 사람들이 동굴 밖으로 나와 먼 수평선 쪽을 바라보았다. 그러나 아직 거센 물결이 가라앉지 않아 부유물조차 발견하기 어려웠다.

"바닷물이 검은빛을 띠고 있어서 더욱 안 보입니다."

아치기가 무심코 해변의 물속을 들여다보다 말했다.

"해류의 영향입니다만, 이곳 바다는 유독 물이 검습니다. 천만다행으로 우리가 이곳으로 표류해 온 것도 해류의 흐름 덕분입니다. 태풍으로 조난당했지만 동북에서 서남 방향으로 흐르는 해류가 배를 이 섬에 데려다 준 것이지요."

때마침 곁에 있던 선장의 말이 그랬다. 그는 대마도 해역에 대해 잘 모르는 아치기에게 설명을 덧붙였다.

대마도 바닷물은 간장 빛깔을 띠고 있어 검푸른 물결로 출렁거렸다. 이 근해를 '현계탄玄界灘'이라고 하는 것은 유독 흑색을 띤 바닷물이라 검을 '현玄' 자를 쓰는 데서 비롯된 명칭이라고 했다. 더구나 물속의 바닥이 고르지 못하고 경사가 져 있어 해류의 유속이 빠르므로 여울 '탄灘' 자를 달게 되었는데, 다른 바다에 비하여 검은빛이 뚜렷하여 경계 '계界' 자를 가운데 집어넣어 이 지역을 이르는 이름으로 굳어졌다고 했다. 간혹 '현해탄玄海灘'이라고 지칭하기도 하는데, 말 그대로 '검은 바다 여울'이란 뜻이므로 같은 지역을 이르는 말이라는 것이었다.

참으로 다행스러운 것은 조난당한 범선에 곡물이 그대로 실려 있다는 사실이었다. 선원들은 왜국에 은을 공납하고 바꾸어 온 곡물을 끌어내려 햇볕에 말리느라 부산을 떨었다. 또한 무인도지만 낚시꾼들이 잡은 물고기를 곡물과 바꾸어 모닥불에 구워 먹으며 당장의 허기를 메울 수도 있었다.

"고기가 참 맛있습니다."

방금 모닥불에 구워낸 바삭바삭한 물고기 구이를 먹으며 아치기가 말했다. 그는 조난당한 범선에서 뱃속에 들었던 음식물을 모두 토해 냈으므로 몹시 시장했다. 배가 고프니 주변 사람 눈치를 볼 겨를도 없었다. 다른 사람들도 다 마찬가지 사정이었으므로 모두들 먹을 것을 제 입으로 가져가기에 바빴다.

"시장이 반찬이라 하지 않습니까? 그보다도 유독 이곳 해역에서 잡히는 물고기는 맛이 좋습니다. 해류의 영향으로 많은 물고기들이 이동하는 경로인데, 다양한 어종이 낚시에 걸리거나 그물에 잡혀 올라옵니다."

대마도주 아비루는 일단 한숨 돌린 입장이라 얼굴 표정에 여유가 있어 보였다. 범선의 걸렛조각처럼 찢어진 돛만 고치면 곧 대마도 본섬으로 출항할 수 있을 것이기 때문이었다.

바다 가운데 있는 대마도 사람들이 먹고 살 수 있는 것은 바로 내륙을 낀 바다보다 다양한 어종의 물고기들이 잡히기 때문이었다. 오징어·멸치·전갱이·고등어·방어·청새치·부시리 등은 물론이고, 도미·가자미 같은 바다 밑바닥에 사는 어류도 저인망 그물에 잡혀 올라왔다. 뿐만 아니라 바닷가의 물에 잠긴 바위와 자갈 바닥에서는 전복·소라·성게·미역·톳 등도 많이 생산되었다. 다만 바다 가운데 있는 섬으로 산만 높이 솟았고 평지가 적어 겨우 집터나 확보할 수 있으므로 농토가 거의 없는 것이 흠이었다. 그래서 대마도 사람들은 물고기를 잡거나 해산물을 채취하여 대륙 북쪽의 개운포開雲浦(부산·울산)나 물아혜勿阿兮(목포·무안)와 상대上臺(영암) 포구 등지로 싣고 가서 곡물과 물물교환을 했다. 또는 남동쪽으로 왜국의 나가사키나 규슈, 혼슈 등지와도 거래를 하였다. 아비루 종족 중에서는 아예 왜국 본토인 혼슈로 진출해 정착민이 되어 대대로 세가를 이루며 사는 사람들도 있다고 했다. 이들 역시 왜국 발음으로 '아비루'란 씨족 명칭을 사용하였으며, 그 지역 이름 또한 씨족 이름과 같이 쓰이게 되었다.

범선을 고치는 데 열흘 이상 족히 소요되었다. 바다는 여느 때보다 잔잔해져 있었고, 마침내 배는 무인도 해변을 떠나 대마도 항구를 향해 출발했다. 바닷물은 비록 깊고 검은빛이었지만, 하늘은 높고 푸르렀다. 한 자락의 뭉게구름까지 여유를 부리며 흐르고 있어, 언뜻 보기에 하늘 호수에 뜬 범선 같았다. 그래서 그러한 풍경은 마치 바다와 하늘이 대칭 구도를 이루고 있는 것처럼 느껴지기도 했다.

3

대마도에는 백제나 가야를 오가는 상선들이 많았다. 그 섬을 둘러싼 바다에서는 백제나 가야 근해에서 나는 어종보다 더 값이 나가는 물고기들이 많이 잡혔다. 따라서 상선들은 그물이나 낚시로 잡은 바닷고기를 싣고 가서 곡물과 바꿔오는 물물거래를 하기 위해 자주 출항하였다.

왜국왕 오진이 파견한 밀사는 아치기를 비롯하여 일곱 명이었다. 현해탄을 건너다 태풍으로 조난당할 때 네 명이 희생을 당했던 것이다. 대마도주 아비루는 아치기 일행에게 백제로 떠날 상선에 승선할 수 있도록 주선해 주었다.

"이 포구는 반도의 해류가 흘러오는 곳입니다. 그래서 신라나 가야와 백제의 배들이 풍랑을 만나 표류하게 되면 이 포구로 오게 돼 있지요."

전송을 나온 아비루가 상선에 오르기 전의 아치기에게 설명했다.

"해류가 그렇게 흐르는 것을 어찌 아십니까?"

"이 포구 근처에 사는 사람들 중 많은 이들이 반도에서 표류해 온 어부들입니다. 이 섬의 어종이 풍부한 것을 보고 아예 눌러앉은 것이지요. 또한 여름철 장마가 지고 나면 이 포구에 온

갓 오물들이 쌓이곤 하는데, 대륙의 강에서 바다로 흘러 이곳까지 온 잡동사니들이 대부분입니다. 이곳에 사는 반도 출신 어부들이 해변에 널린 오물들 중 생활용품들을 살펴보고 대륙에서 즐겨 쓰던 것들이 분명하다고 말하니, 아마도 틀림이 없을 겁니다."

아비루의 배웅을 받고 아치기는 배에 올랐다.

아치기 일행을 태운 상선은 곧 백제를 향해 서북 방향으로 항해를 하기 시작했다. 포구를 떠난 배는 해류가 흐르는 반대 방향으로 노를 저어갔다.

백제의 상대포구엔 상선과 어선들이 즐비하게 정박해 있었다. 아치기는 백제 땅을 밟으면서 감회가 새로웠다. 그는 수하들에게도 자신의 이름을 '아직기'로 부르라고 했다. 그의 호위 무사로 따라온 '아라카와케'도 '황전별'로, '카무나기와케'도 '무별'로, 그 밖의 일행들 역시 고국 땅을 밟으며 자연적으로 자기 본래의 이름을 쓰게 되었다.

상대포구에서 아직기 일행은 보부상 차림으로 꾸려 백제의 도성 한성을 향해 출발했다. 아직기만 말을 한 필 구해 타고 갔으며, 나머지 일행은 말린 해조류와 각종 젓갈 종류로 짐을 꾸려 짊어졌다. 실제로 한성까지 가는 동안 행상 노릇을 해서 그들이 왜국의 밀사 일행임을 아무도 눈치채지 못하도록 했다. 이는 왜국왕 응신의 밀사이므로 아직기 스스로 신변의 노출을 꺼려 임시방편으로 꾸민 위장술이었다. 혹시 백제 곳곳에 퍼져 있을 고구려나 신라의 첩자들 눈을 속이기 위한 것이었고, 백제의 백성들도 알아서 좋을 것이 없었다. 백제인이면서도 왜국의 도래인이 되어 밀사의 중임을 맡아 고국을 방문한다는 것 자체가 그리 환영받을 만한 일은 아니었던 것이다.

무사히 한성에 도착한 아직기는 우선 일전에 왜국에 밀사로 파견됐던 사두부터 찾았다. 사두는 백제 궁궐의 경비를 총책임지고 있는 위사좌평의 자리를 차지하고 있었다.

"사두 장군을 만나러 왔소."

아직기는 한성의 궁궐 정문에서 말했다.

"누구신데 사두 장군을 찾으시오?"

"아직기라고 전해 주시오."

궁궐 경비들은 '아직기'라는 이름을 모를 터이므로, 당당하게 자신의 본명을 댔다.

잠시 후 말을 타고 사두가 나타났다.

"오랜만입니다. 안으로 모시겠습니다."

사두는 왜국에 밀사로 파견되었을 때 아직기를 잠시 만난 적이 있었으므로, 그가 갑자기 나타난 것에 대하여 물어볼 필요도 느끼지 않았다. 그의 얼굴을 대하는 순간 왜국왕이 보낸 밀사임을 즉시 알아보았기 때문이다. 그러므로 궁궐 경비들이 있는 자리에서 함부로 발설할 수 없는 일이었다.

아직기는 먼저 왜국왕 응신이 백제왕 아신에게 보내는 선물 상자를 사두에게 전했다.

"왜국의 응신 대왕이 아신 대왕 폐하께 드리는 선물입니다. 지난번 태자 전하와 함께 박사들을 보내주셔서 감사드린다고 전해 달라는 말씀이 있었습니다. 짐작하셨겠지만, 지난번 장군의 임무와 마찬가지로 나 역시 밀사로 온 것입니다. 하여, 비밀리에 대왕 폐하의 알현을 요청하는 바입니다."

"알겠습니다. 비밀을 요하시니, 거처는 객사보다 소장의 집이 안전할 것 같습니다. 왜국에 밀사로 갔을 때 소장도 목만치, 아니 그곳에서는 소가노 마치라 부르는 성주의 댁에 머물렀던 것처럼 말입니다."

사두는 그러면서 아직기 일행을 자신의 저택으로 안내했다.

다음날, 아직기는 사두와 함께 백제의 대왕 아신을 알현하였다.

아직기는 사두 옆에 앉았고, 탁자 맞은편에 대왕 아신이 정좌했다. 전날 사두가 전한 왜국왕 응신의 선물 상자도 탁자 가운데 놓여 있었다. 곧 내신이 다가와 비단 보자기를 끌러 상자를 열어보였다. 상자 안에서 나온 것은 녹색으로 빛을 발하는 청옥이었다.

"이건 비취가 아니오? 이 귀한 선물을 보내주신 응신 대왕께 감사의 말씀을 전해 주시오."

아신은 상자에서 비취를 꺼내 이리저리 살펴보았다.

"북해도의 비탄산맥飛驒山脈(북알프스)에서 흘러내리는 사어천糸魚川(이토이강)의 옥이라 하옵니다. 그 산이 높고 깊어 물줄기가 길고 폭이 넓은데, 자주 홍수가 일어나 강바닥이 드러납니다. 그 강바닥에서 캐낸 청옥으로 왜국에서는 최상의 보물로 여기옵니다. 직접 가본 적은 없으나 강물이 흘러든 호수는 비취빛을 띤 아름다운 물이 장관이라 하옵니다. 그래서일까 그곳에서 나는 옥은 물 빛깔과 매우 닮아 청색을 띠고 있다고 들었습니다."

"흐음, 저 서역의 화전이란 곳에서 옥을 채취하는 방법과 다르지 않군요. 화전에는 곤륜산의 흘러내리는 물이 백옥하와 흑옥하 두 강을 이루는데, 그 강바닥에서 옥을 캔다고 하지요. 그런데 응신 대왕께서 특별히 부탁한 말씀이 있다 들었습니다만……."

아신은 너무 어린 태자를 왜국으로 보내 상심이 큰 관계로 안부가 궁금했지만, 애써 태연을 가장해 밀사의 이야기부터 듣고자 했다.

"먼저 태자 전하께서 잘 계신다는 말씀부터 전해 올립니다. 연전에 태자 전하와 함께 박사들을 보내주셨는데, 응신 대왕께서는 더 학문이 깊은 유학의 큰 스승을 원하시옵니다. 소문에 백제에는 은둔거사로 왕인 박사가 유학에서 무불통지의 경지에 이르렀다 들었습니다. 이번에 응신 대왕께옵서 바로 왕인 박사를 초청하였사옵니다. 백제의 전지 태자는 물론이거니와 응신 대왕의 태자와 많은 왕자들을 가르치려면 깊은 학문을 가진 사부가 필요하다고 강조하셨사옵니다."

"오, 짐도 사두 장군을 통해 왕인 박사 이야기를 듣기는 했소이다. 왕인은 사두 장군과 동문수학을 했다 들었지만, 월출산 토굴에서 두문불출 학문도야에만 힘쓴다고 하니 저잣거리로 나오려 할지 모르겠소."

"대왕 폐하께서 윤허를 내려주시면 사두 장군과 함께 월출산에 가서 소신이 간곡히 부탁을 해보도록 하겠사옵니다."

아직기는 아직 밀사의 임무에 대해서는 꺼내지도 않았다. 대왕 응신의 특명이었으므로, 어떤 수를 쓰든지 왕인 박사와 함께 왜국으로 갈 수 있도록 하는 일이 중요했다.

그런데 대왕 아신의 생각은 달랐다. 아직기가 단순히 왕인 박사 초청 건을 가지고 밀사로 파견됐다고 보지는 않았다. 밀사는 겉과 속이 다른 주머니를 갖고 있었다. 주머니의 겉이 왕인 박사 초청이라면, 그 속은 전혀 다른 내용이 들어 있을 것이었다.

"지엄한 왕명이라 하더라도 왕인 박사가 왜국에 가는 것을 수락할지 알 수 없소. 짐이 친히 서찰을 써서 줄 터이니, 그 수락을 받는 수완은 사두 장군과 아직기 선생 두 사람에게 달려 있소이다."

아신은 아직기의 이름 뒤에 선생을 붙였다.

"황공하옵니다, 폐하! 임무가 끝나면 반드시 왕인 박사와 함께 왜국으로 떠나겠나이다."

"선생의 임무가 그것으로 끝이란 말입니까?"

"아니옵니다. 주위를 물려주시면⋯⋯."

아직기는 내관을 힐끗 보다가 고개를 숙였다.

"알겠소. 내관은 나가 있으라. 편전 근처에 누구도 얼씬하지 못하도록 하라."

아신의 명을 받고 내관이 나간 뒤 사두도 따라서 나가려고 했다.

"사두 장군은 같이 있어도 무방합니다."

아직기가 사두를 다시 자신의 옆에 끌어 앉혔다.

"응신 대왕께선 언제쯤 원정군을 보내주겠다고 하는지요?"

아신이 먼저 궁금한 것을 물었다.

"아직 원정군을 모집하는 중에 있사옵니다. 백제를 위시하여 고구려·가야 등에서 왜국으로 간 도래인 세력들을 규합하는 데 조금 시일이 걸린다고 하옵니다. 도래인 세력이 통합되면 원정군 출정은 시간문제이옵니다. 그러나 문제는 백제와 가야에서 군사 지원을 해야 하는데, 어느 정도 규모인지 알고 싶어 하시옵니다. 특히 가야 지역을 통해 신라를 칠 계획인데, 국경을 맞대고 있는 가야의 군대를 길잡이로 삼고자 하옵니다. 폐하께서 가야 대왕께 밀서를 보내 그 점에 관해 긴밀한 협의를 한다면 바다 건너온 왜국 원정군이 손쉽게 신라 땅을 탈취할 수 있을 것이옵니다."

아직기는 대왕 응신의 밀서를 지니지 않았다. 신라나 고구려에 그 소문이 새어나가지 않도록 철저히 방비하기 위해, 구두로 전달토록 한 것이었다.

"흐음, 연전에 밀사로 왜국에 다녀온 사두 장군에게서 들었소이다. 고구려를 치지 않고 먼저 신라를 친다고. 신라를 치려면 가야의 협조 없이는 안 되겠지. 우리 백제나 가야는 고구려와 신라를 견제하기 위해 동맹 관계를 맺고 있소이다. 이 기회에 두 나라의 관계를 더욱 굳건히 다질 것이니, 응신 대왕께선 도래인들을 규합한 원정군을 조속히 보내주시기 바란다고 전해 주시오."

아신은 넓은 소매 끝에 숨긴 주먹을 불끈 쥐었다. 지난날 고구려군에게 한성을 침탈당했던 치욕을 되돌려줄 수만 있다면, 섶을 지고 불속에라도 뛰어들 용기가 있었다. 왜국의 군대를 불러들인다는 것이 혹여 긁어 부스럼이 될 수도 있다는 생각이지만, 그것은 그때 가서의 문제이고 당장은 고구려와 신라를 쳐서 복속시킬 필요가 있었다. 가능하다면 신라를 유린하고 북진하여 압록강을 건너 고구려의 영토까지 정벌하고 싶었다.

4

달이 뜨는 봉우리는 삐죽삐죽한 바위들로 이루어져 있었다. 날카롭게 벼린 창이나 칼처럼 솟아오른 바위와 바위 사이에 붉은 기운이 서리더니, 어느 순간 둥그런 달이 떠올랐다.

보름달이었다. 짙은 어둠에 가려졌던 봉우리들을 비추면서 떠오른 달은 금세 하늘 높이 솟아 산야를 환하게 비추었다. 붉은빛 돌던 둥근 달은 어느새 월출산 봉우리 위로 높게 떠올라, 마치 지상으로 은빛 가루들을 뿌려대고 있는 것 같았다. 낮 동안 해가 금빛 화살촉 같은 빛을 온 누리에 고루 비추는 것처럼, 밤이 되면 달이 그렇게 은빛으로 산야를 물들이고 있는 것이었다.

'자연의 세상이 저리 공평한데, 어찌 인간들의 세상은 그렇지 못한 것일까.'

월출산 토굴에서 나온 왕인은 달을 바라보며 깊은 생각에 잠겼다. 매일 보는 해와 달은 같은 것이지만, 그는 볼 때마다 그 찬란한 빛들이 새로운 감동으로 가슴에 와닿는 느낌을 받았다. 그러면서 때와 장소에 따라 자연에서 느끼는 사람의 감정이 한갓 간사한 것에 불과함을 그 스스로 인정하지 않을 수 없었다.

왕인의 생각에, 사람들이 사는 세상은 결코 믿을 바가 못 되었다. 초부거사 밑에서 같이 학문을 익힌 사두가 하산하여 죽음을 불사하며 세상과 부딪쳐 싸우고 있는 것을 보면, 그는 토굴을 떠나 세상으로 나가기가 두려웠다. 세상이 바르지 못한 것은 이기심으로 가득 찬 인간의 욕망에서 비롯되었다고 할 수 있었다. 그런 욕망이 빈부의 격차를 만들고, 국가와 국가 간의 전쟁도 바로 그 이기적인 집합체의 모순이 만들어낸 것이었다. 이는 약육강식의 짐승들 사회와 크게 다르지 않았다.

"아아, 진정한 평화의 세상은 요원한 것인가? 대동세상은 헛된 꿈이란 말인가?"

왕인은 달을 바라보며 한탄했다. 그러다가 제풀에 흠칫 놀라 주변을 두리번거렸다. 마음속으로 외친다는 것이 입을 통해 소리로 터져 나와 숲으로 메아리쳤다. 누가 듣고 있지 않기에 망정이지, 그는 자신의 내면을 들킨 것 같아 얼굴이 붉어지기까지 했다.

그런데 왕인의 그런 외침을 누군가가 몰래 엿듣고 있었다. 숲속에서 불쑥 허수아비 같은 그림자가 튀어나와 그를 문득 놀라게 만들었다.

"어찌 대동세상을 헛된 꿈이라 하는가?"

정말 허수아비처럼 바람에 날려갈 것 같은 흰옷차림의 사내가 왕인을 향해 꾸짖듯이 말했다.

"허어? 누, 누구시오?"

왕인은 사내에게 거리를 두듯 뒤로 한 발 물러서며 물었다.

"누구는 누구? 그대는 벌써 이 초부를 잊었는가?"

"초, 초부라면? 아니, 스승님이 아니십니까?"

"그렇다. 실로 오랜만이구나. 이 토굴을 떠난 지 다섯 해가 지났는데, 넌 아직도 여기 숨어서 저 인간들이 사는 저잣거리의 세상 타령이나 하고 있는 것이냐?"

달빛 아래 모습을 보인 초부거사가 흰 이를 드러내고 씨익, 웃었다. 달빛이 옆모습을 비추어 얼굴에 그림자가 지는 바람에 왕인은 스승을 바로 알아보지 못했던 것이다.

"스승님, 이제 아주 이 토굴로 오신 것입니까?"

왕인이 허리를 깊이 숙여 인사를 한 다음 물었다.

"아니다. 네 말처럼 어지러운 세상에 어디 한 군데 빌붙어 있을 수가 있어야 말이지? 아이쿠, 짐이 무겁구나. 어서 토굴로 들어가자."

그러고 보니 초부거사는 등에 걸망태를 짊어지고 있었다. 허리 아래로 축 늘어진 것이 걸망태 속에는 무게가 좀 나가는 물건이 들어 있는 듯싶었다.

"제가 들겠습니다."

"아니다. 토굴에 들어가 내려놓으면 될 것을. 종이가 이렇게 무거운 줄 이번에 처음 알았다."

"서책이로군요?"

왕인이 뒤에서 초부거사의 짐을 받쳐주면서 만져보니 딱딱한 것이 서책임을 금세 알 수 있었다.

"저 장안에서 네게 주려고 이렇게 짊어지고 왔다."

토굴로 들어선 초부거사는 걸망태를 바닥에 내려놓으며 말했다.

"불을 켜야겠습니다."

왕인이 더듬더듬 부싯돌과 관솔을 찾고 있는데, 초부거사의 목소리가 들렸다.

"달빛이 내리는 밖이 더 좋다. 무거운 책 보따리를 부렸으니, 달빛 아래로 나가자꾸나."

"저녁 진지를 드셔야지요?"

"저 산 아래 저잣거리에서 먹었다. 너는 아직 식전인 모양이로구나."

"아닙니다. 저는 요즘 생식을 하고 있어 솔잎을 씹는 것으로 대신 때웠습니다."

"허헛! 송충이 먹이로 어찌 사람의 뱃속을 다스릴 수 있겠느냐?"

초부거사는 앞서서 토굴을 벗어나 공터의 나무 등걸에 털썩 걸터앉았다.

"스승님께선 여전하십니다."

왕인도 초부거사 곁에 앉았다.

달빛을 받아 두 사람은 비로소 서로의 얼굴을 명확하게 확인할 수 있었다. 초부거사는 겉모습만 봐서는 그 별칭인 '초부 樵夫'처럼 나무꾼에 지나지 않았다. 긴 머리칼이 제멋대로 등이며 어깨로 흘러내렸는데, 바람에 날리는 것을 방지하기 위해 이마에 헝겊을 질끈 동여매고 있었다. 영락없는 나무꾼 행색인데, 달빛에 비친 그의 눈만은 깊고 그윽했다. 어딘가 감히 범접할 수 없게 만드는 범상치 않은 분위기는 바로 그 눈빛에서 비롯되고 있었다.

"나는 네가 이 토굴을 지키지 않고 있으면 어쩌나 하고, 긴가민가하면서 찾아온 길이다."

초부거사가 밝게 웃었다. 그 해맑은 웃음은 갓난아기의 새카만 눈동자처럼 빛을 발했다.

"스승님이 언젠가 찾아오시리라 믿었습니다. 그동안 저 중원 땅을 두루 섭렵하시리라곤 꿈에도 생각 못했습니다."

왕인이 초부거사를 그윽한 눈길로 바라보았다.

"이 땅에서 더 이상 학문을 닦을 길이 없어 중원으로 건너갔느니라. 내가 읽지 않은 경전이 있어야 더욱 깊이 학문에 몰두할 수 있지 않겠느냐? 학문이란 파면 팔수록 깊은 우물과도 같아. 그 물이 샘솟는 원천이 어디인지 모를 지경이다."

"아까 걸망태에 가져오신 것이 경전이로군요."

"그래, 내가 장안에서 구해 읽으며 정진하던 서책이다. 그동안 익힐 만큼 익혔으니, 이제 제자들에게 그 책을 전해 주어야겠다는 생각에 이렇게 왔느니라. 헌데 어째 사두는 보이지 않는구나."

"하산한 지 오래입니다. 스승님이 떠나시고 나서 얼마 안 되어 사두는 한성으로 가서 장군이 되었습니다. 스승님께 그저 심심풀이로 무술을 배운 줄 알았더니, 위기에 처한 나라를 구하는 데 일익을 담당하겠다며 하산했습니다."

왕인의 말을 들으며 초부거사는 고개를 몇 번 끄덕거렸다.

"허허, 내가 호신용으로 배운 무술을 사두가 제대로 써먹고 있구먼. 나라를 위한 일이라니 네가 말릴 수도 없었겠구나."

"실은 사두가 같이 하산하자고 했는데, 저는 거절했습니다. 질투와 시기와 욕망으로 가득 찬 세상이 두려웠기 때문입니다. 그래서 스승님이 두고 가신 경서만 읽고 또 읽고, 거듭해서 읽으면서 지냈습니다."

초부거사는 한동안 머리를 끄덕이며 말이 없었다.

오랜만에 스승과 제자가 만나다 보니 할 이야기가 많았다. 특히 초부거사가 장안에 가서 겪은 사연들은 혼탁한 세상이 어떻게 사람들에게 고통을 주는지 실감케 하였다. 전진이 무너지고 나서 화북은 여러 종족들에 의해 새로운 나라가 건국되고, 그들끼리 서로 세력 다툼을 하면서 이합집산을 번복하는 과정은 약육강식을 일삼는 동물들의 세계와 다를 바 없었다.

"세상이란 참 묘한 것이야. 저 옛날 중원의 춘추전국시대 때 학문이 발달한 것을 보면 불가사의한 일이 아니겠느냐? 그 혼란한 시대에 도가·묵가·법가·유가·음양가 등등 온갖 사상이 움트고 자라나지 않았느냐? 역설이지만, 혼탁한 세상이야말로 사상의 토양이 된 셈이지. 오히려 평화로운 세상일 때는 무사안일주의에 빠져서 그런지 사람들이 뭔가 궁구하려고 들지 않는 모양이야. 말하자면 강력한 자극이 깊이 있는 학문을 연구토록 하는 도화선이 되었다고나 할까? 하긴 곰곰이 생각해 보면, 캄캄절벽 같은 세상과 마주했을 때 지혜로운 사람들은 그 난관을 극복하기 위해 뭔가 궁구를 하게 돼 있지."

초부거사는 그러더니 한동안 침묵을 지킨 채 중천에 뜬 달을 고개가 아플 정도로 올려다보았다.

"스승님 말씀을 들으니, 학문이란 혼탁한 세상을 바로잡고자 하는 마음에서 비롯된 방법론이란 생각이 듭니다. 그런데 그렇게 다양한 학자들에 의해 많은 사상이 나왔지만, 세상은 그리 달라진 것이 없습니다. 학문이 맑은 물을 공급하는 것이라면 혼탁한 물이 사라지고 전쟁 없는 평화의 세상이 와야 하는데, 위정자들은 그것을 역이용하여 자꾸만 악의 축을 구축하려고 듭니다. 스승님, 그렇다면 학문이 왜 필요한 것입니까? 학문을 배워봤자 무슨 소용이 있습니까? 저는 요즘 그런 회의론에 빠질 때가 참으로 많습니다."

"허허, 헛! 이제야 네 학문이 더 깊어질 모양이로구나. 학문에선 너와 같은 회의론적인 생각이, 그 깊이를 더해 주는 촉진제 역할을 해준단다."

"아까 스승님이 말씀하신 것처럼 파고 파도 그 깊이를 알 수 없는 우물 같은 것이 학문 같습니다. 학문이란 세상에 맑은 물을 공급하는 방법론인데, 실제로 그것을 실천하는 사람은 극히 적습니다. 오히려 아까 말씀드린 대로 그 방법을 역이용하여 권력을 잡으려는 자들의 뱃속만 채워주는 꼴이 되고 맙니다. 특히 석씨釋氏(불교)의 학문이 그러합니다. 전진의 부견이 '왕즉불 사상'을 신봉하여 저 장안 서쪽의 돈황이란 곳에 수백을 헤아리는 진흙 굴을 파고 석씨 조상彫像을 만들어 안치했다고 들었습니다. 즉 왕이 곧 부처라고 믿는 부견도 중원 통일의 야망을 실현하려다 불귀의 객이 되었습니다. 석씨의 학문에 대해서는 깊이 있게 알지 못하옵니다만, 부견은 그런 학문의 방법론을 자신의 권력 욕망을 채우는 데 활용하려다 실패한 것 아니겠습니까? 우리 백제도 침류대왕 때 천축승 마라난타가 와서 석씨의 학문을 국가 발전의 정신적 기틀로 삼으려 했으나, 그것이 결국 전쟁만 부추겼을 뿐 평화와는 너무나 거리가 먼 세상을 만들고 말았습니다. 스승님, 세상에 영원한 평화란 없는 것입니까? 그런 세상은 결코 오지 않는 것인가요?"

왕인은 자신도 모르는 사이에 오래도록 마음속에서 궁구하며 고민해 오다 벽에 부딪쳐 봉착하고 만 세상에 대한 불만을 토로하였다.

"인아, 너는 아까 혼자서 저 달을 향해 외친 대로 대동세상을 바라는 모양이로구나. 학문을 하는 자로서 마땅히 그리해야겠지. 진실로 이상향의 세계를 궁극의 목표로 삼아야 학문의 발전이 이루어진다고 나도 생각한다. 네가 사두를 따라 하산하지 않은 이유를 이제야 알 것 같구나. 그렇지 않아도 나 역시 대동세상에 대하여 많은 생각을 해봤는데, 이번에 가져온 서적 중에 그에 관한 글이 있어 네게 주려던 참이었다. 동굴로 들어가 그 책을 살펴보자."

초부거사가 먼저 일어섰다.

그때서야 왕인도 벌떡 일어나 먼저 동굴로 들어가 부싯돌을 켜서 관솔에 불을 붙였다. 송진 타들어가는 냄새가 코끝을 스치면서 동굴 안이 환해졌다. 초부거사는 걸망태에 든 서책들을 바닥에 펼쳐놓았다. 그는 10여 권의 서책들 중 하나를 집어 불빛에 비추었다. 표지에 『예기』라고 쓰여 있었다.

"오경 중의 하나인 『예기』가 아닙니까?"

왕인도 전에 스승에게서 그런 책이 있다는 이야기를 듣기는 했으나, 서책으로는 처음 보는 것이었다.

"네게 사서 위주로 가르쳤지만, 서책이 없어 오경은 그저 그런 책이 있다는 정도로 그쳤었다. 그래도 네가 우리 백제에서 오경박사 소릴 듣고는 있다만, 사서오경을 두르르 꿰는 실력이 되어야 제대로 된 그 자격을 갖출 수 있을 것 아니겠느냐? 이번에 장안에 가서 오경을 모두 구해 왔으니, 학문 도야에 더욱 힘쓰도록 하거라."

초부거사는 그러면서 책장을 넘겨 어느 한 곳을 왕인에게 보여주었다.

"너도 전에 『장자』와 『여씨춘추』를 읽어 '대동'이란 말을 이해하고 있겠지만, 이 책의 '예운편'에 나오는 글을 읽으면 대동세계에 대한 의미를 제대로 알 수 있을 것이다."

왕인은 초부거사가 보여주는 대목을 읽어내려 갔다. 관솔불이라 좀 어두웠지만, 그의 안광은 책장을 뚫을 것처럼 강렬하게 빛났다. 학문에 대한 갈구가 그만큼 강했던 것이다.

"어두워서 글을 읽기가 쉽지 않습니다."

왕인이 아쉬운 얼굴로 서책에서 눈을 떼어 초부거사를 바라보았다.

"내가 입에 달토록 읽고 읽어서 그 내용을 다 알고 있다. 이 책의 '예운편'에 보면 대동세상을 이와 같이 풀이하고 있느니라. 즉, 대도大道가 행해지는 세계에서는 천하가 두루 공평무사하다. 어진 자를 등용하고 재주 있는 자를 정치에 참여시켜, 신의를 가르치고 화목함을 이루도록 해야 한다. 그렇기 때문에 사람들은 자기 부모만 공경하거나 자기 아들만 사랑하지 않는다. 다른 사람의 부모라 하더라도 나이든 사람들이 삶을 편안하게 마칠 수 있도록 해야 하며, 다른 사람의 자식들 또한 젊은이들에게 적재적소에 쓰일 데가 있도록 주선하고, 어린아이들의 경우 안전하게 자라도록 적극 보호해야 한다. 그리고 홀아비·과부·고아, 자식이 없는 노인, 병든 자들을 모두 부양토록 해야 한다. 남자는 모두 일정한 직분이 있고, 여자는 모두 시집을 갈 곳을 정해 준다. 땅바닥에 떨어진 남의 재물에는 욕심을 내지 않는다. 사회적으로 책임져야 할 일들은 스스로 하되, 반드시 자기만이 할 수 있다는 오만을 부리지 않는다. 이 때문에 간사한 모의가 끊어져 더 이상 불의한 일이 일어나지 않고, 도둑이나 폭력배들이 생기지 않는다. 그러므로 문을 열어놓고 닫지 않으니 이를 대동이라 한다는 것이다.”

초부거사는 한달음에 대동세상의 의미를 두르르 꿰었다.

왕인은 그 대목을 음미하고 또 음미했다. 그러면서 대동세상이란 바로 그러한 전쟁이나 투기나 욕망이 없고, 모두가 공평하고 화평한 세상임을 다시금 마음속에 아로새길 수 있었다.

그날 밤, 초부거사는 드러눕자마자 드르렁거리며 코를 곯았다. 그러나 왕인은 잠을 자려고 노력했지만 방금 전에 들은 대동세계에 대한 내용들이 밤하늘의 별처럼 떠올라 정신은 더욱 말똥거렸다. 비록 눈을 감고 있었으나 정신의 눈이 살아 있어 한동안 잠을 설치다 새벽녘에야 겨우 잠 속으로 빠져들었다.

5

왕인은 사흘 동안 꼬박 초부거사가 가져온 서책을 들여다보며 오랜만에 학문의 심연에 흠뻑 빠져드는 기쁨을 누렸다. 그가 새롭게 경험한 학문은 그 깊이와 끝과 너비를 알 수 없는 호수 같았으며, 그 속에서 길어 올린 언어들은 갓 잡아 올린 생선처럼 싱싱했다. 문장과 문장이 만들어내는 교집합, 그것이 궁극적으로 지향하는 사상의 집적은 그에게 정신적 희열을 가져다주기에 충분했다.

이미 왕인의 학문적 경지는 초부거사의 가르침을 필요로 하지 않을 만큼 수준 높은 차원에 올라가 있었다. 경전을 독학으로 익혔지만 충분히 무불통지의 경지에 이를 만했던 것이다.

"인아! 난 너처럼 나무열매나 풀뿌리, 솔잎만 먹고는 못 산다. 학문도 좋지만 몸도 생각해야지. 몸과 정신, 그 어느 하나가 중요한 것이 아니다. 그 두 가지가 균형을 이루어야만 한다. 그런 경지에 이르게 되면 몸이 곧 정신이고, 정신이 곧 몸임을 알게 될 것이다."

초부거사는 예전에 자신이 무예를 익히느라 손수 만들어 두었던 활과 화살을 챙겼다. 그는 서책을 담아 갖고 왔던 빈 걸망태를 어깨에 둘러멨다.

"스승님, 어딜 가시려구요?"

서책에만 눈길을 주고 있던 왕인이 당황한 얼굴을 들어 초부거사를 바라보았다.

"사냥이라도 나가서 날짐승을 잡아 누린내 나는 고기로 배를 채우련다."

초부거사는 그 말만 남긴 채 뒤도 돌아보지 않고 숲속으로 들어가 곧 자취를 감추어버렸다.

예전부터 스승이 늘 그런 식이었으므로, 왕인도 말릴 생각을 하지 않았다. 사흘이 걸릴지, 보름이 걸릴지, 혹은 한 달을 넘길지 모르는 일이지만, 나타날 땐 갑자기 모습을 드러내므로 그런 줄 알아야만 했다.

정말 그로부터 며칠이 지났는데도 초부거사는 나타나지 않았다. 그런데 뜻밖에도 왕인을 찾아온 외방객이 있었다. 다름아닌 한성에서 달려온 사두와 아직기였다.

"자네가 또 웬일로 나를 찾아왔는가?"

왕인이 사두를 보고 물으며, 시선은 전혀 낯이 선 아직기를 향했다.

"오랜만인데 반갑지 않은 모양이군! 인사하시게. 왜국에서 온 아직기 선생이시네. 근초고대왕 시절 왜국에 사신으로 갔다가, 그곳 왕실의 자제들에게 승마를 가르치신 분이지. 자네도 들어서 알겠지만, 말 기르기부터 승마까지 말에 관한 한 당대 최고를 자랑하는 명인이로세."

이 같은 사두의 소개에 두 사람은 가만히 목례를 나누었다.

"아직기라고 합니다. 왕인 박사의 명성은 왜국에까지 널리 알려져 이렇게 찾아뵙게 되었습니다."

아직기는 왕인에 비하면 나이가 스무 살 이상 많아 이미 머리가 반백에 가까웠는데, 아까 목례를 할 때와는 달리 허리를 깊이 꺾었다.

"무슨 과분한 말씀을! 저야 이처럼 산속에 묻혀 사는 서생에 불과하옵니다."

왕인도 얼떨결에 답례로 머리를 숙였다.

"대왕 폐하의 서찰이네."

사두가 품속에서 대왕 아신의 서찰을 꺼내 왕인에게 내밀었다.

"자네 연전에 왜국에 사신으로 갔다 오더니 또 그 어깨에 무거운 짐을 지고 온 모양이로군!"

서찰을 받긴 했지만, 왕인은 바로 뜯어볼 생각도 하지 않고 사두를 향해 말했다.

"어찌 그리 잘 아는가? 자넨 천리안이라도 가진 모양이군!"

사두는 빙그레 웃으며 왕인에게서 눈길을 거두어 아직기를 바라보았다.

"여기 아직기 선생을 모셔온 걸 보면 불문가지가 아니겠는가?"

"허어, 족집게로세. 내가 말하기 전에 먼저 대왕 폐하의 서찰이나 뜯어보게. 거기 다 적혀 있을 터이니."

사두가 손을 들어 왕인을 재촉했다. 아직기는 두 사람을 번갈아 바라보며 그저 말없이 고개만 주억거렸다.

결국 왕인은 두 사람이 보는 앞에서 대왕 아신의 서찰을 뜯어보았다. 길지 않은 글이지만, 요지는 명확하였다. 연전에 볼모로 간 전지 태자와 왜국 왕자들에게 학문을 가르치는 스승이 되어달라는 것이었다. 어명이므로 어길 수 없는 사안이었다.

"허헛, 참! 자네 정말 이러긴가? 내 어깨를 참으로 무겁게 만드는군!"

그 말을 하는 왕인의 어깨가 축 쳐졌다.

"면목 없네! 그러나 우리 백제를 위한 일이로세. 전지 태자의 스승으로 자네만한 학자가 또 어디 있겠는가?"

"얼마 전에 스승님께서 오셨는데, 며칠 전 기약도 없이 어디론가 사라지셨네. 나도 스승님처럼 자취도 없이 사라질 때가 된 것 같군!"

왕인은 자신도 모르는 사이 말끝에 한숨을 빼어 물었다.

"뭐? 스승님이 오셨다구?"

"자네도 잘 알지 않나? 스승님이 어느 날 온다 간다 말없이 사라졌다가 갑자기 나타나는 것을! 그만큼 어디에도 얽매이지 않는 참으로 자유로운 분이시지. 소우주가 따로 있는 게 아닐세. 세상에서 아주 자유로운 영혼을 가진 스승님의 마음속이 바로 소우주지. 나도 그런 자유로운 영혼이 되고 싶다네."

왕인의 말을 들으며 사두는 난감한 표정이 되었다. 그 순간 옆에서 두 사람의 대화를 듣고 있던 아직기 역시 얼굴에 어두운 그늘이 드리워졌다.

"갑자기 왜 귀가 근지러운가 했더니, 인과 두가 내 얘길 하고 있었구만!"

초부거사의 우렁우렁한 목소리가 숲속에서 들려왔다.

"앗, 스승님!"

사두가 벌떡 일어나 허리를 굽혔다.

왕인과 아직기도 숲속에서 모습을 드러낸 초부거사를 향해 예를 올렸다.

초부거사는 며칠 전에 나타날 때처럼 걸망태를 걸머지고 있었다. 다만 활과 화살통을 양어깨에 메고 있다는 것이 다를 뿐, 허름한 흰옷을 걸친 허수아비 같은 모습은 여전하였다.

사두의 소개로 아직기와도 인사를 나눈 초부거사가 걸망태를 내려놓으며 말했다.

"때마침 잘되었군! 여기 아직기 선생도 오시고 했으니 저녁 식사를 겸해 고기로 포식 한 번 해보자꾸나."

초부거사는 걸망태를 사두에게 넘겼다.

"사냥을 다녀오시는 길이로군요?"

사두가 걸망태를 열어보며 중얼거렸다.

걸망태 안에서 산토끼가 한 마리, 장끼와 까투리가 한 쌍 나왔다.

"내가 며칠 전에 와보니 여기 이 사람이 생식을 한다면서 솔잎과 풀뿌리만 먹기에 보신 좀 시켜주려고 사냥을 나갔었지. 생식을 한다고 비쩍 말라 장작개비가 다 됐으니, 이래 가지고 학문을 한들 무슨 소용이 있겠는가? 건강한 몸에 건강한 정신이 깃드는 법. 두야 넌 토끼와 꿩들을 가지고 냇가로 가서 가죽과 털을 벗겨 오거라. 그리고 인이 너는 마당에 장작불을 괄게 지피도록 하고."

초부거사는 이렇게 두 제자들에게 일을 시키고 나서야 빙그레 웃으며 비로소 아직기를 똑바로 바라보았다.

"정말 두 사람은 좋은 스승님을 두셨습니다."

아직기는 왕인과 사두가 스승의 명을 받아 각자 맡은 일을 하기 위해 자리를 뜨자, 다시 한 번 초부거사를 향해 허리를 깊이 꺾으며 덕담삼아 한 마디 하지 않을 수 없었다.

"허허, 헛! 저 젊은이들보다 먼저 세상에 나왔을 뿐이지 아는 건 별로 없습니다. 그저 나무꾼에 불과한 것을. 그래서 '초부'라고 하질 않습니까?"

"겸손의 말씀을 다 하십니다. 학문이 무불통지에 이른 오경박사와 병법은 물론 무술에 뛰어난 장수를 길러내신 분 아니시옵니까?"

"아하, 잘못 아셨습니다. 이 몸은 그저 바람 부는 날 허수아비처럼 두 팔만 휘저었을 뿐입니다. 그 몸짓을 보고 시늉하면서 정작 학문이나 무술은 저 젊은이들 스스로 깨우친 것이지요."

초부거사와 아직기가 이야기를 나누는 동안, 왕인과 사두는 모닥불을 피우고 고기 굽는 일에 정신이 없었다. 네 사람이 모닥불 가에 앉아 구운 고기를 다 먹고 나서도 아직 달은 뜨지 않아 사위가 캄캄한 어둠에 잠겨 있었다. 그래서 모닥불에 마른 삭정이를 더 얹어 환하게 되살아나는 불로 동굴 앞마당의 어둠을 몰아냈다.

"스승님 덕분에 초근목피를 면하기는 했는데, 갑자기 고기가 들어가 뱃속이 놀라지나 않았는지 모르겠습니다."

왕인이 모닥불에 벌겋게 달구어진 초부거사의 얼굴을 바라보았다.

"이젠 너도 하산할 때가 된 모양이니, 저잣거리 음식에도 길을 들여야지. 산속에서야 동굴 속에 가만히 앉아 있으니 초근목피로도 견딜 수 있을지 모르지만, 몸을 늘 움직여야 살 수 있는 저잣거리 사람들과 어울려 살아가려면 체력부터 다져야 하지 않겠느냐?"

초부거사는 그렇게 왕인에게 말을 하면서, 눈길은 사두와 아직기를 향해 동의를 구하고 있었다.

"스승님, 하산을 하다니요? 이번에 스승님께서 저 중원에서 가져오신 서책들을 탐독하려면 아직도 여러 해 이 산속에서 토굴 생활을 해야 하지 않겠습니까?"

"허허 헛! 저승사자가 그대를 데리러 왔는데, 계속 산속 토굴만 고집하려고 드느냐? 토굴은 저잣거리에도 얼마든지 있다. 학문을 궁구하는 자나 선승이나 그가 머무르는 자리가 곧 토굴인 것을……"

"……저승사자라니요?"

왕인은 영문을 몰라 눈을 동그랗게 떴다.

"그럼, 여기 묵묵하게 그대를 바라보고 있는 이들은 대체 누구냐? 크, 흐흐흐!"

초부거사는 사두와 아직기를 바라보며 능글맞게 웃었다.

"네에? 제가 저승사자처럼 보입니까?"

이번에는 사두가 눈을 크게 뜨고 초부거사를 바라보았다.

"인이 생각에 이 산속이 이승이면, 저잣거리는 저승처럼 느껴질 게다. 너는 인이를 하산시키러 오질 않았느냐? 그러면 저승사자인 게지. 예전에도 한 번 온 적이 있다 들었다만, 이번에 다시 온 것을 보면 단단히 벼르고 온 모양이로군! 여기 아직기 선생까지 동반하고 말이야."

그러나 정작 아직기는 세 사람을 둘러보면서 침묵으로 일관했다. 그는 아직 정중동의 생각을 유지하며 의견을 청취하는 것이 옳다고 판단했던 것이다.

"스승님 말씀이 맞습니다. 제가 지금 하산을 한다는 것은 지옥의 유황불 속으로 몸을 던지는 거나 다름없습니다."

왕인은 품속에 갈무리해 두었던 대왕 아신의 서찰을 초부거사에게 보여주었다.

때마침 달이 월출산 동쪽 산등성이로 떠서 세상을 환하게 비추었다. 보름을 지나 배가 점점 꺼져가는 달이지만 아직은 불룩한 모양을 하고 있어, 등걸불만 남긴 모닥불보다 훨씬 밝아 글을 읽을 수 있을 정도였다.

길지 않은 글월이었으므로, 초부거사는 금세 서찰을 다 읽은 후 왕인에게 넘겨주며 말했다.

"그것 보라니까. 며칠 전 토굴을 찾아왔을 때, 난 그대의 초췌한 모습을 보고 깜짝 놀랐어. 배를 굶주리다 비쩍 말라 죽은 귀신인 줄 알았다구. 알고 보니 생식을 한다면서 솔잎을 씹고 있으니, 내가 걱정 안 되겠어? 그래서 활을 둘러메고 사냥을 나섰던 것이야. 고기라도 먹여야 귀신 형상은 모면할까 싶었던 것이지. 헌데 그 서찰을 보니, 섬나라에서 저승사자를 보냈구먼!"

그러면서 초부거사는 힐끗 아직기에게 눈길을 보냈다가 별들이 반짝이는 허공을 응시했다.

"자꾸 저승사자 운운하시니, 시생이 부끄럽습니다. 시생이 20여 년 성상을 왜국에서 보냈는데, 비록 섬나라지만 저승처럼 유황불이 타는 곳은 아닙니다."

"핫, 하하! 이거 초면에 아직기 선생께 실례가 많았습니다. 아끼는 제자 인이가 계속 산속 토굴을 고집했다가는 굶어 죽을 것 같아 하산시키려다 보니 표현이 좀 과장되었던 모양입니다. 헌데 왜국은 어떤 나라입니까?"

초부거사가 짐짓 자세를 바로잡으며 진지한 투로 물었다.

"이번에 사신단을 이끌고 바다를 건너오다 폭풍을 만나 죽을 고비를 넘기면서 많은 생각을 해보았습니다. 왜국이 비록 섬나라이긴 하지만, 바다 가운데 있어 외적의 침입이 거의 없습니다. 물론 섬 내부에서 세력들 간에 충돌이 자주 빚어지고 있지만, 다른 나라가 왜국을 침범하지 못하는 이유는 바로 바다가 지켜주기 때문입니다."

"허어? 대륙은 각기 나라들이 갈라져 무시로 전쟁을 일삼는데, 섬나라는 그럴 염려가 없다니 내부 세력만 잘 다스리면 평화로운 나라가 되겠군요."

초부거사가 아직기의 말에 추임새를 넣었다.

"왜국에는 백제를 비롯하여 신라·가야는 물론, 심지어 근자에는 고구려에서까지 배를 타고 바다를 건너온 무리들이 있어

각기 성을 쌓아 세력 다툼을 벌이고 있습니다. 왜국에서는 그들을 '도래인'이라고 부르지요. 즉 '물을 건너온 사람'이란 뜻인데, 그들은 대륙에서 쫓겨나 목숨을 걸고 바다를 건너 왜국으로 망명한 사람들이 대부분입니다. 그들 스스로가 '도래인'이라고 하는데, 그 말 속에는 언젠가 다시 대륙으로 가고야 말겠다는 의지가 숨어 있는 것입니다."

아직기는 왜국 대왕 응신의 뜻을 받들어 어떻게 하면 왕인과 함께 바다를 건너갈까 고민하면서 이야기의 실마리를 풀어 나가고 있었다.

"그 평화로운 땅에 살면서 왜 자주 전쟁이 벌어져 아비규환의 지옥과도 같은 대륙으로 다시 돌아오겠다는 것입니까?"

초부거사의 이 같은 질문은 아직기를 조금은 의아하게 만들었다.

"섬나라라고 해서 결코 평화롭지만은 않습니다. 대륙에서 간 도래인들끼리도 백제·신라·가야·고구려가 각자 세력을 형성해 치고받고 싸우기 바쁘니까요."

"허헛, 참! 대륙에서는 섬나라를 이상향으로 생각합니다. 이곳 사람들이 상상력을 동원하여 동남쪽 해상에 여인국이 있다고 이상향의 섬나라를 만든 것도 다 그런 평화로운 세상을 염원하는 마음에서 나온 것 아니겠습니까?"

"여인국이라 하시면?"

"여인들만 사는 섬나라이지요. 그 나라 여인들은 남자 없이도 아이를 낳는답니다. 발가벗은 몸으로 남쪽에서 부는 바람을 맞고 서 있으면 임신이 되어 아이가 생긴다는 것이지요. 물론 사람들이 상상력을 발휘해 만든 이야기지만, 그 나라는 모든 것을 공평하게 나누면서 평화롭게 산다고 하지요. 여인국 전설은 아주 오랜 옛날부터 전해 내려오는 것으로 보이는데, 우리가 사는 반도에서 아마도 동남쪽 바다 가운데 있는 섬이라면 왜국을 지칭하는 것 아닌가 싶습니다. 방금 전에 아직기 선생께서 왜국은 바다 가운데 있어 외세의 침략을 받은 적이 없다고 했는데, 그것 하나만으로도 축복받은 땅이 아니겠습니까? 가히 여인국에 버금가는 평화의 세상을 만들 만합니다. 대동세상이 다르지 않습니다. 왜국의 여러 세력들을 한마음으로 모아 대동사상으로 통합을 이룬다면 평화의 세상이 도래하지 않겠습니까? 이곳 대륙처럼 외적의 침입이 잦아 전쟁을 번복하는 세상과는 다른 조건을 갖추고 있기 때문입니다."

초부거사는 아직기와 대화를 나누고 있었지만, 정작은 옆에 있는 두 제자 왕인과 사두로 하여금 새겨들으라고 하는 소리에 다름 아니었다. 특히 그는 내심 이 기회에 왕인을 하산시키고 말겠다고 단단히 마음먹고 있었다.

"스승님, 옛사람들이 이상향의 세계를 그려 여인국 전설을 만든 것이라면, 대동세상도 이상에 불과한 것 아닌지요?"

왕인은 아까부터 묻고 싶은 말을 참고 있다가 문득 그런 소리를 읊조렸다.

"저 달을 보거라. 보름이 지났지만 아직도 불룩한 배를 내밀고 세상을 비추고 있질 않느냐? 달은 지역에 따라 차등을 두지 않고 세상을 골고루 비춘다. 학문의 궁극적인 지향점은 바로 저 달과 같다. 학문에서 단지 안다는 것은 한계가 있다. 그것을 널리 알려 세상을 이롭게 하는 데 학문의 궁극적 목표가 있다. 따라서 머릿속에서만 존재하는 앎은 허접한 쓰레기일 뿐이다. 널리 많은 사람들에게 공감을 줄 수 있도록, 그 앎을 실천에 옮겨야만 참다운 지혜가 되는 것이다. 이제 그대는 저 동굴에서 스스로 걸어 나와야 한다. 저잣거리에 나가 뭇 생명들에게 대동세상의 참다운 지혜를 전해 주거라."

초부거사는 점차 시르죽는 모닥불을 보고 일어섰다.

깊은 산속이라 밤이 깊어가면서 기온이 뚝 떨어져 옷깃으로 스며드는 야기가 매우 찼다. 왕인은 먹먹한 기분으로 앉아 있다가 스승이 목을 움츠리는 걸 보고 따라서 일어섰다.

"스승님, 모닥불이 꺼지니 추우시죠? 자, 다들 어서 동굴로 들어가시죠. 여기보다는 동굴 안이 따뜻할 겁니다."

왕인은 앞장서서 모닥불에서 아직 불이 꺼지지 않은 나무 등걸 하나를 들고 동굴로 들어가 관솔에 불부터 붙였다. 동굴로 들어서자 초부거사는 잠자리에 들 준비를 했다.

"나는 할 얘기 다 했으니 잠이나 자겠다. 낮에 토깽이 잡으러 천방지축 뛰어다녔더니 피곤하구나."

초부거사는 동굴 안쪽에 깔아놓은 짐승 가죽 깔개 위에 벌렁 드러누웠다.

혼자 생활하던 동굴이므로 깔고 덮을 것이 부족했으나, 왕인은 겨울철에 쓰던 짐승 가죽까지 모두 꺼내다 사두와 아직기에게 잠자리를 마련해 주었다.

"잠자리가 누추합니다. 특히 먼데 섬나라에서 오신 아직기 선생께 대접이 소홀해서 이를 어쩌지요?"

왕인은 그때서야 아직기에게 미안한 생각이 들었다. 산속이라 제대로 접대할 것도 없었지만, 멀리 타국에서 자신을 찾아온 그에게 가타부타 확실한 답변도 해주지 않았다는 사실을 뒤늦게 깨달았던 것이다.

"저 아래 저잣거리가 저승이고 이곳 산속이 이승이라 하니, 모처럼 저승사자가 와서 잠자리 탓을 하겠습니까?"

아직기는 그러면서 너털웃음을 웃었다.

그런데 그 웃음 뒤에 어느 사이 잠이 든 초부거사의 코고는 소리가 동굴 천장을 울렸다. 사두와 아직기도 한성에서부터 말을 타고 며칠 동안 달려왔으므로, 피곤하기는 마찬가지였다. 그들도 눕자마자 저승사자가 데려가도 모를 정도로 깊은 잠의 나락으로 빠져들었다.

세 사람의 코고는 소리가 엇박자를 내며 동굴 속을 맴돌았다. 그러나 왕인은 곧바로 잠들 수가 없었다. 초부거사의 말처럼 정말 하산을 해야 할지 결정을 못한데다, 당장 뱃속에서 꾸르륵거리며 신물이 올라오는 것을 어쩌지 못했다. 오래도록 생식을 하다 고기가 들어갔으니 배탈이 날 만도 했다. 그는 설사가 나오는 바람에 새벽녘이 될 때까지 배를 움켜쥔 채 자주 동굴 바깥출입을 하지 않을 수 없었다.

6

아침 일찍 잠에서 깨어난 초부거사는 장작개비처럼 비쩍 마른 왕인의 초췌해진 모습을 보고 빙글빙글 웃었다.

"잠도 못 자고, 밤새 고생 많았지?"

초부거사가 왕인에게 물었다.

"코를 고시며 고단하게 주무시던데 그걸 어찌 아셨어요?"

"코는 자도 귀는 열어두어야 하느니라. 밤새 동굴을 들락날락하는데 도무지 귀가 간지러워 참을 수가 있어야 말이지. 안쓰러운 생각도 들고. 이젠 어제 먹은 고기 덕분에 생식으로 결단난 체증이 싹 가셨을 테니, 더 이상 고집 부리지 말고 저잣거리에 내려가 육고기에 비릿한 생선까지 그동안 먹지 못한 것 욕심껏 챙겨 살을 찌우도록 해라. 그 몸이 뭐냐? 육탈이 안 됐을 뿐이지 무덤 속에 누운 뼈다귀와 다를 바 없질 않느냐? 여기 사두와 아직기 선생이 오지 않았어도 이제는 너를 하산시키려고 했다. 내친김에 다들 하산을 해 조반은 상대포구에 가서 갯것을 반찬삼아 해결하자꾸나."

초부거사는 왕인의 대답도 듣지 않고 짐부터 꾸렸다.

"……스승님!"

왕인은 더 이상 어쩌지 못한 채 초부거사를 바라보았으나 본 척 들은 척도 하지 않자, 이내 사두와 아직기에게로 어정쩡한 시선을 보냈다.

걸망태에 서책들을 다 주워 담은 초부거사는, 그것을 등에 걸머지고 일어섰다.

"스승님, 그 서책들은 저를 주려고 가져오신 것 아닙니까?"

"왜 아니겠니? 그래서 내가 상대포구까지 가져다주려는 것 아니겠느냐?"

"네에? 저는 아직 하산한다고 결심한 바 없습니다."

왕인이 정색을 하고 말했다.

"이 서책은 일단 하산하여 상대포구에 가서 조반을 먹은 후에 적낭한 사람에게 주도록 하겠다."

초부거사가 챙긴 서책은 왕인을 하산시키기 위한 일종의 미끼였다. 특히 '적당한 사람'이란 애매모호한 말은 그를 더욱 애타게 만들기에 충분하였다. 혹시 서책을 가져갈 주인공이 그가 아닐지도 모른다는 불안감을 어쩌지 못했다. 스승이 왜 그러는지 모르지 않았으나, 그는 결국 그 미끼에 걸려들지 않을 수 없었다.

며칠 전『예기』에서 대동세상에 대해 읽은 후, 왕인은 그 사상의 깊이에 푹 빠져버렸다. 그가 평소 생각하는 학문은 깊은 우물 같은 것이었고, 일단 그것에 매혹되면 몸까지 던져 그 깊이의 바닥까지 내려가보아야만 직성이 풀렸다. 그런 점에서 그는 스스로 동문수학한 사두와 다르다고 자부하고 있었다. 사두의 학문적 태도는 한 발은 물에 담그고 다른 한 발은 땅을 딛고 있어, 여차하면 둘 중 다른 하나를 선택하겠다는 얕은 수작에 다름 아니라고 생각했다.

결국 왕인은 목매인 송아지처럼 초부거사를 따라나서지 않을 수 없었다. 그는 이미 스승이 던진 미끼를 덥석 문 물고기에 지나지 않았다.

"스승님, 그 걸망태는 제가 메고 가겠습니다."

왕인이 초부거사의 어깨에서 걸망태를 벗기려고 했다.

"왜? 이 걸망태를 짊어지고 도망이라도 치려고? 아직은 이 서책이 내 것인 줄 모르는 모양이로구나."

초부거사는 애써 자신이 걸망태를 지고 가겠다고 고집을 세웠다.

"스승님도, 참! 제가 아직은 젊지 않사옵니까?"

"인아! 곧 저승사자가 잡아갈 것 같은 네 몰골을 보니, 이 걸 망태를 졌다간 저잣거리에 나가보지도 못하고 저승길로 갈 것 같구나. 얘, 두야! 네가 인이 대신 이 걸망태를 걸머지거라."

초부거사는 사두에게 걸망태를 넘겨주더니 앞장서서 산길 을 걸어 내려갔다. 왕인이 바로 그 뒤를 따랐다. 사두는 걸망태 를 어깨에 걸머지고 아직기와 함께 두 사람을 따라 산을 내려 갔다.

이때 사두와 아직기는 서로 의견을 나누지 않고 묵묵히 하 산하는 발걸음을 재촉했으나 우연치 않게 같은 생각을 하고 있 었다. 즉 뜻하지 않게 초부거사가 나타나 왕인을 하산하도록 도와준 데 대해 무엇보다 고맙게 생각하고 있었다. 만약 초부 거사가 없었더라면 왕인을 설득하기 매우 힘들었을 것이란 생 각이 들었다.

월출산에서 내려온 네 사람은 상대포구 객줏집에 들러 보리 굴비 반찬으로 늦은 조반을 마쳤다.

"오랜만에 비릿한 갯것으로 배를 다스렸더니 기분이 한결 좋 아졌다. 내가 그동안 주린 뱃속을 채우면서 가만히 생각해 보 니, 이 서책들은 아직기 선생이 가져가는 것이 좋겠다는 판단 이 섰습니다. 바다 건너에 있는 왜국에는 유학이 제대로 전해 지지 않았고, 그래서 아직기 선생이 그 험한 현해탄을 건너 폭 풍우에 시달리며 대륙의 백제 땅까지 밟으신 것 아닙니까? 우리 백제는 저 중원의 강남에 자리 잡은 동진과 교류를 하니 이러한 서책들을 구하는 데 큰 어려움이 없습니다. 중원에 가서 몇 년간 고생하며 구한 서책이지만, 이것들을 모두 가져가세요."

초부거사는 서책이 든 걸망태를 서슴없이 아직기에게 넘겨주었다.

"아니, 스승님!"

깜짝 놀란 왕인이 눈을 둥그렇게 떴다.

"어찌 제자들을 놔두고 시생에게 이 서책들을 주시는 것입니까?"

얼떨결에 아직기도 걸망태를 받으며 의아한 눈길을 보냈다.

"문화는 꽃과 같이 만방에 향기를 뿜어냅니다. 꽃이 그 아름다운 색채로 사람의 눈길을 끌듯이, 문화는 그 웅혼한 기운이 선학들의 정신에 스며드는 것입니다. 그리고 만발한 꽃의 향기가 널리널리 퍼져나가 벌과 나비들을 불러오듯이, 문화의 향기 또한 선학의 훈김을 통하여 후학들에게 전달되어 화합과 상생의 대동세상을 만드는 것 아니겠습니까? 어젯밤 아직기 선생으로부터 섬나라 왜국에 대한 이야기를 들으면서, 그곳이야말로 대동세상을 펼칠 수 있는 호조건을 갖추고 있다고 생각했습니다. 대륙의 경우 세상이 넓고 넓어서 민족이 각기 다르고, 나라마다 경계가 있어 전쟁이 자주 일어나므로 대동세상을 여는

데 큰 걸림돌이 되고 있습니다. 그러나 섬나라는 이민족의 침입을 바다가 막아주므로 내부의 세력만 잘 규합하면 서로가 공평하게 나누고 즐거이 춤추고 노래하며 화평의 세상을 만들어 갈 수 있지 않을까 생각해 보았습니다."

이때만큼은 초부거사도 웃음기가 가신 진지한 얼굴로 말했다.

"스승님……!"

왕인은 적이 당황하지 않을 수 없었다. 그래서 더 이상 말이 나오지 않았다.

"인아! 내가 묻겠다. 진정으로 너는 무엇을 얻기 위해 학문을 하는 것이냐?"

"지식을 얻고자 합니다."

"지식을 머릿속에 가두어두면 돌대가리와 무엇이 다르겠느냐?"

"지식인과 무학자는 엄연히 다르지 않습니까?"

"무학자에 대해 묻지 않았다. 머릿속에 지식을 쌓아둔 채 제자리에 머물고 있는 자는 무학자만도 못하다. 네가 말하는 지식인은 아무리 가르쳐도 통하지 않는 돌대가리와 다를 바 없느니라."

"어찌 스승님은 지식인을 돌대가리와 동급으로 생각하십니까?"

"아무 쓸 데가 없기 때문이다. 지식을 행동으로 보여주지 않으면 무용지물에 불과하다. 배워서 남 주냐는 말이 있긴 하다만, 그건 좀 어폐가 있는 말이다. 학문을 배운다는 것은 다른 사람에게 널리 이롭게 하는 데 근본 목적을 두고 있는 것이다. 오직 자기 것으로 만들기 위해 학문을 익히는 자는 쓰레기 같은 지식만 머릿속에 채울 뿐이다. 그러나 다른 사람을 널리 이롭게 하기 위해 학문을 하는 사람은 지식을 머릿속에서 오래도록 숙성시켜 지혜로 만들 줄 안다. 담근 지 오래된 술일수록 향기로운 명주가 되는 것과 같다. 학문을 익히되 더불어 사는 세상을 만드는 행동이 뒤따라야만 비로소 지혜롭다고 할 수 있는 것이다. 알겠느냐? 지식은 똥자루지만, 지혜는 황금보따리다. 똥자루를 풀면 채마전에 겨우 푸성귀 하나 정도 키울 수 있을지 모르지만, 황금보따리를 풀면 굶주린 서민들의 기근을 해결해 주는 구휼미가 되느니라."

초부거사는 왕인을 무서운 눈으로 직시했다. 왕인은 도무지 스승의 그 눈을 바로 마주 볼 수가 없었다.

"제가 잘못했습니다. 헛공부를 했습니다."

왕인은 머리를 푹 숙인 채 감히 들지 못했다.

"이 자리에서 분명히 대답해라. 똥자루가 되겠느냐 황금보따리가 되겠느냐?"

"……!"

왕인은 바로 대답하지 못했다.

옆에 앉은 사두나 아직기도 숨이 막힐 지경이었다.

"왜 대답을 못하는 것이냐? 다시 묻겠다. 아는 것으로 그치겠느냐, 그 앎을 널리 이롭게 하는 행동으로 보여주겠느냐?"

"행동으로 보여주어 스승님을 부끄럽지 않게 하겠나이다."

고개를 숙인 왕인의 눈에서 방바닥으로 눈물이 뚝뚝 떨어졌다.

"여기 아직기 선생을 따라 섬나라로 가거라. 왜국에 가서 대동세상을 만들어라. 이제까지 배운 네 지식을 가지고 널리 세상을 이롭게 하는 일로 갈고 닦아 지혜를 베풀도록 하라. 그것이 진정 학문을 하는 자의 자세이니라."

"네, 스승님 말씀 마음속 깊이 아로새기겠습니다."

"고개를 들어라. 하하, 핫! 참으로 똥을 황금으로 만들기 쉽구나. 말 잘 알아듣는 제자를 둔 나는 참으로 행복하다. 그렇지 않습니까, 아직기 선생?"

방금까지 진지했던 태도는 씻은 듯이 사라지고, 초부거사의 얼굴에선 개구쟁이 같은 천진난만한 웃음기가 감돌았다.

"시생이 정말 오늘 놀라운 일을 목격했습니다. 돌조각으로 금붙이를 만드는 연금술이 있다고 듣긴 했지만, 똥덩이를 금덩이로 만드는 선생의 놀라운 지혜에는 감복하고 말았습니다."

아직기는 그러면서 내심 안도의 한숨을 내쉬었다. 만약 초부거사가 아니었으면 왕인은 아무리 어명이라 하더라도 왜국에 갈 결심을 하지 않았을 것이란 생각이 들었던 것이다. 그것은 대왕 아신의 특명을 받고 온 사두의 생각 역시 마찬가지였다.

왕인이 왜국에 가기로 허락한 이상 조금도 미적거릴 이유가 없었다. 사두는 상대포구에서 왜국으로 갈 상선을 알아보기로 했다. 전에 밀사로 왜국에 갈 때 이용한 바 있는 상선의 선장을 찾는 것은 그리 어려운 일이 아니었다. 그때 왜국에 다녀오면서 큰 이득을 챙긴 상단에선 사두에게 또다시 갈 일이 있으면 언제라도 부탁하라며 신신당부를 했었기 때문이다.

이번에도 선장과 상단 대행수를 만나자 그들은 인삼을 대량으로 구해 상선에 싣고 가자고 했다. 사두는 전에 진내 인삼을 거래한 바 있는데다, 백제 조정에서 관장하는 일이므로 건삼을 대량으로 구입하는 데 큰 어려움이 없었다. 오랜 시일에 걸쳐 바다를 건너가야 하므로 바짝 말린 건삼을 가져가야 썩을 염려가 없었다.

일단 사두는 상단 대행수와 진내 인삼 거래상을 연결시켜준 후 백제 도성인 한성으로 돌아왔다. 대왕 아신에게 왕인이 왜국으로 가기로 했다는 결과를 보고하기 위해서였다.

"그것 참 잘된 일이오. 혹시 왕인이 짐의 명도 거역하고 어디로 숨어버리면 어쩔까 걱정하고 있던 참이었소. 오경박사 왕인만 보낼 수 없으니 이번에도 각 분야별 전문 공장工匠들과 함께 가도록 조처하시오. 반드시 왜국왕 응신으로 하여금 군사를 보내도록 결단케 해야만 하기 때문이오. 짐이 특별히 밀서를 써줄 테니, 왕인이 직접 왜국왕에게 전하도록 당부를 하시오."

이와 같은 아신의 특명을 받은 사두는 다시 바빠졌다.

사두는 곧 재봉녀裁縫女·직공織工·야공冶工·양주자釀酒者·도공陶工·안공鞍工·화원畵員·금공金工·의사醫師 등을 40여 명 선발하였다. 어명이라 하지만 조국을 등지고 왜국으로 가는 일이라 자원하는 형식을 취하다 보니 시일이 좀 걸렸다.

이들 40여 명과 함께 다시 상대포구로 달려간 사두는 왕인에게 대왕 아신의 밀서를 건네주었다. 때마침 상선의 선장은 승선할 선원들을 다 뽑아놓고 있었고, 상단 대행수도 진내 인삼을 대량으로 확보해 놓은 상태였다.

사두가 한성에 가서 공장들을 모집하는 사이 왕인의 모친이 세상을 떠나 장례까지 치르고 난 뒤였다. 사실상 노모 때문에 왜국에 가는 것을 망설이기도 했는데, 장례를 모시고 나자 그는 오히려 홀가분한 마음으로 배를 탈 수 있었다.

상대포구를 떠나기 전날 초부거사는 왕인을 따로 불렀다.

"내가 너를 왜국에 가라고 등을 떠다밀다시피 한 진짜 이유를 알겠느냐?"

"황금보따리가 되라는 말씀을 해주셨지 않습니까?"

왕인은 초부거사의 그 말을 진실로 믿고 있었다.

"그래, 그렇게 믿고 있다니 고맙구나. 그건 그렇다 치고, 실은 두 사람의 위난을 해결하기 위해 너를 왜국에 가라고 강요한 것이다."

"두 사람의 위난이라면……?"

"네게 보낸 대왕의 서찰을 보고, 내가 아끼는 두 제자가 일생 일대의 위난에 처했음을 알았다. 만약 인이 네가 왜국에 가는 것을 거부한다면 어명을 어긴 죄로 살아남지 못할 것이다. 사두 또한 너를 설득시키지 못한 죄로 엄벌에 처해질 것은 명약관화한 일 아니겠느냐? 만약 인이 네가 월출산 토굴에서 자취를 감춰버린다면 사두의 목숨도 부지하기 쉽지 않을 것이다. 어명이란 그처럼 지엄한 것이다."

초부거사는 그러면서 왕인의 두 손을 꼭 잡았다.

"스승님께서 거기까지 생각하셨군요?"

"그리고 또 한 가지 긴히 부탁할 일이 있다. 이건 우리 둘만이 알고 있는 비밀로 해야 한다. 바다를 건너가면 너는 볼모가 된 우리 백제의 전지 태자, 그리고 왜국 태자와 왕실 자제들의 태부가 될 것이다. 인이 너는 훌륭한 스승이 될 수 있다. 다만 한 가지 긴히 부탁할 일은 왜국왕 응신을 설득하는 일이다. 전에 내가 말했지만, 섬나라인 만큼 바다가 외세의 침입을 막아주는 장점을 갖고 있다. 내부만 잘 다스려 백성의 마음을 하나로 모을 수 있다면 대동세상을 펼치는데 섬나라만큼 좋은 조건을 갖춘 곳을 찾아보기 힘들 것이다. 이번에 백제왕은 왜국 왕 응신에게 원군을 요청했다고 들었다만, 네가 그것을 막아야만 한다. 섬나라가 바다를 건너와 대륙의 나라를 치는 것은 대동세상을 만들 수 있는 호조건을 애써 포기하는 일이 되기 때문이다. 섬나라가 대륙에 대한 욕망을 꿈꾸는 것은 섶을 지고 불속으로 뛰어드는 일이나 다름없다. 각 나라끼리 경계를 지어 시시때때로 아귀다툼을 벌이는 약육강식의 세상에 스스로 몸을 내던지는 꼴이 아니고 무엇이겠느냐? 섬나라를 대동세상으로 만들자는 것을 누누이 강조하여 응신의 대륙에 대한 욕망을 제지시켜야 한다. 알겠느냐?"

초부거사는 왕인을 잡은 손목에 더욱 힘을 주었다.

"스승님께서 저를 왜국에 보내는 진의가 거기에 있었군요. 스승님 말씀 뼛속에 아로새기겠습니다. 진정으로 대동세상의 꿈을 이루도록 노력하겠습니다."

왕인의 이 같은 말을 듣고 나서야 초부거사는 그의 손목을 놓아주었다.

다음날 왕인은 사두가 한성에서 데려온 40여 명의 공장들과 함께 왜국으로 향하는 상선에 올랐다.

〈8권에 계속〉

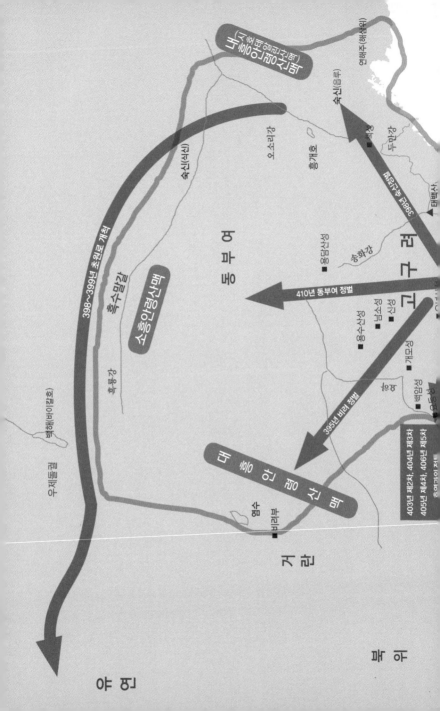